GC NOVELS
龍央
Ryuuou
イラスト／りりんら
Ririnra
異世界転移したら
愛犬が最強になりました
My beloved dog is the strongest in another world
シルバーフェンリルと俺が異世界暮らしを始めたら
4

テーブルマナー修行中
レオ
クレアのおてんば従魔
シェリー

薬師として修業中
タクミ
しっかり者の公爵令嬢
クレア
甘味好きなクレアの妹
ティルラ

「改めまして、アンリルネルゼ・バースラーですわ。
以後、お見知りおきくださいませ」

GC NOVELS

異世界転移したら愛犬が最強になりました

My beloved dog is the strongest in another world.

シルバーフェンリルと俺が異世界暮らしを始めたら

4

龍央 Ryuuou

イラスト／
りりんら Ririnra

Contents

My beloved dog is the strongest in another world.

プロローグ

村にオークをけしかけた商人達、逃げたそいつらを追いかけるため、俺を先頭に公爵家のお嬢様であるクレアさん、その護衛兵士のヨハンナさんと一緒にレオの背中に乗る。

ヨハンナさんは、レオに乗る前何やら荷物を準備していたと思ったら、長い縄を詰め込んでいた……俺が逃げた商人を捕まえると言ったからだろう。

「お気をつけて、タクミ様、クレアお嬢様。村の事はお任せください！」

護衛長のフィリップさんは、怪我人や、レオが倒したオークの後片付けをするため、俺達を見送ってくれる。

「頼むわね、フィリップ」

「こちらの事はお任せ下さい、フィリップさん」

「よし、レオ急いでくれ！」

「ワフ！」

元マルチーズの、こちらの世界に来てシルバーフェンリルという、大きな魔物になったレオが大きく頷いて、ラクトスの方面へ駆け出した。

逃げた商人……ランジ村で作るお酒の原料と偽って、オークをけしかけた張本人。

悪質な薬を売っているウガルドの店との関わりがあるという、バースラー伯爵領から来ているのだから、絶対に捕まえて話を聞かなければいけない。

それに、レオが来てくれたからなんとかなったにしても、ランジ村にオークを連れてきた事は許せない……レオがいなかったら、今頃俺や村の人達はどうなっていたか。

「タクミさん、タクミさん！」

「あ、クレアさん。どうしましたか？」

「いえ……何かちょっと怖い雰囲気でしたので……」

「すみません。ちょっと逃げた商人の事を考えていたので」

考え事に没頭していたら、後ろに乗ったクレアさんから何度も呼ばれているのに気付いた。

商人を許せない、と考えていたからだろうか？　怒っている気配のようなものが感じられたのかもしれない。

「私も、タクミさんに怪我《けが》をさせたオーク……はレオ様がやっつけましたけど。その元凶となった商人を許せませんから、気持ちはわかります。けど、怪我が治ったとはいえ、血が流れていたので……」

「そうですね、ありがとうございます。ちょっと落ち着きます……っと」

商人に対しての怒りはクレアさんも同様らしいけど、俺の事も心配してくれているようだ。

確かに、オークに頭を強打されて血が流れる程の怪我をしたわけだし、なんとかロエを作って治したにしても流した血が戻ったわけじゃないからな。

あまり頭に血を上らせない方がいいだろう……そう考えてクレアさんに言っている先から、ちょっとだけ眩暈《めまい》を感じたのは、血が足りないからかもしれない。

「あ、レオの方は大丈夫か？　ランジ村まで走って来て、オークを倒した後またすぐ走っているから、疲れていたりは……？」

「ワフワフ！　ワフー？」

「そうか、それなら良かった。助かるよレオ。俺の方も大丈夫だからな。後……うん、もう少し早く走って良さそうだ」

「ワウ！」

レオも疲れていないかと思って聞くと、全然疲れを感じさせない鳴き声。

むしろ俺の方を心配して鳴かれてしまった……無理をしなければ問題なさそうだし、レオも疲れていないならこのまま速度を上げて一気に逃げる商人達に追い付いてしまおう。

そう思って、俺の後ろに乗るクレアさんとヨハンナさんに、首を巡らせて確認してからレオに頼む。

頼もしい鳴き声を上げた後、グンッと速度を上げるレオ……後ろからクレアさんがしがみ付いてくる感覚とともに、少し窮屈さも感じる三人乗りで暗い夜道を走ってもらった。

「あ、あれ……かな？　人を乗せた馬が走っているのが見えます！」

夜道を走るレオに乗りながら、オークをけしかけた事、騙《だま》して人形を置くようにハンネスさんに指示をした事など、商人の事を簡単に伝えているうちに、逃げ出した商人達を発見した。

二頭の馬にそれぞれ乗った二人は、ラクトス方面に向かって馬を走らせている。

「……よく見えますね。私からは馬が二頭かろうじて見えるくらいですが、あれで間違いなさそうです」

「わかりました。──レオ、あの馬に近付いてくれ」

「ワフ！」

完全に日が沈んで暗くなっているが、まだ感覚を鋭くする薬草の効果が残っている俺には、はっきりと村に来ていた商人の姿を確認できた。

クレアさんやヨハンナさんには、馬がうっすらと見えるくらいだろうけど……そういえば、レオは夜でもしっかり前が見えているみたいだな。

「レオ、あの馬に近付いて驚かせてやってくれ！」

「ワウ！」

大分近付いて来た時、レオに向かって馬を驚かすように伝える。

馬を止めるのにはもっといい方法があるかもしれないが、咄嗟《とっさ》には考え付かなかった。

レオに脅かされる馬はかわいそうだけど。

「ハッハッハッハ……ガウワウ！」

「な、なんだ!?」

「お、落ち着け……ぐあっ！」

レオが小気味いい呼吸の音と共に走り、大分近付いた頃合いで馬の後ろから大きく吠《ほ》えた。

驚いた馬は恐慌状態に陥ったのか、走るのを止めて暴れ始め、商人達はそんな馬を制御する事ができずに、地面に落下した。

……怪我をしてなきゃいいけど、なんて考えは一切浮かばなかった。

ランジ村にオークをけしかけるなんて、悪質な事をしている相手を気遣うような精神はさすがに持ち合わせていない。

止まった馬を少し追い越したあたりで、レオが急ブレーキ。

「ありがとうな、レオ」

「ワウ」

「貴方《あなた》達は、私達が拘束します！　ヨハンナ！」

「はっ！」

レオにお礼を言う俺とは別に、クレアさんの号令で、ヨハンナさんが落馬した商人達へ駆け出した。

クレアさんも、商人達にゆっくりと近付く。

駆けながら剣を抜いたヨハンナさんは、まだ立てずにいる商人達に剣を突き付けた……心なしか、二人の声には怒りのような物が含まれている気がするけどまぁ、当然か。

「つぅ……なんなんだお前達は⁉」

「ててて……くそ、なんだってんだ！」

落馬した痛みに耐えながら商人達は声を上げるが、落馬した時の衝撃からなのか、二人共立ち上がれずにいた。

「私達ですか。私達は公爵家の者……と言ったらわかるでしょう？」

「くっ、……公爵家だと⁉」

「こ、こんな所に公爵家の奴がいるはずが……」

「まぁ、信じなくても構いません。やる事は変わりませんからね」

クレアさんが商人達に公爵家の者と伝えるけど、まぁこんな所にいるなんてすぐには信じられないよな。

とはいえ、クレアさんの言う通りやる事は変わらない。

オークをけしかけた張本人である商人達を、捕まえるだけの事だ。

「動くな！　おとなしくしないと……レオ様」

剣を突き付けられつつも、往生際悪く逃げようとする姿勢を見せる商人達に対し、ヨハンナさんが叫んで静止させた後、レオに声を掛ける。

「ガウ！」

「ひっ！」

「な、なんだあの化け物は⁉」

レオの方もわかっているらしく、俺を乗せたまま商人達に近付いて威圧するように吠えた。

暗くて今までレオの事がはっきり見えていなかった二人は、初めてレオの全貌を認識して怯《おび》え始めた。

完全にすくみ上がって抵抗しない商人達を、ヨハンナさんが縄を取り出して、手早く縛り上げる……出発前に準備していた物だな。

しかし……商人達が暴れなくなったのはいいんだけど、レオを化け物だなんて失礼な。

「こんなに可愛《かわい》いのにな、レオ？」

「ワフゥ」

化け物と呼ばれたレオを労《いたわ》るよう背中を撫《な》でてやると、尻尾を振りながら溜《た》め息《いき》を吐《つ》くレオ。

「さて、貴方達には弁解する余地は与えられません。このまま連れて行きます。抵抗しても無駄な事は……もうわかっていますね？」

「くっ……」

クレアさんは縛られて動けなくなった商人達に対し、抵抗は無駄だと告げる……ちらりとレオの方を見る事も忘れない。

レオを化け物と言って恐れている二人には効果は抜群で、暴れる気力もなくなったように項《うな》垂《だ》れた。

……さっきまで、湧き上がる怒りに任せて追いかけていた俺の出番は一切なかったな。

まぁ、ヨハンナさんはこういう荒事に慣れているんだろうし、レオはただ脅しただけだけども……予想外なのがクレアさんで、セバスチャンさんのように相手をしっかり脅している姿はちょっと怖かった。

頼もしくもあったけど、何もせずにレオに乗っていただけの自分が情けない。

「はーい、どうどう……落ち着いてねー。驚かせてごめんね、大丈夫だから」

「ワフワフ。ワフ」

商人達を縄でぐるぐる巻きにし終えたヨハンナさんが、怯えていた馬を落ち着かせている。

レオも一緒に馬を落ち着かせるように、顔を近付けて鳴いていた。

「さて、タクミさん。問題の二人は捕まえる事ができましたね」

「ありがとうございます。俺の出番は全くありませんでしたけど……レオに乗せますか？」

「いえ……このような者達をレオ様に乗せるのは気が引けます。馬がいるので、そこに乗せればいいと思います」

「わかりました。……確かに、レオを化け物とか言っていた人達を乗せるのは、嫌ですね」

クレアさんはレオに乗せるのではなく、馬で商人達を運ぶつもりのようだ。

レオを化け物と呼んだり、ランジ村にオークをけしかけたり、病の原因になった人形を置いたりと、色々暗躍していたあいつらを、可愛いレオに乗せるのは嫌だからちょうどいい。

「ではランジ村に帰りましょう。まだ向こうも大変でしょうから」

「ん、しょ。えぇ。でもタクミさん、あまり無茶はしないよう気を付け下さいね？」

レオに乗るクレアさんの手を取って手伝いながら、声を掛ける。

頷《うなず》くクレアさんが心配しているのは、俺がオーク達と戦って怪我をした事だろうか、それとも治療してすぐ商人達を追いかけた事だろうか？　どっちもな気がするな。

「そうですね、無茶は今回だけにしておきます」

そもそも、大量のオークが迫る事なんて早々ないだろうけど。

でも、俺を心配してくれる人がいるというのは嬉《うれ》しい事だ……ヨハンナさんも頷いているのが、少しだけ嬉しかった。

「ワフゥ……クゥーン……クゥーン」

「ははは、レオも心配を掛けてごめんな。よしよし」

レオも心配したと主張するように、甘えた鳴き声を出したので謝りつつも感謝するように、レオに乗ったまま背中を撫でる。

随分心配をさせてしまったようだし、助けてくれた事も含めて、しっかり撫でておこう。

「では、私はこの者達を連行致しますので」

「一人で大丈夫ですか？」

「馬に括《くく》り付けておくだけですので、問題ありません」

縄で一頭の馬に括り付けられた商人達は、どうやってもそこから抜け出せそうにはない。

レオの脅しが効いて観念しているのか、暴れる様子もない。

「ランジ村に連れて行くんですよね？」

「はい。夜も遅いですし、今からラクトスへは難しいでしょう。村の一角で捕らえておく方が良いかと」

残った馬で引っ張ってランジ村に戻るだけなら、慣れた様子のヨハンナさん一人で大丈夫そうか。

さすがに真っ暗だし、レオならともかく馬だと一日以上かかるラクトスまで捕まえた二人を連れて行く準備は何もしていないからな。

「わかりました……あ、そうだ。出発する前にやっておく事がありました」

「どうしたのですか？」

商人達を括り付けた馬と、もう一頭の馬を連結するヨハンナさんに頷きつつ、ふと思い浮かんだ事があった。

後ろに乗っているクレアさんから、疑問の声が上がる。

「村人にも怪我人が出ていましたからね。ここでいくつか薬草をと。村の人には能力を教えていませんから。――ヨハンナさんは先に、ランジ村に向かって下さい」

「成る程、そういう事ですか。わかりました」

「了解しました、この者達は必ず私が。レオ様がいて下されば、クレアお嬢様も心配ないでしょう。タクミ様、クレアお嬢様、お先に失礼いたします」

「ワフ！」

「えぇ、くれぐれも逃がさないように。気を付けてね」

「もちろんです。この不届き者達を逃がしたりはしません。では……」

そう言って、馬を走らせて去って行くヨハンナさん。

商人達を乗せた馬も連れているので、速度は遅いけど。

「……ヨハンナが怪我をしないように、というつもりで気を付けてと言ったのだけど」

「ははは、クレアさんの気遣いもきっとわかっていますよ」

きっとヨハンナさんもわかっている、と思う。

そもそも、縄でぐるぐる巻きにされた状態で商人達は逃げられないだろうし、馬が転んだりしない限りは大丈夫だろう。

苦笑しつつクレアさんに声を掛ける。

おっと、こっちもさっさと済ませて戻らないといけないと思い、レオの背中から降りる……地面に立った時に少しだけクラッときたけど、多分貧血の症状だろうな。

早めに終わらせてまたレオに乗せてもらおう。

「タクミさん、私も……」

「クレアさんはそのままで大丈夫ですよ。『雑草栽培』を使うだけですし、暗いので足下が見えづらいですから」

「……わかりました。でも、タクミさんは？」

「俺は、オークと戦う前に感覚強化の薬草を食べていたんです。だから、暗くても平気です」

わざわざレオから降りなくても、俺が『雑草栽培』を使ってロエを作り、摘み取るだけだからそんなに時間はかからない。

森を探索した時と違って、木々に囲まれているわけでもなく月明かりでそれなりに明るいけど、それでもやっぱり暗いからな。

転ぶ危険もあるから、クレアさんにはそのままでいてもらう事にした。

「レオ、クレアさんを頼むな？」

「ワフ」

離れるわけじゃないけど、一応レオに声をかけて返事を聞いてからしゃがみ込んで地面に手を突く。

怪我をしていた時と違ってロエを思い浮かべるのはスムーズで、すぐに地面からロエが生えてきた。

「んー……怪我人がどれくらいいるかはわからないけど、とりあえずこれくらいでいいか」

いくつかのロエを作り終え、手早く採取する。

自分の事で精一杯だったから、何人怪我をしているかまでは把握していないけど、一先《ひとま》ず大きな怪我をした人の治療くらいはできるだろう。

村では大っぴらに『雑草栽培』を使えないから、ここで作って行くのが人に見られる心配もなくてちょうどいい。

「ワフワフ」

レオが俺の採取したロエを見て頷いているが……もしかすると、あの状況で怪我人の数とか、ロエが必要な人を把握してくれていたのかもしれない。

「それじゃ、ヨハンナさんを追いかけましょう。――レオ、済まないけどまた頼むな？」

「えぇ、行きましょう」

「ワフ！」

時間はあまりかかっていないから、すぐにヨハンナさんに追い付けるだろう。

……懐に入れたロエの葉がチクチクするけど、新鮮な薬草だから仕方ないな……包む物や鞄《かばん》とかを持って来ていない事を後悔した。

ヨハンナさんと合流したら、何かあるか聞いてみよう。

間章　護衛兵ヨハンナの思索

月からの微《かす》かな明かりを頼りに、村へと馬を走らせる。

しばらく振りに、護衛としての仕事ができる充実感を胸に、捕まえた者達を逃がさないよう注意を払う。

公爵家所属、特殊護衛兵士……それがこの私、ヨハンナの肩書だ。

特殊と付いているのは公爵家のお嬢様方、クレアお嬢様とティルラお嬢様という、当主様の娘たちの護衛を同性の者が担当する、というだけなのだが。

私はその中でも、幼少期から見守っているクレアお嬢様の護衛担当を主にやっている。

状況により、ティルラお嬢様の護衛となる場合もあるが、基本はクレアお嬢様の護衛だ。

「むぐ……！　むぐ……！」

馬を駆る私が連れているもう一頭の馬、その馬に乗せた男達が、猿轡《さるぐつわ》をかまされている口から声を漏らす。

体も動かそうとしているようだが、手足だけでなく全身を縄で巻かれたうえに、二人の男が繋《つな》がれて馬に固定されているので、どうしようもない。

「往生際の悪い。観念しておとなしくしておけ。どうせそこから抜け出す事はできん」

「ぐ……む……！」

冷たく言い放つ私の声に、抵抗する気力を失《な》くす男……いや商人達。

「ようやくおとなしくなったか。まったく、レオ様が見えなくなったから逃げられるとでも思ったのか……まだ、それ程離れていないのにな」

商人が声を漏らし、身をよじろうとし始めたのは出発して少し経ってからの事だ。

見る者を恐怖させる威圧を発している魔物、シルバーフェンリルのレオ様が見えなくなってからだ。

見えなくなったといっても、馬の速度は遅くレオ様ならば一瞬で追いつける距離程度にしか離れていないのだが。

その事を知らない、そもそもシルバーフェンリルだという事すら商人は知らないのだから、仕方ない事でもあるが、私にとっては無駄な事をしているようにしか見えなかった。

「ふむ……他に何者かの気配などはないか。単独、いや二人のみの企《たくら》みなのか。他の協力者を警戒していたが、あまり意味はなかったな」

馬を走らせながらも周囲を警戒していたが、付近に何者かがいる気配はない。

断片的にタクミ様から聞いた話で、私が連れている商人がオークを運び、村にけしかけていたというのはわかっている。

こういう時、他に協力者がいてもおかしくない……少なくとも、逃走の手助けをする者や経過を見守る者がいる事も多かったりする。

それは、商人達を信用しているかどうかというよりも、確実に企みを進めるためでもあるのを私は知っていた。

いや、教えられた……公爵家の護衛兵となるため、厳しい訓練を受けた時に教えられている。

「……ふぅ、私が警戒などしなくとも、レオ様がいれば察知できるか。無駄な事だったな」

近くにレオ様がいる事で、もし他に何者かが近くにいるとしても私が警戒するのは無駄だと考え、息を吐いて少しだけ肩の力を抜いて緊張を解《ほぐ》す。

商人を捕まえる前も後も、レオ様が何も気にしていないのなら大丈夫なのだろう。

「そういえば、あのレオ様の毛並み……初めて乗せてもらったが、素晴らしかった。頼めば、また乗せてもらえるだろうか？　いや、乗せてもらえなくとも、撫《な》でさせて……いや、せめて触れるだけでも……」

レオ様と言えば、ティルラお嬢様も絶賛するあの毛並み……ランジ村の近くまで乗っていたレオ様の事を思い浮かべて、頬を緩ませながら、私は小さく呟《つぶや》いた。

恍惚《こうこつ》とした表情になっている自覚はあるが、月明かりに照らされている事もあって傍《はた》から見れば狂気をはらんでいるようにも見えるのか、商人達が戦慄しているようなので構わないだろう。

私は、表情や見た目から真面目そうだとか、冷徹そうだと見られる事が多く、周囲にはお堅い人物だと評されている。

だが実のところ、可愛い物やフワフワした触り心地に目がなかったりする。

私自身、自分には似合わないと隠している事なのだが……。

時折、護衛兵長のフィリップさんから、レオ様を見ている時の私に対して生暖かい視線を感じもするが、バレていないはずだ。

「おっと、気を緩めるのは後だな。クレアお嬢様は、上手くやっているだろうか？」

それはともかくと、気を取り直して私は自らが仕える女性に思いを馳《は》せる。

「タクミ様はもう少し、クレアお嬢様のお心に気付いてくれれば……というのは、私の勝手な思いか」

傍《かたわ》らで長い間クレアお嬢様を見てきた私からすると、わかりやすいクレアお嬢様のタクミ様への想い。

「暗い夜に、二人きり……絶好の機会ですよ、クレアお嬢様！」

タクミ様から少しだけあの場に残ると聞いた時、レオ様の毛並みを振り払った後の頭の中で、私はその事ばかりを考えていた……クレアお嬢様の気遣いに気付かないくらいに。

夜、男女が二人きり、大きな事件の直後、という条件が私にとっては素晴らしい機会だと思えてしまったのだ。

実際には的外れで、クレアお嬢様もタクミ様も今はそういった事を考えておらず、そもそもレオ様も一緒にいるため正しくは二人きりではない……と、後になって気付いた。レオ様の事も考えていたのに、自分の至らなさに反省しきりだ。

この時の私は、二人の様子ばかりを気にしてしまい、レオ様がいる事はわかっているし、だからこそ、護衛である自分がクレアお嬢様から離れても問題ないと判断したはずなのに、そういった部分ではカウントされていなかった。

思い込んだら視野が狭まる……リーベルト家、その家系によく見られる傾向だが、主従で似てしまうものなのかもしれないな。

もしくは、似ているからこそ私はクレアお嬢様に対して、並々ならぬ忠誠心を持っているのかもしれないが。

「ふむ、クレアお嬢様を迎える時、何も知らない風を装うべきか。それとも、どういった会話をしたのかクレアお嬢様から聞き出すべきか……」

視野の狭まっている私の中では、二人の関係が進展すると確信していた。

既にこの頃には、タクミ様がロエを作り終わり、何事もなくレオ様に乗っていたのを私が知る由もなかったのだから、仕方ないとしておいて欲しい。

しばらく後、自分の気遣いが意味をなさなかった事に気が付き、私はこっそりと溜《た》め息《いき》を吐《つ》いたのだが、そもそもに二人がこんな状況で自分達の気持ちを優先させるわけがないとも気付いて、的外れな事を考えていたと再び腹の底から深い溜め息を吐いた――。

第一章　グレータル酒の購入と利用法を考えました

「戻りました。フィリップ、村の人達は？」

あれから間もなくヨハンナさんと合流して、ランジ村まで帰って来る。

レオから降りつつ、入り口付近で村人に指示をしていたフィリップさんに、クレアが声を掛けた。

村の入り口にはまだオークの死骸が残っているが、順調に処理されていっているみたいで、出発前よりは血の臭いも少なくなっているように感じる。

「クレアお嬢様、タクミ様も、ご無事のお戻り安心しました。村の状況ですが……あまり芳しくありません」

「何かあったの？　オークは……レオ様が全て倒しているわよね？」

俺達に気付いたフィリップさんだが、村の状況を考えてか、その表情は険しい。

怪我人《けが》は確かにいたが……何かあるのだろうか？

「これだけの規模の魔物達に襲われて、死者が出ていないのは奇跡的です」

魔物の事をよく知らない俺でも、あれだけの数のオークに襲われて、死者がいないというのは奇跡的だと思える。

「死者はいないのね、良かったわ」

「はい。タクミ様とレオ様の活躍のおかげでしょう。ですが、怪我をした者の中で、特に傷の深い者が数人いるようです。幸い、死に至る程ではないようですが……」

俺の活躍と言うよりも、村の人達で協力して頑張った成果だと思う。

最終的には、レオのおかげというのが大きいだろうな……駆けつけるのがもう少し遅かったら、俺も含めてもっと被害が大きかった。

それはともかく、特に傷が深い人か……致命傷ではないようだけど。

「腕が動かなくなった者や、足が動かない者がいます。それ以外にも……」

フィリップさんが言うには、腕を始め体の一部が動かなくなるような怪我をした人がいるらしい。

骨が折れてしまっているのかもしれないな……確かに死者がいないからといって、手放しに喜ぶわけにもいかないだろう。

そのまま後遺症が残った場合には、もしかしたら、この先満足に仕事ができなくなるかもしれないからな。

「そうなのね。でも、それなら心配ないわ」

「何か方法が？」

「タクミさんが薬草を用意してくれたのよ」

「それなら怪我人の治療も……良かった！」

クレアさんの言葉に、安心して胸を撫《な》でおろすフィリップさん。

お酒の席で村の人達とは大分打ち解けた様子だったから、フィリップさんにとっては大きな怪我をした人達を放っておけなかったんだろう。

俺としても、お世話になってる村の人達が怪我をしている現状を、放っておく事はできないからな。

「フィリップさん、できるだけ怪我人を一つの場所に集めて下さい。すぐに治療します」

「わかりました。すぐに！」

「ヨハンナは、ハンネスさんを呼んで。この者達を置く場所も考えないといけないわ」

「はっ！」

怪我人を集めるように俺から頼んで、すぐに頷《うなず》いて駆け出すフィリップさん。

クレアさんはヨハンナさんに言って、ハンネスさんを呼びに行くよう指示。

商人達の方はもう完全に諦めて、項垂《うなだ》れている……というより、身動きが取れないだけか。

「お待たせしました。怪我をした村の者達は今、広場に集めております」

ヨハンナさんに呼ばれたランジ村の村長のハンネスさん、既に村の広場に怪我人を集めてくれていたようだ、ありがたい。

「村長……ハンネスさん。この者達ですが、今夜置いておく場所はどこかにありますか？」

「その者達は……」

縄で縛られた商人達に気付き、睨《にら》むハンネスさん。

グレータルという果物を使って、ランジ村で作られているグレータル酒を飲んだ人が病に罹《かか》るように画策《かくさく》し、さらにはオークまでけしかけた相手だからな、当然だと思う。

「そうですな……村のはずれに使われていない家があります。しかし、外から鍵を掛けられないので、逃げ出す可能性も……」

「それは心配無用です。ヨハンナ？」

「はっ！　私とフィリップさんとで、交代で見張りを致します。それにこの状態ですから、よっぽどの事がないと抜け出せないでしょう」

「確かに……」

クレアさんに言われて、商人達を置く場所として誰も使っていない家ならと思いついたようだ。

でも外から鍵がかからないため、閉じ込めておくには不向きらしいけど……ヨハンナさんとフィリップさんが見張ってくれるなら安心だろう。

それに、縄を緩めたりしなければ、抜け出して逃げる事はできないだろうしなぁ。

ミノムシみたいになっているし……トイレとかどうするんだろう？　まぁ、いいか。

「ヨハンナはハンネスさんの案内で、この者達を。私とタクミさんは怪我人の治療をします」

「はい」

「はっ」

「わかりました、こちらです」

クレアさんに促されて、ハンネスさんとヨハンナさんは商人達を立たせる。

……ハンネスさんからしたら、商人達に対して色々と口汚く罵ってもおかしくないのに。まぁ、元々そういう事ができない人なのかもしれないけどな。

クレアさん達の前だからってのもあるけど。

「あ、もしその人達が抵抗したら言って下さい。レオを向かわせます」

「ワフ！」

「「んぐ、んぐー！」」

「わかりました。そうですね、微細な抵抗も見逃さないように致します」

後ろから声を掛け、レオとハンネスさんが頷く。

レオの声を聞いて、商人達がビクリと体を強張《こわば》らせて猿轡《さるぐつわ》越しに声を漏らしたけど、何を言っているかわからない……怖がってはいるようだ。

これだけやっておけば、下手に逃げ出そうとは考えないだろう。

「それじゃ俺達は怪我人の所へ行きましょう」

「えぇ」

ハンネスさん達を見送った後、俺とクレアさんはレオを連れて村の広場へ。

怪我で苦しんでいる人達を、早く助けてあげないとな。

「こちらです、クレアお嬢様、タクミ様」

広場の手前で待っていたフィリップさんと合流し、案内してもらう。

「これは……酷《ひど》いわね」

広場では十人程度の人が敷物の上に横たわっていたり、座っていたりしていて、傍《そば》で他の村人が手当てをしているようだ。

軽い怪我をしている人から、まだ血を流している人までいて、広場を見渡したクレアさんが思わずという風に呟《つぶや》いた。

「ワゥ」

俺でも微かに感じるくらいの血の臭いを嗅いだからか、レオも小さく鳴く。

「クレアさん、大丈夫ですか？」

「……平気です。見たくない光景ではありますが、私は決して目を逸《そ》らしてはいけませんから」

一瞬だけ目を伏せたクレアさんは、この光景を見るのが辛いだろうと声を掛けたが、気丈にも決意の籠もった視線で目に焼き付けるようにしていた。

公爵家としての責任感だろうか。

「レオ様！」

「ワフッワフッ」

俺達、というかレオを見つけたロザリーちゃんが、広場の奥から駆け寄ってきた。

ロザリーちゃんはさすがに戦闘には参加しなかったが、怪我人の手当てをしていたようだ……その手は誰かの血で汚れている。

「レオ様……皆が……」

「ワフワフ」

村人が怪我をした事で、ロザリーちゃんにはいつもの元気はない。

レオが近付いて、ロザリーちゃんの小さな体に自分の頬を寄せて励まそうとしている。

「ロザリーちゃん。大丈夫だよ、皆の怪我は俺が治すからね」

落ち込んだ様子のロザリーちゃんに俺も声を掛ける。小さな女の子を、落ち込んだままにはしておけないからな。

「ワフ！」

「本当ですか？　タクミ様、レオ様」

「うん、本当だよ。だからロザリーちゃん、元気を出して」

レオの頷きも見て、ロザリーちゃんは少し元気が出て来たようだ。

さて、子供達を元気にするために、怪我をした人達の治療をしよう。

「あぁ、薬師《くすし》様……薬師様のおかげで村はなんとか無事でした……ですが、この腕ではもうこれまでのように働けません」

「大丈夫です。俺に任せて下さい」

まず一人目は俺にお礼を言いながらも、動かない腕を見下ろして絶望している様子の男性。

俺の近くでオークと戦っていて、腕を怪我して剣を持てなかった男性だ。右腕に巻かれた布に滲《にじ》んでいる赤い血が痛々しい。

あの時、相当強く腕を打たれていたから目に見える怪我だけじゃなく、骨にもなんらかの異常があるんだろう。

片腕だとしても、動かなければ満足に仕事はできないし、生活にだって支障が出るだろうから絶望するのも無理はないか。

「よっと。……さぁ、これで」

「つぅ……ん？　痛みが、引いて行きます」

ロエを持ち、ヨハンナさんに借りていたナイフで皮を削《そ》ぎ、その間に巻かれていた布を解《ほど》いてもらって、まだ血が滲み出ている男性の腕に当てる。

傷口に触れた瞬間に男性は痛そうに顔を歪《ゆが》めたが、すぐにロエは効果を表し、みるみるうちに塞がる傷口。

数秒後には跡形もなくなっており、包帯代わりに巻かれていた布に付いている血だけが怪我をした証拠のように見えた。

ロエの治療って、こんな感じなのか……俺の時もこうだったんだろうけど、凄いな。

「……腕が動きます！　痛みもありません！　ありがとうございます、ありがとうございます！」

「治って良かった。これで、村の仕事もできますね？」

「はい！」

目に涙を浮かべて俺の言葉に頷く男性は、もう大丈夫だろう。

腕に力が入らなくて、仕事や生活に対して絶望していた様子はもうない。

「さて、次は……」

「タクミさん、フィリップが動けない人を運んできているようです」

一人目の治療を終え、次の怪我人へ向かうために立ち上がる。

一緒にいたクレアさんに言われて見てみると、男性を背負ったフィリップさんがこちらに歩いて来るのが見えた。

「タクミ様、この人もお願いします」

「……うぅ」

背負われている男性は、痛みに顔をしかめて微《かす》かに声を漏らしている。

よく見たらあちこち怪我をしているようだけど、特に酷いのが布を巻いている両足か。

「大丈夫だから安心するんだ。タクミ様、こいつは足が動かないみたいなんです。酷いやられようで、意識を保っているのもやっとの状態です」

「……わかりました。やってみます」

「あ、お手伝いします！」

先程治療した男性と、手当てをしていた村の人に手伝ってもらって、背負われていた男性を降ろす。

敷物の上に寝かせて巻かれている真っ赤な布を解いた。

男性の足には両方とも深い裂傷が複数……動かないのは神経も切られているからだろう。

流れる血や痛みで、意識が朦朧《もうろう》としている様子だ。

俺と一緒に露《あら》わになった怪我を見ていたクレアさんは、口に手を当てて絶句している。

酷い怪我に顔をしかめるのを自覚しつつ、ロエを先程と同じように触れさせた。

「っ……う、うぅ……い、痛い……あ、あれ……？　痛みが引いて行く……」

まだ血が流れる足にロエを当てた瞬間は、痛みが増した様子だったが、すぐに苦しんでいた男性の表情が変わる。

みるみるうちに血が止まり、傷口が塞がれていく。

完全に傷口が塞がった頃には、男性も痛みではなく驚きで目を見開いていた。

「よし、これで大丈夫でしょう。動きますか？」

「痛くない……は、はい。動きます。こんな事って……ありがとうございます、薬師様！　フィリップも！」

「いえいえ、足が動くようになって良かったですよ」

「はぁ……」

足の感覚が戻り、怪我の跡すらなくなった男性は飛び上がるように立ち上がって、喜んでいる。

クレアさんはそっと息を吐いていた……目を背けたくなる程の怪我が治ったから、安心したんだろう。

「治って良かったな！」

「あぁ、本当に！　足が動くのがこんなに……！」

男性がフィリップさんの事を呼び捨てにして、仲が良さそうにしているのを見るに、もしかすると酔って意気投合した村人はこの人かもしれないな。

フィリップさんに蔵のお酒を勧めて、酔い潰した人……という事にもなるけど……まぁ、おかげで病の原因と思われる人形を発見できたのだから、何も言わないでおこう。

「次は……と」

そうして、クレアさんやフィリップさん、村の人達と協力して、オークに怪我をさせられた人達をロエで治療して回った。

ロザリーちゃんは、怪我をして沈んでいた村の人達が次々に元気になる様子を見て、泣きながらレオに抱き着いて喜んでいた。

これまで一緒に村で生活していた人達だから、心配だったんだろうし、不安だったんだろう、無理もない。

レオはロザリーちゃんを労《いたわ》るように、体を寄せていた。

「ふぅ……なんとか、ロエも足りたかな」

一度使ったロエは他の人には使えない。

クレアさんやフィリップさんからは、まだ効力があったからもったいないと言われたが、怪我をした人に直接当てたり、血が付いていたりしたからな……。

詳しくない俺でも、感染症が怖いと思ってしまう。

消毒とかができないから、一人につきロエ一個という事にした。

重傷者以外にも、軽傷を負った人達もいたようだけど、ほとんどがロエを使うまでもないようだ。

まぁ、体の一部が動かなくなる程や、怪我が原因で病気になる、とかまでになっていなければ大丈夫だろうと思う。

俺も含めて、十数体のオークに襲われた結果と考えると、被害は少なかった方なのかもしれない……だからと言って、商人達を許す事はできないけどな。


「タクミ様、今回は本当にありがとうございました」

「私からも公爵家を代表して、お礼を言わせて頂きます」

怪我人の治療が落ち着いて、商人達も閉じ込めて戻って来たハンネスさんと一緒に、今はハンネスさんの家の居間にいる。

そこで落ち着いて奥さんに淹《い》れてもらったお茶を飲もうとしたところで、ハンネスさんだけでなくクレアさんにまで深々と頭を下げて感謝される。

「いえ、そんな……」

「タクミ様がいなければ、この村はオーク達に蹂躙《じゅうりん》されてもう生きている者はいなかったでしよう」

「公爵家当主であるお父様の名代として……。タクミさん、公爵家領のランジ村の危機を救って下さり、ありがとうございます」

「いやぁ、まぁ、あはは……」

ハンネスさんとクレアさんからまっすぐお礼を言われて、面映《おもは》ゆさを誤魔化すように苦笑しながら、お茶を一口飲む。

……お茶はやっぱり、屋敷でライラさん達に淹れてもらった方が美味《おい》しいなぁ。

なんて、奥さんに失礼な事を考えつつ一瞬の現実逃避……だって、こんなに改まって人から感謝をされるのに慣れてないいんだ。


「それで、クレアさん。どうしてレオだけでなく、クレアさんがここに？」

しばらく感謝をされて、慣れない俺はむず痒《がゆ》いような時間を過ごして落ち着いた後、クレアさんがここにいる理由を聞く事にした。

頃合いを見計らって、話を変えたともいう。

レオもそうだが、クレアさん達がいてくれたおかげで商人達の捕縛がスムーズに済んだけど、やっぱりここまで来た理由は気になるもんな。

というか、ウガルドの店関係で忙しくて屋敷から離れられそうになかったから、そういう意味でも気になるところだ。

「レオ様が屋敷に戻って来る前の事なのですが……」

ハンネスさんの家で、クレアさんがここに来た理由を話し始める。

それによると、俺やレオがランジ村に行っている間に、クレアさんはラクトスも含めた周辺に住む人達からの報告を見ていたらしい。

その時、バースラー伯爵領付近の村でオークが減っているという情報を得られたんだとか。

ただ、オークは食糧として狩られたりした形跡はなく、不審に思っていたと……。

もしかしたらバースラー伯爵が何かを画策しているのではないか？　と考えている頃にレオがフィリップさんを乗せて屋敷に戻ってきた。

嫌な予感がして悪い方向に考えたクレアさんが、様子を見るためにフィリップさんとヨハンナさんという護衛さんを連れて、レオに乗ってここまで来たって事らしい。

「……セバスチャンさんに、止められたんじゃないですか？」

「もちろん止められました……」

途中質問を挟むと、苦笑しながら答えてくれるクレアさん。

「でも、不安と言いますか……悪い事が起こるような気がして、いてもたってもいられなかったんです」

虫の報《しら》せとでも言うのだろうか？　セバスチャンさんも予感的な何かを感じていたらしく、そこまで強くは反対しなかったようだ。

森の時とは違って、危険な場所へ行くわけじゃない事も押し通せた理由かもしれない。

そうして、レオと一緒に護衛を連れて行くとする事で、急いでここまで来てくれたってわけだ。

それでもセバスチャンさんの説得に応じて、レオやフィリップさんを休ませるために、一日休息日を取ったらしいけど。

「それで来てみたら、村がオークに襲われていたわけですね」

「はい。村の近くまできた辺りで、レオ様が危険を察知したみたいで……おそらく、オーク達と戦っている気配などを感じたんだと思います」

「レオが……」

感覚強化の薬草はなくても、レオなら近付けば村で戦っている気配とかを感じられるだろう。森でも、オークが近付いて来るのを誰よりも早く気付いていたからな。

「レオ様が慌てている様子でしたので……私やフィリップ達は一旦降りて、先にレオ様にこの村へと向かってもらいました」

「あぁ、だからクレアさん達は少し後から来たんですね」

「はい。到着してみると、悪い予感が当たっていたと驚きました……」

心配そうな表情でこちらを見るクレアさん。

あの時、もう少しレオの到着が遅れていたら、俺はどうなっていたかわからない。

少なくとも、その場でロエを作って治療したり、商人達を捕まえたりなんて、できなかっただろう。

クレアさんの推測や悪い予感、それに突き動かされて駆け付けてくれたわけだけど、本当に助かった。

「あんな事になるなんて、考えていませんでしたけど……本当に助かりました。ありがとうございます、クレアさん」

さっきは俺が村を助けたとお礼を言われたけど、今度は俺を助けたクレアさんにお礼を言う番だ。

むしろ俺にとっては、急いでレオに乗って来てくれたクレアさんが、村を助けた一番の功労者だとすら思える。

「いえ、何事も……ないわけではありませんでしたけど、それでも皆無事で本当に良かったです。それに、タクミさんが先頭を切ってオークを食い止めるために戦って下さったからこそ、タクミ様自身も、そしてこの村も助かったんだと思いますよ？」

「本当に、本当に感謝しております」

クレアさんの安心したような言葉に、一緒に話を聞いていたハンネスさんからもまたお礼を言われる。

奥さんも深々と頭を下げている……もしかして、またお礼を言われ続ける流れになるかもしれない。

クレアさんへのお礼は言えたし、早く話題を変えよう、そうしよう。

「……えーっと、そういえばレオというか、フィリップさんに持って行ってもらった人形の事は？」

「それも確かに受け取りました。イザベルに預けてあります」

「イザベルさんに？」

イザベルさんというのは、ラクトスの街にある商店の店主をしているお婆《ばあ》さんだ。

俺の魔力やギフトを調べてくれたのもイザベルさんだ。

「見た目はただの人形でしたが、なんらかの効果がある物のようでしたから。詳しく調べるには、屋敷ではなくイザベルの店が最適です。魔法具を扱っているので、専門と言えますから」

「成る程……魔法具……」

イザベルさんのお店は、魔法具商店……当然魔法具に関して詳しいだろうし、専門家に調べてもらえるなら安心だ。

それにしても魔法具か……その名の通り、魔法がかかった道具って事なんだろうけど……そういえば、俺のギフトを調べる時に使った物も不思議な道具だったな。

つまり、あの人形は魔法具だという事か……それなら、俺のわからない効果を発揮してもおかしくはないか。

まぁ、魔法具という物に関しては、いずれ詳しく聞くとして……興味はあるからな。

「イザベルさんは大丈夫でしょうか？　もし病に罹ってしまったら……」

「大丈夫ですよ、対策を取ってありますから。魔法具が効果を発揮しないように、封をする箱があるのです。イザベルから買った物ですけど」

「そんな物があるんですね」

「えぇ。その箱に入れておけば魔法具は効果を出す事はできず、誰かが病に罹る事はないでしょう。それにイザベルなら、もし箱から出しても何かしらの対処はしてくれると思います」

さすが専門家ってところだろうか、伊達《だて》に怪しい店構えをしているわけじゃないか……あの怪しい店構えも、何か魔法的な効果があったりするのかも？

「なら、任せておけば安心ですね。あ、それと、捕まえた商人ですけど……」

「今日は、村の人達も落ち着かないでしょうから、フィリップ達に見張ってもらって、明日にでも詳しい話を聞く事にします」

「確かに、村の人達の方が優先ですね。捕まえていますから急ぐ必要はないですし、小さな怪我をした人とかもまだいますから」

商人は当然、事情聴取というか尋問というか……とにかく、色々と聞き出さないといけない事が多い。

まぁ今日はオークの襲撃があったばかりだ。

見張りをしてくれているフィリップさんとヨハンナさんの二人のうち、手の空いている方は村の人達を落ち着かせるために動いてくれているからな。

レオにもロザリーちゃんと一緒に、村を回ってもらっている……レオは主に子供達を安心させる役目だけど。

「えぇ。それに明日は、セバスチャンもここへ来るでしょうから」

「レオ様には乗れませんでしたけど、セバスチャンも追って村へ来るようになっているんです」

「セバスチャンさんが？」

あの人が、クレアさんをただこの村に来させただけで何もしないって事もないか。

セバスチャンさんも協力して、商人の尋問をしてくれるのなら心強い。

「あ、そういえば……」

セバスチャンさんと聞いて、ふと思い出した……オークと戦っている時の不思議な出来事についてだ。

何か不思議だったり疑問に思ったりした事は、大抵セバスチャンさんとクレアさんが協力して教えてくれるから、思い出したんだけど。

「どうかしましたか、タクミさん？」

「いや、オークと戦っている時の事ですけど……ギフトの事で、セバスチャンさんに聞いて……」

「タクミさん、それは今すぐ聞かなければならない事でしょうか？」

俺がギフトと口に出すと続く言葉をクレアさんが遮り、ちらりと視線をハンネスさんの方に向けた。

「そ、そうですね……すぐに話さないといけないわけではないです」

俺の事は、ハンネスさんにはただの薬師として通している。

ギフトの事は教えていないから、ここで話すわけにはいかないか……。

「……後で詳しく聞きます」

「そうですね、セバスチャンさんに聞く前に、クレアさんにも話しておいた方がいいでしょうから」

その方が、頭の中でも少しはまとめられそうだし。

ギフト、『雑草栽培』の事はまたにして、話を終わらせた。

その後は、広場でクレアさんとハンネスさんが村の人達を集める……もう危険な事はないと、改めて村の人達に周知してもらうためだ。

村としての正式な発表みたいな物だな。

発表後は、宴《うたげ》を開きたそうなハンネスさんや、無事なグレータル酒を持って来ようとする村の人達を止めつつ、遅めの夕食。

レオはロザリーちゃんや子供達と遊んだり、用意されたソーセージをたらふく食べたりしたのち、満足そうに馬達のいる所へと寝に行った。

今日はありがとうな、レオ……おかげで助かったよ。

「ワフ」

心の中で感謝しただけなのに、離れて行くレオが返事をするように一鳴き。

なんとなく、通じ合っているような気がして嬉《うれ》しかった——。

「お邪魔します、タクミさん」

「クレアさん、どうしました？」

用意された部屋に戻り、寝るために横になった辺りで、クレアさんが部屋を訪ねて来た。

ちなみにクレアさんもハンネスさんの家で、空いていた別の部屋に泊まる事になっている。

「こんな時間に、どうしたんですか？」

「先程の話を聞きたくて、来ちゃいました。ふふふ」

そう言って、イタズラっぽく笑うクレアさん……お酒を飲んでいないのに、その頬はほんのり赤い気がする。

夜遅くに男の部屋を訪ねるのは、公爵家としていいのかな？　と一瞬思ったけど、今ここに注意する人はいない。

「タクミさん、気になる話をしようとするんですもの。……止めたのは私ですけど。今日を逃すと、森に行く時みたいにずっと後になる気がしたので」

「気になる話……あぁ、成る程。ギフトの事ですね」

クレアさんは、さっきハンネスさんがいたために話せなかった『雑草栽培』の話を聞きに来たみたいだ。

顔にははっきりと興味がありますと言っているような、楽しそうな表情を浮かべているので、聞きたくて仕方がなかった様子が窺《うかが》える。

森に行く前に『雑草栽培』の研究をした時、成果などの話をまた後でとはぐらかして、結局倒れた俺が起きてからになってしまった事を気にしているのかもしれない。

「それじゃ立ち話もなんですし……どうぞ、クレアさん？」

「あら、ありがとうございます」

深刻な話をするわけじゃないので、ちょっとだけおどけるように椅子を用意し、そこへ座るよう促す。

ベッドにとも考えたけど、夜の男の部屋で二人きりの状態でそれはな……。

「あ……」

「っ！」

「タ、タクミさん？」

変な事を考えていたせいか、座ろうとしたクレアさんの手が椅子を勧めていた俺の手に触れる。

その瞬間、短く声を漏らしたクレアさんとは関係なく、全身をビクッと反応させながら手を引いてしまった。

「あ、いや……」

「何か、私はタクミさんに悪い事をしましたでしょうか……」

慌てた俺に対して、クレアさんは座るのを止めて俯《うつむ》いてしまう。

「そ、そういうわけじゃないんです。すみません。その……これから話す事に関係するので、変に思わないでくれると……」

「……わかりました」

慌てて弁解する俺に納得してくれたのか、ちょっと落ち込んだ雰囲気のまま座るクレアさん。

本当に、クレアさんが悪いとかじゃないんだけどなぁ。

「ふぅ……えっと、まずオークと戦っていた時の事なんです」

「タクミさんのギフト、『雑草栽培』に関する事ですよね？」

「はい」

椅子に座るクレアさんと向かい合うように、ベッドへと座り息を吐いて話しだす。

俺がこの世界に来た時備わった、ギフトと呼ばれる能力の『雑草栽培』に関してだ。

「端的に言うと、戦っている時に『雑草栽培』がオークに対して使えたんです」

「……詳しく話して下さい」

「『雑草栽培』はその名の通り、雑草を栽培するギフトです。地面に手を付いて、その場所から雑草……薬草等を栽培する事ができます」

今までずっと、クレアさんの住む公爵家の別荘である屋敷の、裏庭で地面に手を触れながら『雑草栽培』を使ってきた。

雑草……というより植物だから、地面に生えるのが当たり前だと考えていたからだ。

でも、今回オークと戦っていた時、予想していなかった事が起こった。

必死だったから、細部まではっきりとしないかもしれないが、その時の様子をできるだけ思い出しながらクレアさんに説明する。

「オークの体……胸のあたりですね。そこに手を付いていた時に、『雑草栽培』が発動したんです」

「オークの……」

「いつものように、考えていた雑草……薬草が生えてきました。これがその薬草です」

「以前も見た事がある薬草ですね」

クレアさんに、オークの体で栽培した薬草を見せる……逃げた商人達を追いかける前、レオに乗るまでに地面に倒れていたオークから回収した物だ。

その薬草は以前作った物と変わらず、同じ見た目をしているので効果の方も確かだと思う。

オークの体からと考えると、食べるのは躊躇《ためら》われるけど。

「それと、オークは『雑草栽培』が発動して、薬草が生え始めたと同時に死んだように見えました。詳しくどの瞬間に、とははっきり言えませんが……」

「戦闘の最中ですから、それは仕方ないと思います。ですけど……そうですか……」

「何かわかりますか？」

オークの状況、薬草の事を聞きながら、クレアさんは考え込む。

何か、思い当たる事でもあるのだろうか？

「はっきりとはわかりませんが……雑草を始め、植物というのは土から栄養を吸い取っていると考えられています」

「……そうですね」

正確には、土と光と水や二酸化炭素等、様々な方法でなんだが、それを今言う必要はないだろう。

土からというのも間違っていないからな。

「もしかすると、そのオークに向かって『雑草栽培』を使った事で、急速にオークから栄養……この場合は体力かもしれませんが……それを吸収した……という事なのではないでしょうか？」

「オークから……ですが、それだといつも『雑草栽培』を使っている裏庭は……？」

栄養を吸い取る必要があるのはわかるが、オークの体力を一瞬で吸い取って殺してしまうくらいなら、屋敷の裏庭は今頃不毛の地になっていてもおかしくない。

だが、今のところそんな事はなく、俺が『雑草栽培』で使う以外にも他の草花が生えている。

「そこまでは私にはわかりません。土だから大丈夫なのか、それとも……。もしかしたら……？」

「何か、思い当たる事が？」

「オークに対して『雑草栽培』を使ったのは、日が暮れてからですよね？」

「はい」

「もしかしたら、それが原因かもしれません」

「日が暮れている事が、何か？」

裏庭では日が暮れた後も『雑草栽培』をしていた事があるし、それが関係するとは思えないんだけど……。

「セバスチャンから以前聞いたのですが、最近の研究で、植物には太陽の光が必要という事もわかってきたのです」

「……ふむ」

これはさっき考えた事だ。太陽の光だけではなく、人工的な明かりとかでもいいんだが、とにかく光があれば光合成ができる。

それが植物には必要なのは間違いない。

「もしかすると、オークは十分に光を浴びていなかったのかもしれません。屋敷の土は、普段陽《ひ》の光を浴びていますから」

「陽の光……」

「オークは基本的に森に好んで住んでいますが……その過程で、陽の光をあまり浴びなていないのかもしれません。そして、馬車に積まれて運ばれて来たと考えると、陽の光を全身に浴びる機会は少なかったのではないかと」

「……そうですね」

でも、陽の光をいつも浴びているかどうか、という事は関係あるのだろうか？

植物に直接陽が当たっていなければ、光合成とは関係ないように思う。

「土はいつも陽を浴びて、力を蓄えています。それと違ってオークは陽を十分に浴びていないため、力を蓄えられていないのかもしれません。そして、『雑草栽培』で薬草を作る時に栄養を吸い取られた事によって、全身の力が奪われた……と私は考えます」

「そうですか……」

俺の知っている植物に関する知識からすると、クレアさんの推測は違う気もしたが、この世界では魔法等を始めもとの世界とは違った法則があるように思える。

もしかすると、この世界の植物は本当に直接光を浴びる事じゃなく、土に蓄えられた陽の力を吸い取って成長するのかもしれない……？

「今私に考えられる推測ですので。あとは、何故《なぜ》オークを使って発動できたのか……ですね」

「そうですすね。今までは地面に対してしか、使えないと考えていましたから」

「あ、もしかして先程手を引かれたのは……？」

「……これまでオークに対して発動した時と同じ事はなかったので、大丈夫だとは思うんですけど……もしクレアさん相手に発動したらと。あまり意識していなかったんですが、思わず手を引いてしまいました。すみません」

意識していないというよりも、俺自身が怪我をしていた事もあって考える余裕がなかったからかもしれない。

でも、これまでと違う方法での発動は、確実に俺へ『雑草栽培』に対する恐怖のようなものを感じさせていたんだろう。

戦っていたオーク相手はともかく、クレアさんや他の人相手に発動させるわけにはいかないから。

「ほっ……あ、いえ、知らず知らずのうちに、タクミさんに嫌われるような事をしたのかと、心配になっただけで……事情がわかって納得しました。それは、確かに怖いですよね……」

ホッと息を吐きつつも、労るような視線を向けるクレアさん。

「そう、ですね」

今まで自分に備わった不思議な能力、最初は役に立つか疑っていたけど、今では便利な能力と考えている『雑草栽培』。

けどそれが、誰かを直接害する可能性があると考えたら、怖くなるのもおかしくないんじゃないかなと、自分の事ながらそう思う。

植物を栽培するんだから、当然、土のある地面でしかできないものだとばかり考えていたのに……生き物相手に発動し、相手の命を奪う事ができる。

そう考えると反則級の力のようにも思えてしまう。こればかりは、理由を知らないと安心して人に触れられなくなる可能性もあるな……。

「私だけではわかりませんけど、明日来るセバスチャンや、イザベルにも聞いてみましょう」

「セバスチャンさんと、イザベルさんにですか？」

「イザベルの知識は広いですからね。それに、ギフトの事を調べたのもイザベルです。何か知っているかもしれません。人形の事も聞きに行かないといけませんから」

「そうですね。人形の事もありますし、イザベルさんにも相談してみる事にします。もちろんセバスチャンさんにも」

ギフトを調べてくれたイザベルさんなら、なんらかの知識があるかもしれない。

いつもわからない事を説明してくれるセバスチャンさんも、何か知っている事や新しい知識を得ている可能性もあるからな。

ランジ村から屋敷へ帰る途中でラクトスは通るから、イザベルさんに色々と聞いてみるといいか。

そう決めて、ふと置いておいた時計に目を向けると、かなり遅い時間になっている事に気付いた。

「あ、そろそろクレアさんも休まないと。屋敷からここまでレオに乗って来て、相当疲れているでしょう？」

「そうですね、森に行った時程ではありませんが……」

自分の足で長時間歩いたわけじゃないから、直接的な疲労は少ないとは思う。

けど、レオに乗っていたとはいえ長距離を移動してきたうえに、商人達を捕まえたりもしたから、かなり疲れているはずだ。

さすがにこれ以上話し込んで、明日に疲れを残すのは悪い。

「俺が屋敷を出発する前日みたいに、同じ部屋でというわけにはいきませんからね……」

冗談交じりに言ったけど、時間に気付いてから妙に意識してしまって、ちょっと頬が熱い気がする。

屋敷での時は、レオも含めて他にも人がいたからなんとか平静を保っていられたからなぁ……頭の中は大分混乱していたけど。

でも、屋敷の部屋程広くないここで、クレアさんと二人というのは色々と保てない……具体的には、俺の理性が。

寝る場所なんて、シングルサイズのベッドくらいだし。

というか、『雑草栽培』の事もあるから、絶対に触れてしまうような状況は避けないとな。

「私は……別に……」

「クレアさん？」

「はっ！　いえ、なんでもありません。それではタクミさん、おやすみなさい！」

「は、はい。おやすみなさい……」

何やらモゴモゴとしているクレアさんに声を掛けると、パッと顔を上げて立ち上がり、急ぎ足で部屋を出て行った。

扉が閉まる前に、俺からも一応挨拶を返したが、聞こえたかどうか……。

俺が変な冗談を言ったから、気を悪くしちゃったかな？　でも、部屋の明かりに照らされたクレアさんは、そんな雰囲気に感じられなかった。

どちらかというと、照れているとか恥ずかしいとかに近かったような……？

「まぁ、今後はシャレにならなそうな冗談を言うのは控えよう。セバスチャンさん……は、面白そうに笑ってそうだけど、エッケンハルトさんに怒られそうだ……」

気のいい人ではあるけど、迫力のある公爵家の当主様の顔を思い出して、体を震わせつつ、ベッドに潜り込んだ。

はぁ、今日は色々な事がありすぎたな。

心の中で嘆息しつつ、レオやクレアさん達に感謝して、意識が遠のいて行った。


翌日、朝起きてハンネスさんの奥さんが作ってくれた朝食をクレアさんと頂く。

奥さんは、公爵家のお嬢様の口に合うかどうか……と不安な様子だったけど、クレアさんは美味しそうに食べていた。

朝食後は、俺はレオに朝食を運び、クレアさんはフィリップさん達の様子見とハンネスさんと一緒に、村の様子を見て回っていたようだ。

馬と仲良さそうにしていたレオは、朝食を食べた後はハンネスさんの孫のロザリーちゃん、それとこの村に来た時に知り合った、ライくんや子供達と遊び始めた。

元気だなぁ。

村の人達は、今日はほとんどの人がゆっくり休むようで、全体がのんびりしていた。

まぁ、ロエで治療する必要がないくらいとはいえ、小さな怪我をした人もいるし、大量のオークが襲って来るという事件があったばかりだから、落ち着くための時間も必要だろう。

ちなみにだけど、俺が治療に使ったロエはクレアさんが緊急用に持って来ていた物という扱いで、屋敷に戻ったら契約に従って代金が支払われる事になっている……無償のつもりだったんだけど。

まぁ、あの状況で俺がロエを用意したというのは不自然だからな。

村に対しては、公爵家として話し合って折り合いを付けるとかなんとか……主に、セバスチャンさんが調整する事になりそうだ。

そのセバスチャンさんは、昼過ぎに子供達が元気にレオと遊んでいる様子をクレアさんと眺めていると、村に到着。

クレアさん用の馬車や、使用人さんと護衛さん数人を引き連れていた。

すぐに商人達の尋問を始めるのかと思いきや、まずは村で起こった事の事情説明……普段はセバスチャンさんが説明してくれるのに、今回は俺がセバスチャンさんやクレアさんにというのは、ちょっと面白い。

「そのような事が……クレアお嬢様の予感が当たったのですね」

ハンネスさんの家を借りて、クレアさんとセバスチャンさんに大まかな話を済ませる。

ここには俺達三人だけで、ハンネスさん達はまだ完全に片付いていないオーク処理をしている……しばらくこの村はお肉に困る事はなさそうだ。

「それで……話は変わるのですが、セバスチャンさん。クレアさんも。ちょっと相談したい事があるんです」

「相談ですかな？」

「タクミさんからですか？」

商人達の事も話し終わり、尋問を開始する前についでなので以前考えていた事の相談を持ち掛ける。

相談というのは、グレータル酒の事。

はっきりとした事はイザベルさんの調査待ちだけど、おそらく人形のせいで病の原因になってしまっている一部のグレータル酒、それをどうするかだ。

あれだけ美味しかったお酒が、そのまま捨てられるというのは少しもったいない気がするから。

どうしようもできない物なら、捨てるしかないけど。

「レオが判別した、病の原因になっているグレータル酒の事なんですけど……」

「ふむ。ラクトスの街では評判になっているお酒ですな」

「先程タクミさんの話で、フィリップが持ち帰ってきた人形が原因だとか」

「詳しい事はわからない部分もありますけど……人形を離しても、手遅れになっているグレータル酒があるんです」

人形がどのように作用してとかはまだわからなくとも、レオを信じるならいくらかのグレータル酒が、樽《たる》単位で駄目になっている。

二人には、それらをどうにか飲めるようにする事ができないか、もしくは何かに利用できないかという相談をした。

飲めるようにならなくとも、ランジ村の人達が損をしないようにする方法なんかもだな。

「病の原因を取り除けば、飲む事もできるのでしょうが……ラクトスやこの村で広まっていた病に罹るお酒、となると」

「扱いは慎重にならざるを得ないですね」

「やっぱり、難しいですか……」

険しい表情のセバスチャンさんとクレアさん。

セバスチャンさんが言っている通り、病の原因だけを取り除ければ飲めるだろうけど……。

それに、飲めば病に罹る可能性のあるお酒なんて、扱いを間違えば酷い事になる。

風邪のように人から人へうつる病でもあるから、一つ間違えば今回の流行よりも酷い事にだってなりかねない。

やっぱり、もったいないからといっても無理があるか。

「……それなら、買い取るのはどうかしら？」

クレアさんが、妙案が思いついた様子で言った。

「買い取る……？」

「扱いが難しいので、今回のように誰かに利用させるわけにはいきません。かといって、村の者達が丹精込めて作ったお酒を、危険だからといって目の前で捨てるというのも忍びないわ。それに、捨てるといってもお酒だから……」

「病の素？　のような物も入っているようですからなぁ」

大きな樽だから捨てるとなれば、この村周辺でとなるだろう……数も数だし、運ぶ手間がかかるからな。

さすがに川や井戸に流して捨てるというのは、論外だ。

かといって穴を掘って流し込んで埋めるとしても、井戸なんかの地下水に影響がありそうだし……それも簡単そうじゃない。

「どうにかして飲めるようにするなり、なんらかの利用法があるとしたら、捨てる方法を考えるよりは良さそうですから」

「確かに、そうですね……」

そうか、そうだよな……捨てると言っても水源に流すわけにはいかないのは当たり前、しかも病の原因になるのなら場所や方法も考える必要がある。

「なら、買い取って屋敷で保管しておいた方が、安全じゃないか……と思ったんです」

「屋敷で管理しておけば、何者かに利用される危険はありませんからな」

屋敷でなら、ちゃんと管理されるだろうから確かに安全だ。

保管や運搬する手間はあるけど……ゆっくり考える時間もできるからな。

「……ですがクレアお嬢様、買い取るまでしなくとも、村でも扱いに困る物。捨てる方法を考えるから、引き取るというだけで良いのではないですか？」

「それだと、ただ村の損害になってしまうわ。さすがに街で買う値段と同じ、というわけにはいかないけど……」

村の人達はただ騙《だま》されただけ……それなのに大量のグレータル酒を失ってしまう。

それで直ちに村全体が立ち行かなくなるわけじゃないけど、生活が苦しくなってしまうのは間違いない。

ハンネスさんも、ある程度節制をしなければ……みたいな事を言っていたから。

「それは確かに、俺も考えていた事です。卸値くらいで買い取ってしまえないかな？　と思っていました」

ただ、買い取ったとしても保管場所や運ぶ方法がないから、考えるだけで終わっていたんだけど。

「ふむ、クレアお嬢様もタクミ様も同じ意見ですか。でしたら、私に言える事はありませんな。村長や村に対して、多少の値段交渉をするくらいでしょうか……ほっほっほ」

そう言って笑うセバスチャンさん。

さっき反対に近い意見を出していたとは思えないくらい、楽しそうだ。

「……セバスチャン、私が買い取ると言い出すってわかっていて言っているわね？」

「少なくとも、クレアお嬢様かタクミ様か、どちらかがとは思っていましたな。……お二方が同じ考えとはさすがに予想していませんでした」

俺やクレアさんから視線を外しながら答えるセバスチャンさんは、どこか白々しい。

最初から、買い取るという意見が出る事を予想して、様子を見ていたのかもしれない……それか、クレアさんや俺のどちらかが言い出さなければ、セバスチャンさんの方から言うつもりだったのかも。

「本当かしら？」

「ほっほっほ、クレアお嬢様はタクミ様と同じ意見というのは、不満ですかな？」

「そ、そんなわけないじゃない……」

笑うセバスチャンさんに、サッと顔を背けるクレアさん。

……なんだか、誤魔化されたような気もするけど、まぁいいか。

「と、とりあえず買い取るのは決まりとして……」

「そうですな。値段交渉などはお任せ下さい。公爵家と村、双方の納得できる落としどころを探りましょう」

「……あまり、やり過ぎては駄目よ？」

セバスチャンさんの誤魔化しに乗って、強引に話を戻す。

今回は村が騙されて被害を受けた事から、補償の意味合いが強いため、高値で買い取ると公爵家がただ損をするだけだし、安く買い取れば補償にならない。

まぁ、クレアさんは注意するように言っているけど、ポーズだけみたいだしセバスチャンさんに任せていれば大丈夫だと思う。

「あ、これは伝えておかないと。薬草の報酬からになりますけど、半分くらいは俺にもお金を出させて下さい」

「ふむ？」

「タクミさん？　ですが、今回は村と公爵家の話になります。タクミさんが払う必要はないと思いますよ？」

「そうなんですけど……この村で飲ませてもらったグレータル酒は、美味しかったので何かできる事はないかと考えていたんです。それに、相談を持ち掛けたのは俺ですから、クレアさん達だけに損をさせるわけにもいきません」

もしこの相談をする中で、買い取るという話が出なくても最終的には俺が買い取ろう……と考えていたのもある。

村の人達は良くしてくれたし、初めてお酒を美味しいと思って飲めた経験をさせてくれた、感謝の気持ちだ。

とはいえ、薬草を売って十分過ぎる程の報酬をもらっているとはいっても、さっきも言ったように卸値より少し割引してくれるよう頼もうとはしていたんだけど。

クレアさんやセバスチャンさんは、俺がお金を払う事に反対したい様子だったけど、ここは強引に押し切った。

折半は特にクレアさんが納得してくれそうになかったので、大体三割くらいになったけど。

「では、タクミ様に押し切られてしまいましたし、あとはグレータル酒を運ぶ手筈《てはず》ですな」

まだハンネスさんとは話していないけど、買い取る事を前提に話を進める。

大きな樽なので、そのまま持ったり転がしたりして長距離を運ぶのは難しい……というか無理だ。

「一度ラクトスへ行かねばなりませんな。輸送のための荷馬車を手配しましょう」

荷物を運ぶのは荷馬車、ランジ村にもあるだろうけどそれは村の人達が使うための物。

商人達がオークを運んできた幌馬車《ほろばしゃ》は、オークを解放した後に壊れていたようで使えない。

なのでラクトスまで手配しに行く必要がある、と。

「屋敷まで運ぶとなると……大体十日くらいかしら？」

「これからラクトスに手配をするために、馬を走らせたとしたらそのくらいでしょうな」

屋敷からこの村まで、馬で三日……急いで二日といったところだろう。

ラクトスで荷馬車を手配して、荷馬車に積んで屋敷までとなるとあまり速くは移動できないだろうから、クレアさんの言う通り十日近くかかりそうだ。

「それなら、俺がレオに乗ってラクトスまで行きますよ。そうすれば、ラクトスへ向かう日数が短縮できます。手配した荷馬車の移動は短縮できませんけど」

レオも人を乗せて走るのは好きなようだから、昨日の今日でラクトスに行くのを嫌がったりはしないだろう。

疲れとかもなさそうだったからな……まぁ、嫌がられたら他の方法を考えるけど。

「でも、タクミさんは昨日怪我をしていました。もう少し休んだ方が良いのではないですか？」

「先程ランジ村で起こった事を聞きましたが、相当な血を流されていた様子。念のため数日は休んでおいた方がよろしいかと存じます」

俺の提案は、心配してくれるクレアさんとセバスチャンさんに反対された。

ロエで治療したとはいっても、流れてしまった血を取り戻す事はできない。

今は特に運動をしているわけではないので問題ないが、そういえば昨日商人達を追いかけている時に、貧血っぽい症状が出ていたようだからなぁ。

セバスチャンさんが言う数日はさすがに大袈裟《おおげさ》だと思うけど、今日くらいは休んだ方がいいか。

今回はギフトの使い過ぎではないにしても、また倒れて迷惑や心配をかけてしまうわけにもいかないからな。

「もしレオ様が了承して下さるのであれば、タクミ様がラクトスへ赴かなくとも別の方法があります」

「別の方法ですか？」

「要は誰かをラクトスに向かわせればいいだけですからな……」

そう言ってニヤリと笑うセバスチャンさんは、何か考えがあるようだ。

悪巧みをしているようにも見えるけど……本当に悪い事は考えていない、と思いたい。

「……フィリップさん？」

「タクミ様……はぁ……」

話を終えて真っ先に外へ出たセバスチャンさんをクレアさんと一緒に追いかけると、項垂れて溜め息《たいき》を吐《つ》くフィリップさんがいた。

「フィリップに、ラクトスの街まで行ってもらおうと思いましてな？」

「それは話の流れでそうだとわかりますけど、フィリップさんに元気がなさそうなんですが」

「フィリップが……そういう事ね」

クレアさんは納得している様子だけど、俺にはフィリップさんが溜め息を吐いている理由がわからない。

ラクトスに行くのが嫌だとか、そういう理由ではなさそうだけど……昨日村に来たばかりで、疲れているからだろうか？

「フィリップ、諦めなさい。貴方《あなた》のこの村での所業……聞き及んでいますよ？」

「……くっ」

セバスチャンさんの言葉に、項垂れながらも悔しそうにしているフィリップさん。

「フィリップさんの所業……？」

「タクミさん、タクミさん。この村で行われたタクミさんを歓迎する宴と、その後に酔っていた事に関してです」

「あ……もしかして……」

クレアさんに言われて思い当たるのは、フィリップさんがグレータル酒を飲んで酔っ払っていた事。

それだけならともかく、グレータル酒を作るための蔵にまで入り込んで、しかも寝こけていたのが原因らしい。

クレアさんもセバスチャンさんも、先程ハンネスさんの家で相談するまでの間に、村の人達から聞いてしまったんだとか……。

人形を見つけたのは、そのフィリップさんの行動のおかげだからと俺は黙っていたんだけどなぁ。

ともあれ、公爵家の護衛としての振る舞いに相応《ふさわ》しくないと、罰としてフィリップさんにラクトスへ向かわせると。

罰と言っても、レオもしくは馬に乗って行くだけなので、大した事はないはずなんだけどクレアさんやセバスチャンさん、それどころか部下のヨハンナさん達にも知れ渡る事になった。

そのため、ばつが悪いと項垂れて溜め息を吐いているとクレアさんが教えてくれた。

ちなみに罰とも言えないくらい軽い内容で済んだのは、人形を発見するきっかけになったのを考慮してなんだとか。

「公爵家からの護衛としてこの村に来ておきながら、酒に飲まれるとは……」

「……うぅ」

溜め息を吐くように言うセバスチャンさん。

フィリップさんはさすがに言い返す事ができず、俯いて唸《うな》っている。

「それじゃあ、レオを呼んできますね」

「お願いします。もしレオ様がラクトスまでフィリップを乗せたくない、と言われるのであればこちらで用意した馬で行ってもらいます。もちろん、急いで到着するように」

「あ、私もレオ様の所まで一緒に行きます！」

一度屋敷まで乗せているから、レオが嫌がる事はないと思うけど……とにかく、助けを求めるようなフィリップさんの視線には気付かなかった事にしよう。

酒蔵にまで入り込み、朝まで寝こけていたのはフィリップさんなので、助けを求められても俺にはどうにもできないです……。

ついて来ると言うクレアさんと一緒に、レオがいるはずの広場へと向かった。


「そういうわけで、ラクトスまでひとっ走りフィリップさんを乗せて行ってくれないか？」

「ワフ……ワウ？」

子供達と遊んでいたレオを手招きをして呼び、事情を説明。

レオは少し考えた後、俺を見て心配そうに首を傾《かし》げた。

多分、レオがいない時にオークに襲われた事を気にしているんだと思う。

「大丈夫、あんな事そうそう起きないし、オークを連れてきた商人は捕まえてある。それに、今は屋敷の護衛さんもいるからな。危険はないはずだよ」

オークが大量に襲い掛かって来るなんて事、頻繁に起こるはずがない、と思う。

ヨハンナさんだけでなく、セバスチャンさんが護衛さんを連れて来ているから、フィリップさんをレオが乗せて行っても危険は少ないはずだ。

「ワフ。ワフゥ……」

「まぁ、確かに前も同じような事を言った覚えはあるけど」

そういえば、前回レオにフィリップさんを乗せて、屋敷まで行ってもらう時にも同じように危険はないとか、大丈夫だとか言ったような気がする。

いや、オークが運ばれてくるなんて、予想するのは無理だと思うんだ。

心配してくれているのは嬉しいけど……。

「レオ様、タクミさんが心配な気持ちはわかります。私も、駆け付けた時に怪我をしているのを見て、胸を刺されるような思いでした」

どうを説得したものか、と悩む俺の横からクレアさんがレオに話し掛ける。

胸を刺されるって……ちょっと大袈裟かな？　と思ったけど、ロエで治療する直前は結構自分でも危ない感じがしたからな。

傍《はた》から見たらかなり酷い怪我だったんだろう。

「ですが……いえ、だからこそ、レオ様がタクミさんの傍を離れている時は、私や公爵家の者が必ずタクミさんを守ります。少なくともレオ様が戻って来るまでは、絶対に危険に晒《さら》すような事はしないとお約束いたします」

「ワフ……」

真剣な表情でレオに言い切って、じっと見つめ合うクレアさんとレオ。

セバスチャンさんは、無理にレオに行ってもらおうとは思っていなかったようだし、ちょっと大袈裟じゃないかなぁ？　と思ったけど、これは多分今回の事だけじゃなく、今後の事も言っているような気がした。

女性に守ると言われるのは、なんというか自分が情けなく思えて微妙な気持ちもあるけど。

「ワゥ……」

「レオ？　はは、よしよし」

小さく鳴いて、俺に体を寄せるレオ。

どうしたのかと思ったけど、撫でて欲しいのだと理解して両手でガシガシと撫でてやる。

「クゥーン……ワウ！」

「レオ様？」

甘えた声を出し、少しだけ俺に撫でられるのを堪能したレオは、スッとクレアさんに顔を向けて吠《ほ》えた。

「わかったって言っているみたいです」

「そうですか……ありがとうございます、レオ様」

「ワフワフ」

「きゃ。ふふふ、任せて下さい」

首を傾げたクレアさんにレオが言っている事を伝えると、クレアさんは深々と頭を下げた。

レオは任せたと言うように鳴きつつ、顔をクレアさんに近付けて頬ずりした。

一瞬驚いて声を上げたクレアさんも、すぐに微笑《ほほえ》んでレオを撫でる……俺を挟まなくても、通じ合っているようでちょっと羨ましい。

まぁ、今のは話の流れでレオがなんて言ったのかわかるか。

クレアさんのおかげで納得してくれたレオを連れて、フィリップさんとセバスチャンさんの待つ村の入り口へ……さっき話した場所にいるかと思ったら、すぐにでも出発できるよう移動していたらしい。

もしレオが嫌がった時に備えてか、念のため馬も一頭用意されていた。

ヨハンナさんが一緒にいるけど……捕まえた商人達の見張りは、別の護衛さんに任せたのか。

「ではレオ様、フィリップをラクトスで降ろしたら、すぐに戻って来ても構いませんので。もし休憩を取るのなら、フィリップに」

「ワフ！　ワウワフ！」

セバスチャンさんの言葉に、首を振って答えるレオ。

「休憩せず、すぐに戻って来るって言っています。──レオ、心配してくれるのはありがたいけど、無理はするんじゃないぞ？　疲れたら休むんだ」

昨日から走り通しだし、見た感じは疲れている様子はないにしても、もしかしたらレオも疲労が蓄積されているかもしれない。

一応、フィリップさんには疲労回復の薬草を渡してあるけど、やっぱり止まってゆっくり休んだ方が精神的にも疲れが取れる気がするからな。

無理せず休んで欲しい。

「ワウ。ワフワフー！」

全然疲れないから大丈夫！　みたいな事を言っているようだ。

この分だと、フィリップさんをラクトスの門前で降ろして、すぐに引き返して来そうだなぁ。

「フィリップさん。これを……」

「それは？」

背中にフィリップさんが乗り、すぐにでも出発できる準備が整ったのを見計らって、持って来ていた小さな樽を渡した。

大体、一リットルくらいは入る樽だ。

「例のグレータル酒です。ラクトスに行くなら、ついでにイザベルさんに調べてもらおうかと。

――フィリップさん、絶対に飲んだらいけませんからね？」

「も、もちろんわかっています！」

樽を見て首を傾げるセバスチャンさんに説明しつつ、フィリップさんにも注意しておく。

レオの選別によって、人形の影響を受けているらしいグレータル酒。

説得してレオを村の入り口に連れて来る前、クレアさんが思いついて村の人に小さな樽を分けてもらい、中に入れてきた物だ。

人形はイザベルさんに預けてあるらしいけど、実際に影響を受けているグレータル酒も一緒に見てもらえば調べやすいだろう。

あわよくば、飲めるようにする方法も見つかるといいけど、それはついでだ。

「では、フィリップ。荷馬車の手配とイザベルへの依頼。頼みましたよ」

「……わかりました」

「レオ、頼んだぞ？」

「レオ様、お願いします」

「ワフー！」

セバスチャンさんがフィリップさんに、俺とクレアさんがレオに声を掛ける。

大きく吠えて返事をしてから、レオが走り始めた。

しばらく走るレオを眺めて姿が見えなくなった頃、セバスチャンさんがくるりと踵《きびす》を返して村へと体を向ける。

「では、続いて……商人達の尋問ですな。ほっほっほ、楽しませてくれると良いのですが」

「セ、セバスチャンさん？」

口では笑いながらも、その目は笑っていないし滲み出る雰囲気が怖いセバスチャンさん。

「今回ばかりは、程々に……とは言わないわ。必ずオークを村にけしかけた理由、背後関係も含めて全て聞き出しなさい」

「ク、クレアさん？」

クレアさんも口角を上げてはいるけど……セバスチャンさんのように雰囲気が怖い。

もし俺に、人が発するオーラが見えていたら、二人からはどす黒いオーラのようなものが立ち上っているように見えただろう……多分。

「畏《かしこ》まりました。ヨハンナは、このままクレアお嬢様とタクミ様の傍に」

「はっ！」

ヨハンナさんに指示をした後のセバスチャンさんは、「ほっほっほっほ！」と高らかに声を上げながら、商人達を捕らえている建物の方へ向かって行った。

その様子を見た村の人達は、しばらくの間セバスチャンさんを見ると顔が引き攣《つ》るようになったらしい――。


商人達の尋問などは、やる気に溢《あふ》れすぎていたセバスチャンさんに任せ、俺とクレアさんは広場で遊んでいる子供達を眺めてのんびりとさせてもらう。

子供達の中には、ロザリーちゃんやらライ君もいて、年齢性別関係なく楽しそうに遊んでいる。

村の人の計らいでテーブルと椅子が用意され、セバスチャンさんと一緒に来たメイドさんにお茶を淹れてもらう。

「楽しそうですね。無邪気な子供達を見ていると、私も楽しく思えます」

お茶を一口飲んでカップを置きながら、広場を走り回っている子供達を見るクレアさん……優雅だ。

朗らかな笑みをたたえた表情は、その言葉通り楽しそうで、子供好《ず》きなんだと思わせる。

ティルラちゃんという妹がいる影響かもしれないな。

セバスチャンさんと一緒に、不穏な気配を発していたクレアさんが落ち着いてくれて良かった。

「レオがいなくて寂しそうにしている子もいますけど、この笑顔を守れたのだと思うと、オーク相手に頑張った甲斐があると思えます。……最後にはレオに助けてもらいましたけど」

「ですけど、タクミさんがいなければレオ様や私達が来るまでに、もっと酷い事になっていたでしょう。タクミさんがこの子供達の笑顔を守ったのだと、誇りに思って下さい」

「ははは、そうですね……」

日本にいた頃から、近所の子供達とレオを通じて遊ぶ事が多かった……毎日ではないけど。だから俺も子供好きと言えるのかもしれないな。

クレアさんの言う通り、もしかすると子供達かその親が失われていた可能性もある。

自分の頑張りを認める事も大事かな。

「……タクミさんは少し……いえ、凄《すご》く無理をする人です。村が助かったのは事実ですけど、危険な事は控えて欲しいです」

いつの間にか俺をジッと見つめながら言うクレアさんは、少し拗《す》ねているようにも見えた。

「ははは……正直、オークを前にした時は自分でもどうしてこんな事を？　なんて思ったりもしましたけど」

無理という意味では、日本で働いていた頃に散々やってきた。

いや、命を懸けて戦う……とまでの事はないけど、でも働きづめである意味命懸けだったとも言えるのか？

ともかく、平和な日本で暮らしていたはずの俺が、恐ろしいオーク相手に村の人達が逃げるための時間を稼ごうなんて、自分で行動しておいて不思議だったりもする。

まぁ俺なんかよりも、優しい村の人達がオークに蹂躙されるのを許せなかったのかもしれないし、実際には自分でもよくわかっていないのかもしれない。

「俺が前に出れば、村の人達が助かるかも……と思ったら、逃げる事は頭に浮かびませんでした。あとは成り行きで……」

「自分を犠牲にして、という考えは尊いと思います。ですが、タクミさんの身を案じて、心配している人もいるという事を忘れないで欲しいです。レオ様もそうですし、屋敷の者達も」

クレアさんの言葉に、俺達の世話をしてくれているメイドさん、一緒に来て後ろに控えてくれているヨハンナさんが、視界の隅で頷くのが見えた。

自己犠牲の精神……なんて持ち合わせていないと思っていたけど、よくよく考えたら今回の行動はそれそのものだな……と気付く。

もとの世界でも、同僚の仕事を肩代わりする事が多かったし……うーん、俺にそんな尊い精神が備わっていたとは。

いや、今は茶化して考えている時じゃないな、心配してくれる人がいるというのは、凄く嬉しい事だ。

「ありがとうございます。それと、心配をかけてしまってすみません」

改めて頭を下げ、お礼と謝罪を。

鍛錬をしているから、多少の擦り傷くらいはともかくとして……危険な事はできるだけ避けよう。

優しい人達には、あまり心配を掛けたくないからな。

「あ、でもクレアさんは心配してくれないんですか？」

レオや屋敷の人達が心配してくれるのはわかったけど、そういえばその中にクレアさん自身がいなかったなぁ、と気付いて聞いてみる。

「わ、私は……もちろん心配するに決まっています」

面と向かって言うのが照れ臭いのか、そっぽを向きながらボソボソと話すクレアさん。

メイドさんが何やら溜め息を吐いた気がする……俺、変な事言った？

「クレアさんが心配してくれているって思うと、嬉しいんだけど……ごめんなさい、気を付けます」

「もう、タクミさんったら……」

嬉しいのは本当だけど、それを伝えようとすると頬を膨らませたクレアさんに、可愛《かわい》らしく睨まれてしまった。

溜め息を吐くように言うクレアさんに苦笑し、無茶な事はできる限り避けるよう心の中で決意。

雰囲気が和らいで良かった。

「……ねーねー、レオ様はどこに行ったのー？」

クレアさんと談笑しながら過ごしていると、一人の子供……レオがいなくなって寂しそうにキョロキョロしていた子が、こちらに来てクレアさんの服を引っ張って尋ねる。

ティルラちゃんより小さく、小学校に入るかどうかくらいのおとなしそうに見える子だ。

「こ、こら、駄目でしょ！　その人はとても偉い方なのですから……！」

こちらの様子に気付いたロザリーちゃんが、遊んでいた子達の輪の中から駆け付け、クレアさんの服を引っ張っていた子供を叱る。

「ふふふ、大丈夫よロザリーちゃん。――ごめんなさいね、レオ様は今大事なお願いをしていて、この村を離れているの」

服を引っ張られたクレアさんは、ロザリーちゃんに微笑みつつ子供の手をそっと取って、椅子から降りて視線の高さを合わせて優しく話しかけた。

「そうなんだー。うーん、いつ戻って遊んでくれるのかなぁ？」

「そうねぇ……」

首を傾げる子供に、同じく首を傾げて考えるクレアさん。

レオが出発したのはついさっきだし、馬で数日の距離だからまさか今日中に返ってくるなんて事はない、と思う。

行きはフィリップさんを乗せているから、振り落とさないために全力疾走はできないだろうし……フィリップさんを降ろして引き返すにしても、ラクトスに到着する頃には日が暮れているはず。

夕食や寝る時間を考えたら、明日朝出発で早くても明日の夕方くらいが妥当かな？
戻る時は全力で走りそうだけど……さすがに二、三時間では戻ってこられないと思う。

「多分、明日の日暮れくらいには戻って来ると思うよ。だからそれまで、我慢していてくれるかい？」

「……うん。わかった！」

クレアさんの代わりに予想を伝え、問いかける。

レオが戻って来るとわかったからか、少し考えて元気よく頷いてくれた。

「す、すみません。クレア様、タクミ様！　ほら行くよ？　レオ様が来てくれるまで、皆と遊んでよう」

「うん！」

ロザリーちゃんがクレアさんや俺に慌てて頭を下げ、子供の手を引いて皆の所へ戻って行く。

屋敷に来た時や、ハンネスさんといた時のロザリーちゃんは、もう少し子供っぽく見えたけど……村の子供達の前ではお姉さんっぽく振る舞うのかもしれない。

「シェリーを連れて来ていれば、子供達も喜んでくれたかもしれないですね」

ロザリーちゃん達を見送り、椅子に座り直しながら呟くクレアさん。

「あぁ、確かに。シェリーもティルラちゃんや孤児院の子供達と、楽しそうに遊んでいましたからね。そういえば、セバスチャンさんはシェリーを連れて来ていなかったんですね」

「私やタクミさん、レオ様も屋敷にいないので……森に行った時のように、ティルラが寂しがるかもと思って」

「成る程。シェリーならクレアさんがいない間、ティルラちゃんと楽しく遊んでくれてそうですね」

クレアさんや、レオのような遊び相手がいない広い屋敷での留守番だけど、シェリーがいれば少しは寂しさも紛れるだろうな。

シェリーとティルラちゃんも、仲がいいからなぁ……最初の頃、レオがやきもちを焼いていたくらいに。

あれは、初めてシェリーを見たティルラちゃんが、興味を惹《ひ》かれていた事が原因か。

そうして、しばらくクレアさんと話しながら優雅なお茶会をして過ごした……優雅なのは主にクレアさんだけど。


日が暮れて、そろそろ夕食の時間になる頃、商人の尋問を終えたセバスチャンさんが戻ってきた。

子供達は暗くなり始めた頃に、それぞれの親が迎えに来て帰宅。

俺やクレアさんも、ハンネスさんの家でのんびりと過ごしていた。

「思ったより、時間がかかったのねセバスチャン？」

「申し訳ございません。レオ様がいて下されば、もう少しスムーズだったかもしれませんが……今はいらっしゃいませんし、あのような雑事《ざつじ》をレオ様に頼むのは……」

ハンネスさんの家にある居間で、テーブルについて商人達に関する話。

俺とクレアさん、セバスチャンさんにハンネスさんがそれぞれ座っている。

他にも、奥さんとヨハンナさんとメイドさんが一人いてくれる。

予想以上に時間がかかったのは、レオに対しては怯《おび》えていた商人達だけど、そのレオが出て来ないとわかって口を閉ざしたかららしい。

とはいえそれでも、護衛さん達と一緒にあの手この手で口を開かせたのだとか……まぁ、あんまりその辺りの詳しい話は聞かない方が良さそうだ。

ハンネスさんや奥さんもいるから、痛めつける系の話は避けたい……俺も苦手だし。

ちなみに尋問が終わった商人達は、このまま村で捕らえ続けておくわけにもいかないので、護衛さんがラクトスに護送したそうだ。

さすがに仕事が早い。

「では、聞き出した内容についてお話しします。商人達がオークを連れて来た理由ですが……やはりランジ村を滅ぼすつもりのようでした」

「……なんて事を」

オークを大量に連れてきた時点で、なんとなくわかる事ではあるが、ランジ村の人達を葬り去るつもりだったたと。

セバスチャンさんの話す内容に、俺もクレアさんも顔をしかめた……話を聞いているハンネスさんや奥さん、メイドさんやヨハンナさんも同様だ。

「病を広めるために使った人形を回収するため、というのが大きな理由のようですな。貴重な物なので使い捨てにするつもりはなかったようです。しかし、ランジ村の様子を見た時は驚いたとも言っていましたね」

「驚いた？　何故？」

「ランジ村に病が広まっていなかったからです。原因になる人形を置いている村ですから、当然病が広まって皆が弱っていると考えていたのでしょう」

実際、ランジ村には病が蔓延《まんえん》していたからな、商人達の考えていた事は間違っていなかっただろう。

もしオーク達を解放した時、村の人達のほとんどが病に冒されていたら、一緒に戦う事もできなかった……そうなれば狙い通り、俺も含めて村の全てはオーク達に蹂躙されていたと思う。

「タクミ様のおかげで、ランジ村の病は収まっていましたが……商人達はそれでも、人形を回収する事を優先して、オーク達を解放したわけです」

もしかしたら、あの時もう少し穏便に済ませる方法があったかもしれない。

それこそ、商人達の前に姿を現さず、先に幌馬車に向かってオークの解放を防ぐとか……結果論になってしまうけど。

「その人形が貴重な物というのはわかるわ。悪用しようとしたらいくらでも方法はあるでしょう」

どれだけの価値が付くのかはわからないが、相当高価で貴重な物なのだろう。

悪用する事を考える人にとっては、回収する方がオーク達を大量に捕まえる手間より重要なのかもしれない。

「さて、商人達の目的は、ランジ村で人形を使って疫病を発生させる事。そして貴重な人形の回収のようですが」

いよいよ核心部分……かな。

俺の推測では、例の店と繋がっていて、病を広げる事で薬草を売って利益を得ようとしていたとなるけど……はてさて。

「商人達がランジ村に人形を置き、病を広げようとした理由ですが……」

「何故そんな事をしたんでしょうか？」

「伯爵……バースラー伯爵より命じられたから、との事です」

バースラー伯爵……公爵家の隣の領地を持つ貴族で、悪質な薬や薬草を売っているウガルドの店にも通じている。

やっぱりその伯爵が命令して、疫病をラクトスに広めたのか。

「伯爵が何を考えて命じたのかまではわかりませんでしたが……」

「その商人達は知らないのですか？」

「商人達は、ただ命じられただけですな。どれだけ聞き出そうとしても、知らない様子でした」

「伯爵は何故そんな事を……」

俺が顔をしかめて呟いた言葉を、セバスチャンさんが拾って答える。

「それは私にはわかりかねますが……伯爵は公爵家を疎ましく思っているのかもしれません。……このような事を仕掛けて来ているのですから。伯爵領は、現在のバースラー伯爵が当主になる前から、領内の運営が上手く行っていないようでして。隣領である公爵領と比較される事が多い環境にあります」

「比較される、ですか……」

「公爵領と伯爵領、収入面を見ても随分差ができているのです、タクミさん。他領を羨んでも何もならないというのに……」

「もしかすると……いえ、おそらくやり方を考えるに、ついでに利益も得ようという腹積もりなのでしょう」

隣の貴族領だからこそ、比べてしまって逆恨みをしたってところか。

あちらは上手く行っているのに、こちらは上手く行かない……と。

だからといって、公爵領で病を広めて悪質な薬を売ったり、村にオークをけしかけたりする、正当な理由には一切ならないな。

苦しんでいる人が多くいるんだ、ただの貴族の遊びや儲《もう》けるための商売じゃ済まされない。

ランジ村にいた気の良い人達、ラクトスの街で暮らしている人達や孤児院の子供達。

色んな人を巻き込んで病で苦しめ、さらにランジ村を魔物に襲わせて潰そうとしたんだから。

そんな事を考えていると……。

「……タクミ様、少し落ち着いた方がよろしいかと。お顔に出ていますよ？」

バースラー伯爵とやらへの怒りが沸き上がるのが顔に出てしまっていたのを、セバスチャンさんに言われて気付いた。

眉根を寄せてしかめっ面になっていただけでなく、無意識のうちに奥歯も噛《か》みしめていたようだ。

「タクミ様、どうぞ」

「……すみません。……すぅ……はぁ……。ありがとうございます。ん……美味しいですね。おかげで落ち着きました」

セバスチャンさんに注意され、謝りながら深呼吸をし、メイドさんにお礼を言ってお茶を一口飲む。

おかげで、少しは冷静になれた……ここで俺が怒っても何にもならないからな。

「タクミさんのお気持ちはわかります。公爵家に敵意を持っている事とは別に、無辜《むこ》の民を犠牲にするやり方ですからね」

クレアさんの方も顔をしかめて、俺のフォローをするように言っているから、腹に据えかねているんだろう。

伯爵に対して、怒っているのは俺だけじゃないんだ。

セバスチャンさんも、表面上は冷静だがもしかしたら怒っている部分もあるのかもしれない。

それは、尋問に向かう前の様子からもわかる事か。

「伯爵の思惑はともかく、これは公爵家に対する明確な敵対行動です。旦那様には徹底的に対応してもらいます」

「お父様なら、民が苦しんでいる様子を放っておかないでしょうしね」

エッケンハルトさんは豪快な人だが、人情には厚い人のように見えた。

それなら、公爵家という権力を使ってでも、伯爵をなんとかしてくれるだろうと思う。

「あとは、ウガルドの店に対処する事で、今回の件は一応の決着となるでしょう」

「商人達と、ウガルドの店の関係はどうだったんですか？」

「直接は関係がなさそうですな。商人達は、ラクトスで薬草の販売に関して何も知りませんでした。おそらく伯爵が別で命じた事なのだと思われます」

「そうだったんですか」

人形を見つけた時、俺は商人達と例の店は繋《つな》がっていると考えていたが、どうやら違ったようだ。

素人《しろうと》の推理だから、違っていても仕方ないか。

「ただ、ランジ村から人形を回収したのち、ウガルドの店に行くよう命じられてもいたようです。もしかしたら、合流して何かする予定だったのかもしれませんな。ウガルドの店には、伯爵から直接ないし間接的に指示が行っているものと思われます」

「そうね、疫病が広まる事、病を治すために薬草が必要な事。それくらいは知っているでしょうね」

販売や買い占めのタイミングが良すぎたからな、ウガルド本人がバースラー伯爵からの連絡を受け取っていたのは間違いない。

「はい。伯爵からそれらの情報を受け取り、命じられる事で、ラクトスの街で先んじて行動出来たものと思われます。それと……」

「まだ何かあるんですか？」

「資金提供もされているでしょうな。複数の人物が命じられたと考えても、それらだけで街にある薬草を全て買い占める事ができるとは考えられません」

それは確かにそうだ。

伯爵……貴族からの資金提供があって、ようやく街中の薬草を買い占める、という事ができたんだろう……薬草も安い物ばかりじゃないからな。

それに、何か行動をするときに人を雇うのにもお金が必要だ。

そう考えると、個人でやれる規模じゃないのは明らかだ……まぁ、元々富豪とかだったら別だろうけど。

「伯爵から資金提供を受け、利益のうちいくらかを伯爵へ……狙い通りに行けば、商売として成功する事は間違いありません」

薬草や薬を欲する人が必ず、それも多く出るとわかっているんだから、成功は約束されているようなものだろう。

「収入を増やそうとするだけなら、伯爵領でやればいいだけの事。そうすれば外部に漏れるリスクも減るわ。税収も下がるでしょうけど……」

クレアさんの言う通り、誰にもバレないようにしたいなら、自分達の領内ですればいい。

そうすれば、公爵家を敵に回す事もなかったはずだ。

まぁ、伯爵領に住む人達が苦しむ事によって、税収は下がるし色々問題が出て来るだろう、という判断もあるかもしれない。

でも、わざわざ公爵領でやっているという事に、俺には敵意を持って仕掛けて来ているとしか考えられない……まだ冷静になってない部分もあるから、そのせいかもしれないが。

「とにかく、色々とわかったんですから、すぐに例の店を潰すよう動いた方がいいのでは？」

「それは少し待ちましょう」

「……どうしてですか？」

例の店が潰せれば、悪質な薬草に騙される人が少なくなる。

少しでも苦しむ人が減ればと思ったんだが、何故かセバスチャンさんに止められた。

「ウガルドの店とバースラー伯爵が繋がっているからです。決定的な証拠はありませんが、店で喧伝《けんでん》しているようですから、繋がりは確実です。そうすると、もし店を潰して捕らえたとしても……」

「伯爵家の関係者、と言えば解放される可能性はあるわね」

「はい。クレアお嬢様や私は、当主である旦那様の名代を務める権限を与えられてはおりますが、あくまで代理なのです。ですので、伯爵家の関係者となる証明でもあれば、衛兵はその身を拘束し続けるわけにも参りません」

「領主貴族とはいえ、あくまで代理。他領の貴族当主からの命と、代理の命ならば貴族当主の命令が優先されます」

当主ではなく、代理だから……クレアさん達では伯爵と繋がっているウガルドを、捕まえ続ける事は難しいって事か。

エッケンハルトさんの代理とはいえ、なんでも決定していいわけじゃない、か。

俺なんかは安易に、他領の当主よりその土地の領主貴族代理の優先順位が上だと思ってしまうけど、やっぱり貴族のあれこれってのはややこしいな。

「それに、商人達は伯爵に命じられたとしても、ウガルドの店と直接繋がりがあるわけではありません。店を取り潰す理由とするには、これもまた少し弱いのです」

ウガルドにオークを連れてきた商人達の事は、一切知らないととぼけられたら……商人達は店に向かおうとしていたらしいけど、だからってウガルドがそうしろと言ったとは限らないからな。

それこそ、ウガルド自身もただ命令された事をやっていただけ、と言い逃れされてしまうかもしれないわけか。

「まずは、旦那様にも報告をしませんとな」

「エッケンハルトさんに？」

「旦那様には、レオ様が人形を持って戻って来られた時、一度連絡を差し上げておりますが、詳しい事がわかった今、追加の情報として報告をしませんと」

「そうね、お父様に判断を仰がないといけないでしょう」

エッケンハルトさんからの正式な命令があれば、伯爵の悪事を白日の下に晒しつつ、全ての点を線に繋げてウガルドを捕まえる事ができる。

ただ……。

「それでも、まだしばらくはウガルドの店が悪質な薬や薬草を売って、苦しむ人がいるんですよね……」

こうしている間にも、病に苦しみ、やっとの思いで薬草を手に入れても効果のほぼない物で治らない、という人がいるんだろう。

そう思うと、今すぐにでも店をどうにかしたいという気になる。

「いえ、それがもうほとんどいません。タクミ様のおかげで、ラクトスには良い状態の薬草が行き渡りつつあります。それと、ウガルドの店に関して、既にある程度噂《うわさ》を流しておきました」

「噂ですか？」

「ええ、簡単な事です。例の店は悪質な薬草を売りつけるので、安くても買ってはいけない。代わりに、カレスの店……公爵家運営の店では病に効く薬草を、格安で販売している……と」

「そういえば、屋敷を出発する前にラモギの値段を下げる話をしましたけど……効果はあるんでしょうか？」

お金に余裕がない人でも、それこそ誰でも買えるくらいに安くするという話だった。

一時的な措置ではあるけど。

「タクミ様がランジ村にきておられる間に確認しましたが、それなりに効果は出ているようです。……人の口には戸が立てられませんからな。病で苦しむ人、タクミ様のラモギで病が治った人を中心に広まっております」

セバスチャンさんが意図的に流した噂によって、ウガルドの店で悪質な薬草を掴《つか》まされる事を防ぎ、カレスさんの店に誘導しているようだ。

「価格を限界まで下げた事で、安いのなら試しに……という者もいるようですからな。これまで買えなかった者が入手している事で、病の流行も収まりつつあります。噂が噂を呼び……というような効果が出ているようです」

ラモギが行き渡り始めて、病が広がるよりも収まるペースの方が上回った、という事だろう。

病の素となった人形はこちらが回収済み、グレータル酒もレオが選別してくれた。あとはこのままラモギの数を増やせば、疫病は自然と収まるはずだ。

そして、カレスさんの店で買ったラモギを実際に使った人が噂を後押ししていると……口コミって、いつの時代も強力な宣伝効果があるからな。

「それじゃゃ、ウガルドの店をこのままにしていても、苦しむ人は……？」

「完全にいなくなる、とは言えませんが……ほぼいなくなるはずです。そしてその影響で、ウガルドやその店の者は焦り始めるはずです」

「売れるはずの薬草や薬を求める人が減り、病そのものも少なくなっているから、ですか」

絶対成功する商売のはずなのに、店には閑古鳥。

それどころか広まり続けるはずの病は、収束に向かう……焦らないはずがないな。

「セバスチャンは、ウガルドが失態を演じたところを狙うつもりなのね？」

焦れば何かしらぼろが出る。セバスチャンさんはそこを押さえて、証拠とするつもりかな？

「いえ……泳がせる、というのとは少々違いますか。完全に追い込もうと考えまして」

「追い込むというのはどういう事、セバスチャン？」

「噂の効果で、確実に例の店は薬草が売れなくなってきています。そして焦り始めたところに……タクミ様とレオ様が発見したグレータル酒の出番です」

「グレータル酒ですか？」

段々と楽しそうな表情になってきたセバスチャンさん。

それを見ている俺の方は、背中に冷たい汗が流れるような気分だが……クレアさん達も少し引いている。

「病の原因となる人形の影響を受けたグレータル酒。あれを、例の店に持って行くのです。

――そうでした、ハンネスさん」

「は、はい!?」

ニヤリと笑うセバスチャンさん、朗らかな笑みではなく凄みを感じさせる表情で、思い出したようにハンネスさんへ声を掛けた。

そんな表情のせいで、ハンネスさんが驚いている、無理もない……あの表情のセバスチャンさんからは、話しかけられたくないなぁ。

「レオ様が判別したグレータル酒ですが、病の原因と思われる物、全て公爵家で買い取りましょう」

「す、全てですか⁉　で、ですがあれは危険な物で……」

「もちろん、わかっております。商人達の尋問をしながら考え付いた事ですが、少量ながら利用法も思いつきましたからな」

グレータル酒を買い取ると決めた事は、まだハンネスさんに伝えていなかったので、当然ハンネスさんも奥さんも驚いている。

まぁ、値段交渉とかはセバスチャンさんに任せたから、そこはいいとして……ウガルドを追い詰めるために、どうしてグレータル酒が必要なんだろう？

ラクトスの人達を苦しめたから、ウガルドにも病に罹ってもらおうとか？　いや、セバスチャンさんはそんな安易な仕返しをするような人じゃない気がする。

むしろ、もっと抉《えぐ》るような……。

「んんっ！　失礼しました。ハンネスさん、続きはまた後で……」

「は、はい。畏まりました」

グレータル酒を買い取る話をすると、本筋から逸れてしまうからか強制的に終わらせるセバスチャンさん。

交渉事を後回しにしたというよりは、早く何をするのか説明したいといった雰囲気だ。

「話を戻しますと……ウガルドの店の者達に持って行って、飲んでもらいましょう。……もし、この時躊躇《ちゅうちょ》したり飲む事を拒否したりすれば……」

おや？　俺が考えていた事とほぼ変わらないな。

「グレータル酒が病を広める原因だと知っている……と？」

「その通りです。もちろん、理由を付けて断られる事もあるでしょうから、公爵家からという事にすれば、飲ませるのは簡単です。薬や薬草を売り、ラクトスに広がる病の収束に貢献した、との理由を付けるのも良いですね」

病を広めた事などを知っているのなら、グレータル酒を飲んだりはしないはず……つまり、伯爵から命じられている内容に、病の元凶の件も含まれている証拠になるわけだ。

公爵家から、と言われたらラクトスが公爵領内である理由から、断る事はできないだろう。権力者からの強制力のようなものだな。

取引先の会社のお偉いさんからお酒を勧められて、断れるのか……という事だな、ちょっと違うかな？

俺の考えていた飲ませて病に罹患《りかん》させる、というのから一歩先を考えていたわけだ。

……やっぱりセバスチャンさんも腹に据えかねていたんだろうと納得した。

「では、私は旦那様への報告をまとめ、使いの者を走らせます。実際に動くのは旦那様からの返答待ちになりますな」

セバスチャンさんの案を実行し、追い詰めた挙句にエッケンハルトさんからの命を受けて確実にウガルドを潰す計画、といったところだな。

「えぇ。お願いね」

「お願いします」

そうして、商人達の証言からウガルドの店への対応が決まり、その場は解散となった。


使用人さん達と村の人が協力して夕食を作り、広場でクレアさん達と頂いた後、なんとなくまだ就寝する気分じゃなくて、ふらっと村の入り口までやってきた。

今日は昨日の疲れもあるからと、鍛錬で体を動かしていないからかもしれない。

「なんとなく眠気が来ないんだけど……はぁ……」

ぼんやりと村の外や、夜空を眺めながら思い浮かべるのはさっきの事。

夕食後すぐハンネスさんに、グレータル酒の買い取り交渉を持ち掛けるセバスチャンさん……正確には、夕食中も話していたんだけど。

今は、ハンネスさんの家に場所を移してクレアさんも加わって、話し込んでいる。

俺は決まった金額に対して、ある程度お金を出すだけなので参加はしない。

ちょっと覗《のぞ》いてみた感じでは、話しの焦点としてクレアさん達公爵家側が高く買い取ろうとしていた。

逆にランジ村側のハンネスさんが、本来飲めないし飲んではいけない状態で捨てるだけの物なのだからもっと安くと、お互い落としどころを探っていた状態だった。

セバスチャンさんが「いやいや、これくらいはお出ししますよ」と言えば、ハンネスさんが「いえいえ、そんなにもらうわけには参りません」と返す。

いやいや、いえいえ……が延々と続いている状態だったので、もう少し続きそうだ。

「あの場にいなくて良かったと思うけど、眠気如何《いかん》を問わず、あの状態のクレアさん達の話を聞きながら、別室で寝るのもなんだかな……」

というわけで、一人散歩の気分……本当に一人でいるのは危険かも、と心配されそうだったので、離れた場所に護衛さんとメイドさんがいたりするけど。

「そういえば、ここでオーク達と戦ったんだよな……」

村の人達と協力してオークと戦った痕跡は、ほとんどなくなっている……地面が抉れていたり、柵が壊れかけていたりはするけど。

今考えると、あれだけ大量のオークに対して、一人でよく立ち向かおうと考えたものだ。

一人だからだろう、オーク達が解放された瞬間の事を思い出して身震いする。

必死だったからっていうのもあるんだろうけど……。

「あ、タクミ様。こんな所でどうしたんですか？」

「ん？　……ロザリーちゃん？」

ふと、後ろから呼ばれて振り向くと、そこにはロザリーちゃんがいた。

俺もそうだけど、ロザリーちゃんもこんな夜中にどうしたんだろう？

「なんだか眠れなくてね。ロザリーちゃんは、どうしたんだい？」

「うーん……私も同じですかね？　タクミ様は、レオ様が明日戻って来るだろうって言っていましたけど、ここにいれば早く会えるかなって」

「確かに、村の入り口だからレオが戻って来たら一番に会える場所だけど……」

「ずっと待っていようと思ったわけじゃないんです。今夜は様子を見に来ただけでそうしたら」

「俺がいたってわけだね」

レオとまた会えるのが待ち遠しくて、ここまで来ちゃったってわけか。

まぁ、子供は寝る時間ではあるけど……少しくらいならいいかな？

「ちゃんと、家の人には言って出てきたかい？」

「はい。あんな事があったばかりなので……もちろん、パパやママにも言っています。村の入り口までならと」

両親にも言ってあるなら、少しくらいは大丈夫か。

一人で寂しかったところだから、ちょっとだけ話し相手になってもらおう。

「ロザリーちゃんは、レオが本当に気に入ったんだね」

「レオ様、凄く優しいんです。それに、触り心地が良くて……」

「おや？　レオは触り心地がいいから気に入ったのかい？」

「そ、そうじゃないです！　一緒に遊んでくれますし……」

「ははは、ごめんごめん」

ロザリーちゃんがレオに懐いているのは、こうして話していて十分に伝わって来る。

コロコロと表情を変えて楽しそうに話すロザリーちゃん……レオが戻って来たら、教えてやろう。

「あ……」

「どうしました？」

「いや、なんでもないんだ」

話しの途中で声を漏らした俺に対し、首を傾げるロザリーちゃん。首を振って誤魔化しておいた。

そうだ……レオか、俺が必死になってオークと戦った理由は。

ロザリーちゃんもそうだけど、村の子供達がオークにやられたりしたら、子供好きなレオが悲しむのは間違いない。

この村の子供達とも、レオは楽しく遊んでいたからな。

もちろんそれだけじゃなく、良くしてくれた村の人達だからというのはあるけど、頭の片隅にはきっと、レオが悲しむような事にはさせないという思いも、確実にあった。

全てが自己犠牲というわけではなかったのかもしれないな……。

「ワフワフ！」

「ん？　この凄く聞き覚えのある鳴き声は……？」

自分の行動を考え、勝手に腑《ふ》に落ちたと思いつつロザリーちゃんと話し、そろそろ戻ろうかと考えていた頃、遠くからもう馴染《なじ》みになった鳴き声が聞こえた。

「レオ様の声です！」

ロザリーちゃんも聞こえてすぐにわかったようだ。うん、間違いなくレオの声だな。

暗いから、レオの姿までは見えないが……。

「ワウー……ワ、ワフワウ！」

暗闇の中から姿を現したレオは、一度俺とロザリーちゃんの前をすごい速度で通り過ぎて村の中に入り、行き過ぎた事に気付いて焦って戻って来る。

足を踏ん張りズザーという音を立てて、俺の前に止まったレオはすぐにお座りをする……肉球は大丈夫か？　大丈夫そうだ。

過ぎ去って戻ってきた速度、人が乗っていたら間違いなく振り落とされるくらいだったなぁ。

「ハッハッハッハ……！」

舌を出して俺やロザリーちゃんを見下ろす表情は、喜色満面といった感じに見えた……尻尾もブンブン振っているし。

「お、お帰りレオ。早かったなー？　よしよし……」

「わぁ、本当にレオ様だー！」

驚きつつ、俺の前でお座りするレオをガシガシと撫でてやる。ロザリーちゃんも喜んで抱き着いていた。

「ワッフー！」

舌をしまって、フンス！　という具合に鼻息を出すレオ。

そんな仕草からは、頑張って走ってきた！　という様子が窺える。

「そ、そうかぁ。うん、早く戻って来てくれて嬉しいぞー？」

抱き着いたままのロザリーちゃんは、レオの柔らかい毛を堪能しているようだからそのままにしておいて、思ったよりも早く戻ってきたレオを存分に褒めてやる。

両手を使って撫でるのももちろん続けた。

「ワッフ！　ハッハッハッハ……！」

誇らし気にしているレオは、尻尾をブンブン振りながらも再び舌を出した……喉が渇いているのかな？

「……ちょっと待っていてくれ。――すみません、レオが飲む水を用意してもらえますか？」

「ワフ？」

「畏まりました」

少しだけレオに待ってもらい、近くにいたメイドさんと護衛さんに飲み水を頼む。

ラクトスからランジ村まで、休まず走ってきたんだから喉くらい渇くよな。

そうして、水が用意されてレオがガブガブ飲むのを見守った後、もう一度褒めてクレアさん達にレオが戻ってきた事を皆で一緒に伝えに行った。

ロザリーちゃんは、遅くなるから家に戻った方が……と思ったんだけど、レオにくっ付いて離れそうもなかったので、そのままハンネスさんの家に。

グレータル酒の値段交渉はほとんど終わっていたらしく、すぐにセバスチャンさんやクレアさんが家から出て来て戻ってきたレオを歓迎。

もちろん、二人共凄く驚いていた。

「スンスン、クゥーン……」

「レオ、もしかしてお腹《なか》が空《す》いているのか？」

「ワゥ……」

クレアさん達の歓迎を受けつつ、俺に鼻を寄せて甘えるような鳴き声。

お腹が空いたようだ……そりゃ、水だけじゃお腹がいっぱいにならないよな。

レオの様子を見たハンネスさんの奥さんが、すぐに用意すると準備を開始してくれたのを申し訳ないと思いつつ、その間にランジ村を出発してからの事をレオから聞いた。

フィリップさんを乗せて無事に日が暮れた頃にラクトスへ到着した後、門の所で食べ物とかが用意されたらしいんだけど、水だけ飲んですぐに引き返したらしい。

俺の事が心配で、急いで帰ろうと思ったんだとか。

オークの事があったからあまり言えないが……ちょっと心配し過ぎじゃないかな？　いや、気持ちは嬉しいんだけど。

暗くなってからラクトスを出発し、ランジ村に今到着したのを考えると、馬で数日の距離を数時間で走った事になるが……考えるまでもなく、人が乗っていたら出せない速度で走ったんだろうな。

村の入り口で、一度俺の前を過ぎ去った時もすごい勢いだったし。

少なくとも、日本で車が通り過ぎるよりは速かったから。

「お待たせしました……」

「ワフ！　ワフガフガフガフ……！」

話している間に完成したらしい夕食、奥さんがメイドさんと一緒に作ってくれた料理には、もちろん大量のソーセージが盛られていた。

それを、ガツガツと食べ始めるレオ。

「落ち着いて食べないと、のどに詰まるぞー？」

「ふふふ、よっぽどお腹を空かせていたんですね。それだけ、タクミさんが心配だったのでしょう」

「まぁ、そうなんでしょうけどね。はは……」

「……ラクトスからランジ村まで、一日もかからず往復とは。シルバーフェンリルが風のように走る、という伝説を目の当たりにしたのと同義かもしれませんな……」

レオの食べている姿を眺めている俺やクレアさんとは違い、セバスチャンさんだけは驚きから抜け出せていないらしく、とんでもない短時間で戻ってきたレオに対して、分析するような事を呟いているけど。

レオが満腹になったところでもう一度撫でて褒めてやり、それぞれ就寝する事に……となった段階でふとレオにくっ付いていた……いや、張り付いていたロザリーちゃんに皆が気付いた。

暗かったから気付くのが遅れたんだろうけど……結構動いていたレオの体にピッタリと張り付いて、しかも気持ち良さそうに寝ているのは感心するしかない。

ハンネスさんはレオや俺に謝りつつ、奥さんと協力して引き剥がし、今日はそのままハンネスさんの家で寝かせる事にしたようだ。

奥さんが、ロザリーちゃんの両親に伝えに行っていた。

俺の顔を見て安心したのか、馬達の所へ寝に行くレオを見送って、空き家で寝泊まりするらしいセバスチャンさん達とも別れ、クレアさんとそれぞれの部屋に戻って就寝。

なんとなく寝られそうになかった先程までと違い、ゆっくりと寝る事ができそうだ。

レオが戻って来てくれたおかげ、かな？


朝、遠くから聞こえるレオの声と、子供達が騒いでいる声で起きた。

レオが朝早くから子供達と遊んでいる声みたいだ……ロザリーちゃん以外にも、戻って来るのを待ち望んでいた子がいたからな。

「それじゃあ、俺はハンネスさんの家の裏で薬草を作っておきます」

朝食を頂き、レオの分も用意してもらって食べさせた後、子供達と再び遊び始めるのを少しだけ見て、クレアさんとセバスチャンさんにそう切り出す。

「何か作るものでもあるのですか、タクミさん？」

「随分長い間、屋敷から離れていますからね。ラクトスに卸す薬草を作ろうかと」

「……確かに、もう数日この村に留《とど》まるとなると、足りなくなるでしょうな」

「はい。だからできるだけ薬草を作っておきます」

「わかりました。無理はなさらず」

屋敷を出る前に多く用意はしていたけど、予想外に村で過ごしているから、そろそろラクトスで売っている数が足りなくなるかもしれない。

できれば、ラモギは在庫切れにならないように供給したいため、いつでもラクトスに卸せるように作っておきたい。

レオや子供達の様子を見守るクレアさんや、セバスチャンさん達に見送られて、ハンネスさんの家の裏に向かった。

「こんなところかな。あんまりやり過ぎると、また皆を心配させちゃうし……」

心配をかけてしまった皆を、また倒れてさらに心配させないように気を付けて、やり過ぎないようにはしておいた。

大体どれくらいの、というのは決まっていなかったけど、とりあえず屋敷で良く作っている薬草とラモギを中心に『雑草栽培』で作る。

それらを摘み取りつつ、『雑草栽培』の状態変化と勝手に俺が呼んでいる、一番効果の出る状態にして、用意していた布に種類ごとに分けて包み、革袋に入れた。

薬草作りの後は、昼食を皆で食べて屋敷へ戻るクレアさんの見送りだ。

「セバスチャンさん。これ、薬草です。カレスさんによろしく伝えて下さい」

「確かに、承りました」

村の入り口で、馬車などの確認をしていたセバスチャンさんに薬草を渡す。

クレアさんはまだこの村に残っていたかったようだけど、セバスチャンさんから屋敷へ戻るようにと言われたから、先にランジ村を離れる事になった。

ウガルドの店の者が、クレアさんの動向を探っているかもしれないかららしい。

ランジ村までついて来ているわけではないみたいだけど、ラクトスの街中を通っているから屋敷にいない事は調べればすぐにわかる。

レオを連れていただろうし、クレアさん自身も目立つからな。

屋敷からクレアさんが離れていると、ウガルドがラクトスでどういう動きをするかわからないため、先に戻るって事みたいだ。

近くに公爵家のご令嬢がいるというのは、抑止力としての意味合いもあるらしい……ティルラちゃんではまだ小さいからな。

ちなみに、エッケンハルトさんへの報告は、既にセバスチャンさんが出していると言っていたけど……昨日の今日でいつの間に、という疑問は数人いた護衛さんが減っていたので察した。

「タクミさん、くれぐれも無理はなさらないように、気を付けて下さい」

「はい。もうレオが離れる事はないでしょうし、のんびりと村で過ごしておきますよ」

馬車に乗り込む前のクレアさんに言われ、微笑みながら返す。

商人達もラクトスへ送ったし、もうオークに襲われる事はないはずだ……もしもの時は、レオがいてくれるから心強い。

俺は、グレータル酒を運ぶ手配をしたフィリップさんが戻って来るまで、ランジ村でのんびり過ごさせてもらう事にした。

レオが戻って来て、ゆっくり子供達と遊ぶ時間も作ってやりたいのもある。

屋敷に残っているライラさんやゲルダさんに代わり、メイドさんが一人と護衛さんが一人、俺のお世話役として残ってくれている。

「それでは……できるだけ早く屋敷に戻って来て下さいね？」

「フィリップさんが馬車を連れてきたら、すぐラクトスに向かって出発するつもりです」

「はい。それでは……」

名残惜《なごり》しそうにするクレアさんにそう返し、手を振る。

クレアさんも手を振って、馬車へと乗り込んだ。

「それでは、タクミ様」

「はい、お気をつけて」

「失礼します」

「ヨハンナさんも、気を付けて」

御者台にいるセバスチャンさん、馬に乗っているヨハンナさんとも挨拶をして、走り出した馬車が見えなくなるまで待って、見送りは終了だ。

第二章 『雑草栽培』について話を聞きました

「レオ様待ってー！」

「レオ様はやいよー！」

クレアさん達を見送った後、広場で子供達と遊ぶレオを眺める。

今は追いかけっこをして、皆でレオを捕まえようという試みの最中のようだ……ロザリーちゃんやライ君、昨日クレアさんにレオの事を聞いた子供も一緒だ。

「子供達に活気があるのは久々です。レオ様には感謝しかありません」

「ハンネスさん」

レオを見ていると、いつの間にか来ていたハンネスさんに話しかけられた。

ハンネスさんは、ロザリーちゃん達の笑顔を見て目を細めている。

「ここしばらく、病が村に広まっていましたから……村の雰囲気が明るくなりました」

「そうですか」

「病以前にも、大人達は仕事ばかりでしたから……」

「子供達の相手を、あまりしていなかったんですか？」

「お恥ずかしい限りなのですが……働ける村人総出で、木の伐採から木材の加工や樽《たる》の製造、グレータル酒と……私が若い頃にはなかった活気が、村を満たしておりましてな」

病が広まったから、村の雰囲気が暗くなった……というのはわかるし、実際に俺も見たから。

でも、それ以前はどうだったのかは知らない。

ハンネスさんが言うには、大人達は仕事ばかりで、あまり子供達の相手をしてやれていなかったらしい。

今は村のあちこちで大人達が座ってのんびりしており、駆けまわる子供達を優しく見守っている……人によっては、レオ達に交じっていたりするくらいだ。

オークと戦って怪我《けが》をした人もいるし、お酒を仕込むためのグレータルの果実が、実際はオークで仕入れられなかったのもあるんだろう……。

この様子を見ると、子供の相手ができない村のようには全く見えない。

「活気はあっても、子供達の楽しそうな声……というものはあまり聞けません。聞こえるのは、仕事に関する事ばかり」

「……わかります」

以前の職場で、活気があったかなかったかと言われるとあった方だと思う。

けど、聞こえてくるのは上司が新人を叱咤《しった》する声や、責任のなすりつけ合い。

そんな酷《ひど》い状況ではないにしても、この村では子供達の相手よりも、収入のための仕事が重要だったんだろう。

……生活のためなんだから、責める事はできないな。

「子供達が元気な場所……というのは重要なのかもしれませんな。いくら仕事があっても、次代を担う者達がいなくなれば、村として存続する事ができません」

「確かに。今は良くても、子供達がいなくなれば人はいずれいなくなります」

今お金を稼ぐ事ができていたとしても、いずれは次代に引き継がないといけない時が来る。

子供が大きくなった時に、離れて行かないようにする事も大事なのかもしれない。

それだけになってもいけないから、バランスが難しいんだけどな。

「病の原因になり、この先グレータル酒作りがどうなるかはわかりません。ですが、タクミ様やクレア様のおかげで、村には多少の余裕があります。今が良い機会なのかもしれませんな」

疫病が広まった原因はグレータル酒……その事は、誰も言わなくてもいずれ噂《うわさ》として流れてしまうかもしれない。

そうなったら、どれだけ美味《おい》しいお酒であっても、この村のお酒を買おうとする人は減ってしまう、つまり村としての収入は減ってしまうわけだ。

むしろ売れないお酒を作れば作る程、損失が出てしまう。

「大丈夫なのですか？」

「今回はグレータルの仕入れができませんでしたから。その分の蓄えでしばらくはなんとかなると思います。その間に、村として何をすべきかを考えて行こうかと……」

グレータルを仕入れるために貯めていたお金で、しばらく生活を保《も》たせるつもりのようだ。

クレアさん達が買い取ったグレータル酒の料金も、後々支払われるようだし、しばらくは問題なく暮らせるかな。

村としての酒作りを、完全に辞めるのかどうかわからないが……収入が減る見込みがある以上、今までのようにというわけにはいかないか。

グレータルを仕入れる先は伯爵領なので、仕入れ先への不安や不信感もあるのかもな。

本来グレータルを持って来てくれていた商人は、今回の事に直接関わってるかわからない……捕まえた商人は伯爵から、人形を置く事と回収する事を命じられただけらしい。

元々の商人がどう関わっているかなどは、知らないとの事だ。

あと、ウガルドの店や伯爵家の悪事が表沙汰になると、公爵家との関係が悪化しそうだし。

「酒樽に使わなければ、木材として他の村や街に売る事もできますから」

酒樽用の木材を、他のと一緒に売ればお酒を売るより実入りは悪くても、村としてはやっていけるって事か。

「グレータル酒が売れなくなる前に……ですか？」

「そうですね。村の事を考えると、先に手を打っておく……もしくは考えておくだけでも、重要かと思いまして」

「それは……そうですね」

村長であるハンネスさんにとって、村の事を考えるのなら早いうちに色々考えて動いておきたいのだろう。

それは確かだし、先の事を考えるのは大事だ。

だけど俺としては、あの美味しかったお酒がなくなるのは惜しいと考えてしまう。

病を広める原因になっていたとしても、悪いのは商人と伯爵と人形だ。

けど、人の噂というものは無責任だからな……一度グレータル酒が原因だと噂になってしまえば、風化するまで時間がかかってしまうだろう。

「まぁ、年寄りの戯言《ざれごと》と思って聞いて下さい」

「はぁ……」

そう言われても、気になってしまうのは俺の性分……というより、今までの経験のせいだな。

仕事で余裕のなかった状況と、ハンネスさんから聞いた村の状況が重なってしまう。今は違うし、俺が村に何かできるわけじゃないが、それでもと考えてしまうんだ。

初めてお酒を美味しいと思った、というのも大きな理由だろうけどな。

うーん……何かいい方法があればいいんだけど、と俺が考えてもお酒作りを続けつつ、村の人達が仕事ばかりにならなくて済み、しかも作ったグレータル酒がちゃんと売れる方法なんて、俺がすぐ考え付くはずがない、か……。

しばらく後、レオ達が遊んでいるのをハンネスさんと見ていたら、レオによって遊び仲間に引きずり込まれた。

多分、ここしばらくあまり構ってやれていなかったからだろう。

「よーし、皆持ったかなー？」

「「「はーい！」」」

子供達に呼びかけると、元気のいい返事が返ってくる。

ハンネスさんはさすがに走り回れる体力がないと辞退したので、俺だけで子供達とレオの相手をする事に。まずは最初にティルラちゃんを交えて遊んだ時と同じように、枝を投げてレオに取って来てもらう遊びだ。

子供達にはそれぞれ丁度良さそうな枝を持たせてある……一部の子供は落ちている拳サイズの石を拾ってきたが、危ないので戻させた。投げた石が建物に当たって壊したらいけないし、通りすがりの誰かに当たっても危険だからな。

枝も危ないけど、石よりはマシだし遠くまで投げられないだろうからな。

「それじゃレオ、行くぞー？」

「ワフー！」

レオは期待するように尻尾を振りながら、俺達が枝を投げるのに備えている。

姿勢を低くしているのは、いつでも走ったり飛んだりできるようにだろう。

「……それ！」

「「「それー！」」」

枝を振りかぶって、高く空へと投げる。

俺に倣って、子供達も一斉に空へと向かって投げた。

今回は投げて走らせるのではなく、高く投げてレオが取れるかだ。

「ワッフ！　ワウー、ワフワフー！」

いくつもの枝が空高く舞った瞬間、レオが飛び上がって大きな体を回転させつつ、まずは俺の投げた枝を尻尾で叩《たた》き落とす……え、口でキャッチするんじゃないの？

驚いている俺を余所《よそ》に、他の枝を今度は回転を利用して前足、後ろ足で叩き落していく。

あっという間に、残り一つとなった枝を最後に口で咥《くわ》えて見事に着地……採点をするなら十点を上げたい。

「「「おぉー!!」」」

「すごいすごい！」

「レオ様、格好いい!!」

子供達は感嘆の声を上げ、しきりにレオを褒めているが、俺は驚いて言葉が出なかった。

枝を同じ方向に高く投げたから、あんな事ができたんだろう。

遠くに投げた場合はできなかっただろうけど……それにしても凄《すご》すぎる。

「ワフ、ワフ！」

「あ、あぁ。凄いなレオは。よしよし。――ほら皆、ちゃんとできたら褒めるのも大事なんだぞー？　優しく撫《な》でてやろうなー？」

口に咥えた衝撃が原因だろう、折れた枝を俺の前に置いてお座りしたレオは、誇らし気に胸を張る。

呆気《あっけ》にとられながらも、褒めて欲しいんだろうと思ってちゃんと撫でてやりつつ、子供達にも同じように撫でて褒める事を教える。

「「「はーい！」」」

素直な子供達だなぁ……声を揃《そろ》えた皆が、レオの周りに駆け寄ってそれぞれのやり方で撫で始めた。

うん、毛を引っ張ったり、イタズラをしようとしたりする子はいないようだな、優しく撫でるって言ったのもちゃんと聞き入れてくれているみたいだ。

レオと何度か遊んで慣れ始めているからかもしれないが、子供は加減を知らない時がある。マルチーズの頃、初めて犬を触るらしい小さい子が、レオの毛を引っ張ったりした事もあったなぁ……さすがに痛がったが、それでも子供に対して怒ったりはしなかったレオは優しいと思う。

「ねぇねぇ、次は何をするのー？」

「んー、そうだなぁ……」

レオを満足いくまで撫でたのか、一人の子供が俺の服をクイッと引っ張って聞いて来る。

地面に散らばって落ちている、レオに叩き落されて折れた枝を見ながら考える。

枝を投げるだけじゃ子供達も飽きるだろうし……追い掛けっこは、俺がボロボロになるまで走らされる未来が見える気がする。

何をするかな……。

「レオ様の毛、フワフワでずっと撫でていたいわー」

「おい、もういいだろ。次の遊びをしよーぜ！」

「ちょっとー、もうちょっと撫でさせてよー」

「レオ様も気持ち良さそうだよ。僕も、撫でていたいなぁ」

「えー、俺はもっと遊びたいよ！」

「ワ、ワフ……」

俺が考えている間にも、次の遊びをしたい子と、レオを撫でていたい子で軽い言い争いが発生していた。

レオは撫でられながらも、喧嘩《けんか》に発展しそうな雰囲気に戸惑っているようだ……こういうの、あんまり得意じゃないよな、レオって。

まぁ、言葉が通じないから止める事もできないし、変に体を動かしたら子供を弾《はじ》き飛ばしてしまいそうだからっていうのもあるか。

というか、こういう時でも子供達はちゃんとレオに様を付けて呼ぶんだな……村の大人達から言い聞かされていたりするのかもしれない。

何はともあれ、こういう時の子供達を宥《なだ》めるのが俺の役目だ。

「こらこら、あんまり言い合いをしてちゃいけないぞ？」

「でもー！」

「だってー！」

「うんうん、皆やりたい事が違うのはわかった。そういう事もあるよな。だったらこうしよう……」

何かで遊んで、レオが活躍したら褒めるために撫でる、しばらく撫でたらまた遊んで……の繰り返しにしようと提案。

子供達は素直に聞き入れて、次の遊びを期待するように俺を見始めた。

撫でたかった子は渋々だけど、こういう時誰か大人が間に入って折衷案のようなものを出せば、結構従ってくれるもんだ。

ランジ村の子供達が素直だからっていうのもあるけど。

それじゃあ、次の遊びはあれにするかな……遊び、と言えるかわからないけど。

「レオ様、頑張れー！」

「レオ様負けないでー！」

「わかっていた事だけど、俺の味方はいないんだなー」

「ワウ」

子供達の声援がレオにだけ向かっているのを聞いて、溜《た》め息《いき》交じりに呟《つぶや》く。向かい合っているレオは、当然とばかりに頷《うなず》いている……ちくしょう。

新しい遊びは、俺とレオの模擬戦っぽいもので、屋敷でやっている鍛錬の代わりだ。剣の代わりに枝を持ち、何かの拍子に折れた時のために数本の予備も用意してある。

当然ながら、レオは避けるだけで反撃などはなしなんだけど……鍛錬の時からそうだが、楽しそうだなぁレオ。

ルールとしては、しばらく俺が振る枝をレオが避《よ》け続けたらレオの勝ち、一度でもレオに枝を当てられれば俺の勝ちで、レオが勝ったら子供達が撫でて褒めるって寸法だ。

これまで一度も当てられたことがないから、勝利は絶望的だけど……まぁ、レオを撫でたい子が多いみたいだから仕方ない。

「けど、俺だってここに来ても鍛錬を欠かしていないし、オークと戦って成長しているんだ。油断していると、もしかするかもしれないぞ？」

「ワフゥ？　ワッフワッフ」

「くっ、余裕なのは変わらないか……」

必死で戦ったオーク……レオからすれば、それくらいの事でと考えているのかもしれない。

一泡吹かせようと考える事自体が無謀なのかもしれないが、やれるだけはやってみる！

「レオ様ー、やっつけちゃえー！」

「やっちゃってー！」

「ワフ、ワフー」

何やら物騒な声援を送る子供もいるな……レオも尻尾を振りながら、その声援に応えるように鳴いているし。

さすがに反撃はなしだから、俺がやられる事はないんだが……ないよな、レオ？　ま、まぁ、ここはレオを信じて、思う存分枝を避けられるとしよう。

そうして、俺は全力でレオに向かって枝を振り下ろしたのだが――。

「はぁ、ふぅ……やっぱり当たらないかぁ……」

「ワッフワフー！」

枝を振り回して乱れた息を整えつつ、呟く俺にご機嫌な様子のレオは、まだまだと言っているようだ。

模擬戦の結果は、当然ながら枝が体に触れる事はなかった……尻尾で巻き取るなんて器用な事までされたら、お手上げだよレオ……悔しいけど。

その後は、子供達とレオを撫でる時間を設けたり、別の遊びをしたりと、日が暮れるまで遊びつくした。

もしかしたら、毎日やっている鍛錬よりきつかったかもしれない。

子供達は遊びだけじゃなく、模擬戦の方も大いに盛り上がっていたし、俺の鍛錬にもなったからいいんだけど。

今日はぐっすり寝られそうだ。


レオや子供達と遊んでから数日、鍛錬をしたり、村の人達と談笑したりしながら過ごしていた。

家に泊めてもらっているハンネスさんには申し訳なかったが、恩人である俺はいつまで滞在していても迷惑にならないと言われた。

そう言われても、さすがに遠慮もなくいつまでも滞在しようとは思わないが……。

あと、鍛錬の合間にハンネスさんの家の裏で、カレスさんの所へ卸す薬草作りも忘れずに行っている。セバスチャンさんには十分な量を渡したけど、帰った時にまた必要だろうから。

のんびりと過ごさせてもらっている数日間だけど、俺の頭の中でずっとグレータル酒の事が引っかかっている。

あの美味しいお酒をなくすのは惜しい……俺にできる事はないのかもしれないが、そればかりが気になった。

完全にランジ村産のグレータル酒のファンだな、これは。

お世話になっている間も、無事だったグレータル酒を何度も飲ませてもらっていたし……フィリップさんに言ったら、羨ましがられそうだけど。

そうこうしているうちに、ラクトスの街から数台の荷馬車を率いてフィリップさんが戻ってきた。

「お待たせしました、タクミ様」

「ご苦労様です、フィリップさん」

村の入り口で、荷馬車を停《と》めたフィリップさんを迎える。

その後は村の人達や、フィリップさんが連れてきた荷馬車の御者さん達と共に、グレータル酒の樽を積み込む。

樽は頑丈なので壊れないが、万が一病の原因になる何かが漏れ出していてはいけないので、レオにも監視してもらっている。

「タクミ様、こちらの積み込みは終わりました」

「ありがとうございます。こっちも、なんとか終わりました……ふぅ」

買い取ったグレータル酒の入った樽を、全て荷馬車に詰め込み、息を吐く。

数人がかりで運び、持ち上げていたけど……なみなみとお酒の入っている樽は、重かったな。

全ての樽が積まれた事、途中で落ちてしまわないように固定されている事などを、もう一度確認して作業は完了だ。

「すぐに出発しますか？」

「……さすがに、少し休みたいですね」

疲れた様子を見せるフィリップさんを見ながら、すぐに出発するかを聞いた。

フィリップさんは何度か往復しているから、疲れもあるんだろう。

オークの後処理や商人達の見張り、荷馬車の手配もしてくれているからな……一日か二日くらいは休んでも怒られないと思う。

「皆様お疲れのようですから、村で休んで下さい」

「すみません、お願いします」

ハンネスさんの勧めで、村で休む事になったフィリップさん。

荷馬車を曳《ひ》く馬や、御者さんはラクトスから数日の行程だから、こちらも疲れてそうだ。

「それじゃあ、フィリップさんは休んでから村を出発するという事で。俺はそろそろラクトスに向けて出発します」

フィリップさんが戻って来るのも確認したから、先にレオに乗って出発しようと思う。

樽の積み込みも終わったし、クレアさんに早く戻って来てとも言われているから。

俺と一緒に残ってくれていた、メイドさんと護衛さんもフィリップさんと一緒に戻るようだ。

「あぁ、クレアお嬢様とセバスチャンさんから伝言です。ラクトスに到着したら、屋敷に報告が行くようになっているので、少しゆっくりしていて下さいとの事です」

「クレアさんとセバスチャンさんがですか？」

「道中ですれ違いまして。その時に……」

フィリップさんとセバスチャンさんは、ラクトスと村の間ですれ違ったのか……まぁ、通る道が同じなら当然か。

ラクトスの衛兵さんに、俺が到着したら屋敷へ報告、その後セバスチャンさんとラクトスで合流し、俺と一緒にイザベルさんの店で話を聞こう、という事らしい。

そういえば、『雑草栽培』の事をセバスチャンさんに相談しそびれていたな……イザベルさんの所に行くならちょうどいいか。

「……よし。それじゃレオ、行こうか」

「ワフ」

村へと来た時のように、いくつかの荷物を唐草模様の風呂敷に包み、レオに括《くく》り付ける。

「タクミ様、少ないかもしれませんが……これを」

「……これは？」

「蔵の奥で熟成されたグレータル酒です。タクミ様が気に入られたようでしたから。こんなものでは足りませんが、村からの感謝の気持ちです」

「十分過ぎるぐらいですよ、ありがとうございます。屋敷に戻ったら、皆で一緒に飲ませてもらいます」

レオに乗った俺に、両手で持てるくらいの樽を持ってきたハンネスさん。

中には病とは関係がないグレータル酒が入っているようだ。

美味しくて、また飲みたいと思っていたからありがたい。

屋敷に帰ったら、クレアさん達と飲むのもいいかもしれないな……クレアさんが、お酒を飲めるのかはわからないが。

ティルラちゃんやミリシアちゃんには……まだ早いか。

「大丈夫か、レオ？」

「ワフ！」

樽をレオの首の前に括り付ける、なんだか災害救助犬みたいな格好になった。

思いがけず荷物が増えたが、レオは問題ないようだ。

そのままレオに乗り込んで、ラクトスへと出発だ……それなりに滞在した村だから、少し名《な》残《ごり》惜しいな。

「それでは、ハンネスさん。お世話になりました」

「いえいえ、こちらの方こそ。ありがとうございました」

ハンネスさんとお互いに挨拶、またいつか病とかは関係なしで絶対来よう。

「「「レオ様ーまた来てねー！」」」

「ワウー！」

出発しようとした時、村の方から子供達が駆けて来てレオに向かって叫ぶ。

それを聞いたレオが吠《ほ》え、走り出して村から離れて行く。

「またこの村に来て、子供達と遊んでやらないとな？」

「ワフワフ」

ゆっくりめの速度で、ラクトスへ向けて走るレオに話しかける。

レオの方も、子供達と思う存分遊べて楽しそうだったからな。

屋敷に戻ればティルラちゃんやミリシアちゃん、シェリーといった遊び相手はいるが、それとはまた違うはずだ……シェリーは遊び相手というよりも、保護対象か。

「レオ、ここはこのまま真《ま》っ直《す》ぐ行ってくれ！」

「ワフ！」

ランジ村から走ってしばらく……本来なら、街道に向けて方向転換する場所で、レオにそのまま真っ直ぐ進むように言う。

返事をしたレオは、速度を落とすのを止《や》めて真っ直ぐ進んでくれる。

街道を通ると、道行く人達がレオを見て驚くからな。

……すでにフィリップさんがレオに乗って走ったはずだから、手遅れかもしれないが。

それでも一応、驚いたり怖がったりする人は少ない方が良いだろう。

「ワフワフ！」

「ん……どうしたレオ？」

「クゥーン……」

しばらく真っ直ぐ移動していると、途中で急にレオが速度を落として何かを訴えかけて来た。

どうしたんだろう……完全に止まってしまったレオから降り、どうしたのか聞いてみると、甘えるような声を出している。

えっと……お腹《なか》が空《す》いた……？

「あぁ、そうか……昼も食べていなかったからな」

「ワフ！　ワフ！」

そうだ！　そうだ！　とばかりに頷くレオ。

考えてみれば、フィリップさんが村に戻って来たのが朝、そこからグレータル酒の入った樽を積み込んで、休憩する時間もあまりなく出発した。

懐中時計を確認すると昼過ぎのおやつの時間くらい、お腹が空いてもおかしくないな。

意識すると、俺も腹が減ってきた。

「前の仕事をしている時は、こんな事考えなかったんだけどな。よしレオ、食事にしよう！」

「ワフワフ！」

仕事をしている時は休憩時間もろくに取れず、お昼なんて食べている暇はなかった。疲れを取る事の方が重要だったからな……食べないと体に悪いのはわかっていたが、それでも食べるより体を休める方を優先していた。

この世界に来てからは、ほぼ三食食べて健康的な生活ができるのは嬉《うれ》しい。

体の調子が悪くなる事はなく、むしろ良くなっている気がするのはそのおかげか。

「よーし、いいぞレオ。頼んだ！」

「ワフ。ウゥー……ガウ！」

そこらに落ちていた木の枝を集め、レオに頼んで火をつけてもらい焚《た》き火《び》をする。

今回は屋敷から出発する時と違って、十分に用意された料理ではなかったが、パンとスープだけは用意してもらっていた。

ハンネスさんの奥さん、それから村の人達、ありがとうございます。

「レオには……ソーセージをっと」

「ワフワフ～」

レオにはソーセージを温めて、敷物の上に載せてやる。

括っていた荷物の多くは、レオ用のソーセージだったりするんだが……それだけ毎日大量に食べて飽きないかな？　と心配する必要はなく、嬉しそうに食べている。

その間に、俺はスープを温め直して……と。

「あぁ……やっぱりこのスープはいいな。ホッとする味で、体に染み渡る……」

「ワフ？」

温めた野菜たっぷりのスープを味わうように飲んでいると、レオが興味を示した。

「レオも飲んでみるか？　ほら」

「ガフガフ……ワフゥ」

「美味しいだろ？」

試しにと飲ませてみたら、レオの方も安心する味にホッと一息吐《つ》いている。

レオには牛乳も用意していたんだが、ホットミルクにした方が喜んでくれそうだ。

温かいスープの後だから、温かい牛乳を飲むのもいいだろうと、同じく温めた牛乳をレオに飲ませる。

「ワフ、ワフ！」

「そういえば、そうだったなぁ……」

ホットミルクを飲んだレオが、懐かしいと言うように鳴いた。

レオを拾った時に、凄く弱っていたから俺が薄めた牛乳を温めて飲ませてやったんだった。

「ワフ、ワウー？」

「ははは、仕方ないなぁ。俺の指まで食べちゃダメだぞ？」

あの時のようにやってと、牛乳の入った器の前にレオが首を傾《かし》げながら主張したので、苦笑しながら温かい牛乳に指を浸《つ》け、レオへと差し出す。

大きさが違い過ぎるのでこれでいいのかと思ったけど、レオからの要求だから仕方ない。

雨に打たれ、生まれたばかりの弱っていたレオは、器に入った牛乳すら舐《な》めとる元気がなさそうだったから、俺が指に付けて舐めさせたんだったな。

「ワフ！　ピチャピチャ」

「くすぐったいぞ、レオー！」

舌を出して、俺の指をゆっくりと舐めるレオ。

大きな舌はあの頃とは全然違うが、くすぐったさは同じような気がした――。


少しして、ソーセージとスープ、ホットミルクに満足したレオが、俺を乗せてのっそりと立ち上がる。

焚き火は消して、片付けもちゃんと終えた。

「よし、そろそろ出発するか。早くしないとラクトスへの到着が遅くなってしまうからな」

「ワフー」

食べてそんなに時間は経ってないが、あまりゆっくりしている時間はないからな。

「レオ、食べたばかりですまないが、頼むぞ」

「ワフ！」

食後の運動とばかりに走り出すレオの速度が、休憩前より速いのは空腹を堪《こら》える必要がないからかもしれない。

食べて体が重くなったはずなのに、元気だな……やっぱり食事は必要な物なんだろう。

「……ここからは、街道を通らなきゃな。レオあっちだ！」

「ワフワフ！」

出発してから直進を続けていたが、ずっとそのままだとラクトスの北の山に入ってしまう。

レオを見て驚く人達には申し訳ないけど、ラクトスの街に入るのだから、街道を通って東門に行かなきゃいけない。

方向を変えて街道の傍《そば》を走り、そのままラクトスに向かって疾走するレオ。

「もうすぐだ」

時間が遅くなってきたから、予想していたよりも人の往来は少なかったが、それでもやっぱりすれ違う人達は驚いていた。

「よーしレオ、到着だ。ありがとうな、お疲れ様」

「ワウー」

日が暮れ始めた頃、ラクトスの東門に到着してレオから降りる。

乗せて走ってくれた事にお礼を言いつつ、撫でて労《ねぎら》うのは忘れない。

お、俺達に気付いた衛兵さんがこちらに来たな……前に通った時と同じ人のようだ。

「レオ様、タクミ様」

「どうも、お疲れ様です」

「ワフワフ」

「先日レオ様だけで人を乗せて来た時は驚きましたが……今回はタクミ様も一緒なのですね」

「ははは、あの時は特別ですよ」

この衛兵さんは、レオがフィリップさんを乗せてきたのも見ていたらしい。

東門に詰めている人のようだから、見ていてもおかしくないか。

「えーと、セバスチャンさんと合流する予定なんですが……？」

「はい、承っております。すぐに伝令を向かわせますので……詰め所で休憩されますか？」

「そうですね……西門の方まで行って休ませてもらおうと思います」

「畏《かしこ》まりました。あちら側にタクミ様とレオ様が向かわれる事、報《しら》せておきます」

「よろしくお願いします」

「ワウー！」

走ってきたばかりだから、ここで休憩するのでも良かったんだけど……セバスチャンさんが来た時に、わざわざ東門まで来るのは手間だろうから、先に西門まで行く事にして、衛兵さんの申し出は断らせてもらった。

レオもまだ疲れているわけではなさそうだし、合流するならこちらもそのために動いておかないとな。

屋敷はラクトスの西側にあるから。

イザベルさんの店に先に行っておく事も考えたけど、店の中に入るとレオを外で待たせておかなくちゃいけないし、今は誰か見てくれる人もいないからな。

衛兵さんにお願いするのもなんだか悪い気がしたし、レオだけ外で待たせるというのもな。

「ワッフワッフ」

「ご機嫌だなー、レオ。まぁ、おやつを食べたからか」

「ワフ」

東門を離れて西門へと向かう途中、おやつを食べたばかりのレオは周囲の人からの注目は気にせず、尻尾を振りながらご機嫌な様子だ。

空腹という程じゃなかったようだけど、おやつをあげずに色んな食べ物が売っている大通りを通ったら、匂いに釣られそうだったからな。

頑張ってくれたレオにご褒美でもある。

「お待ちしておりました、タクミ様」

「あれ、セバスチャンさん？」

「ワフ？」

ご機嫌なレオを連れて西門の内側の広場に到着すると、待っていたセバスチャンさんに声を掛けられた。

後ろには、数人の使用人さんとライラさんを連れている。

「さっき東門に到着して、伝令を送ると言われたばかりなんですけど……」

俺と同じように首を傾げるレオを横目で見ながら、セバスチャンさんに聞く。

「ほっほっほ、ランジ村から戻る途中、フィリップさんとすれ違いましたからな。そこから大体このくらいにはタクミ様達が戻って来られるだろうと」

「逆算したわけですか」

「そうなります」

フィリップさんがランジ村に向けて、手配した荷馬車を引き連れていた場所や時間、そこから到着するまでと、俺がランジ村を出発してラクトスに戻って来る日時を、計算して待ち受けていたって事か。

荷馬車でランジ村までどれくらいの日数かとか、色々知っていないとできないと思うが……さすがセバスチャンさんだ。

「タクミ様、ご無事で何よりです。レオ様も、大変だったでしょう。お荷物は私が」

「ライラさん、ありがとうございます」

「ワフワフー」

セバスチャンさんの後ろから、ライラさんが進み出て俺が持っていた荷物を持ってくれる。

別に自分で持っていっても良かったけど、今回はお言葉に甘える事にした。

腰に下げている剣とか、レオに括り付けてある荷物はそのままだけど。

クレアさんとはランジ村で会ったけど、ライラさんとは屋敷を出発して以来か……予想より長く村に滞在していたせいで、少し懐かしくも感じる。

色々あったせいだろうな。

「早速で申し訳ありませんが、イザベルの店に向かいますか？　休憩するようでしたら、用意させますが……」

「俺は大丈夫です。レオに乗っていただけですから、ほとんど疲れていません。――レオの方は大丈夫か？」

「ワフ、ワフワフー」

「そうかそうか……」

レオにも聞いたが、休憩する必要はなさそうで元気良く鳴き声をあげている。

問題ない事をセバスチャンさんに伝え、イザベルさんの店へと向かった。

「相変わらず……他の家とは一線を画した店構えですね……」

「イザベルの趣味ですな。なんでも、魔法具を扱うにはこれくらいではないと……との事です」

イザベルさんの店は、以前来た時から変わっておらず、五芒星《ごぼうせい》の看板に黒の扉、建物自体が灰色に塗装してあって、並んでいる他の家からはどうしても浮いてしまっている。

この店構えが、魔法具とどう関係しているのか俺にはわからないが、店主のイザベルさんがそう言うならそうなんだろう……きっと。

……怪しい雰囲気が好きなだけ……じゃないよな？

「失礼しますよ？」

「いらっしゃい……なんだいアンタ達かい。確かタクミだったかい？　久しぶりだねぇ」

「お久しぶりです、イザベルさん」

レオを店の前にお座りさせてライラさん達に任せ、中に入ると以前にも会ったお婆《ばあ》さん……

イザベルさんが奥に座っていた。

セバスチャンさんに対してはなんとなく面倒そうに話すイザベルさんだけど、どこか親しみもある気がする。

俺に対しては目を細めて少し嬉しそうな、歓迎されている雰囲気だ。

話し相手でも欲しかったのだろうか？

「それで、今日はなんの用さね？」

「先日依頼した、人形の事に関してです。何かわかりましたか？」

「あぁ、あれかい。中々の逸品だねぇ、あれは。そこらの魔法が使えるだけの人間には作れそうにない代物さね」

イザベルさんから聞かれて、セバスチャンさんが人形の事を聞くと、どうやらもう調べ終わっている様子だ。

感心したように話すイザベルさんだが、そんなに凄い物だったのか、あの人形は。

「どのような効果で？」

「ちょいと待ちな。今お茶を淹《い》れるからね。……長い話になりそうだしねぇ。ほら、座ってな」

「わかりました」

「はい」

早速、人形の事を聞き出そうとするセバスチャンさんを制するように、イザベルさんがお茶を淹れに立ち上がる。

イザベルさん、ちょっと楽しそうな雰囲気を漂わせている気がする。

「さて、人形の事だけどね……」

椅子に座り、イザベルさんの淹れてくれたお茶を前に、話を始める。

「あの人形は逸品だが……危険だね。何も知らない者が扱うと、とんでもない事になるよ」

「そうなのですか？」

詳しく調べたイザベルさんには、あの人形は危険な物に見えるらしい。

効果を知らない者……というより、効果を知って商人が扱い、実際にとんでもない事……街に疫病を蔓延《まんえん》させるという事をしてのけているのだから、確かに危険物だ。

「人形に魔力を与えると、効果を発揮する。まぁ、そこまでは一般的な魔法具さね」

「はい」

イザベルさんの説明に頷いているセバスチャンさんだけど、俺は魔法具がどういう物なのかを全く知らない。

日本どころか、地球にはない物だし……この世界には魔法があるからなんとなく、そういう物もあるのかなぁ程度には考えているけど。

とりあえず、魔力を与えると魔法が発動する物、という事でいいのかな？　話の腰を折ってはいけないので、後でセバスチャンさんに説明してもらおう。

「一般的じゃない部分として、誰かが触れたら、勝手に魔力を集めるように仕組まれているね。しかも、効果を発揮するのに必要な魔力は少なく、知らない者なら違和感すらなく気付かない代物さね」

「通常の魔法具は、人が意思を持って魔力を注ぎ込まねばなりませんからな。勝手に魔力を吸い取るという事ですか……うぅむ、中々厄介な」

イザベルさんの話を聞き、セバスチャンさんが注釈らしき話をしつつ、眉根を寄せて唸《うな》る。

通常の魔法具だとこうだ、という話をしたのは知らないはずの俺に向けてだろう……こちらにチラリと視線を送っていたから。

セバスチャンさん、ありがとうございます。

「魔力を……吸い取る」

そんなつもりはないのに、触っているだけで効果を発揮するのか……酒蔵に置いてあるだけで、誰でも触れられるようになっていたみたいだし、魔力には事欠かなかったんだろう。

少ない魔力でも発揮できて、ハンネスさん達も気付かないのなら騙《だま》して置いておくのにうってつけだ。

「して、効果を発揮するとどうなるのですかな？」

なんとなく予想はしていても、専門家によるはっきりとした結果が聞きたいのか、セバスチャンさんがイザベルさんに先を促す。

「人形の中で病の素を増幅するんだよ。病の素なんてのは、どこにでもあるからね」

どこにでもある、というのは空気中にもウイルスや病原菌がある、という事だろう。

「そして、増幅した病の素を近くにある物……あまり広範囲ではないようだけどね、飲み物や食べ物にまとわせる」

「人間には、効果はないのですか？」

「直接効果はないね。でも、その人形によって増幅された、病の素をまとった物を食べたり飲んだりすると……」

「人間が病に罹《かか》る……ですか」

「そうさね。そしてさらに厄介なのが、その病さね。物を食べた人が病に罹り、病に罹った人が別の誰かへとうつしてしまう。あれはそういった病の素を増幅させるようにできているようだね」

病の人が別の誰かに……飛沫《ひまつ》感染や、接触感染といったところか。

「成る程……そういう事でしたか」

どういう作用で、という事はわからなかったが、概《おおむ》ね俺の予想した通りのようだ。

人形を介して、グレータル酒に病原を仕込ませる。

そのグレータル酒を飲んだ人が病に感染する……そこからは人から人へと伝わり爆発的に広がって……という事だろう。

接触感染などがあると考えると、手洗いうがい程度の基礎的な予防だが、伝えておいて良かったかもしれないな。

「怖いのは、食べ物や飲み物、それらの物が病の素を持っていると調べる術《すべ》がない事さね。知らないうちに紛れ込み、それを食べてしまって病が広がる……止める事ができなくなるだろうね」

「魔力感知などで、なんとかわかりませんか？」

「人間の感覚でわかるような魔力じゃないね。微々たる魔力で、調べるにはそれこそ魔法具が必要だよ。……食べる物、飲む物全て、魔法具で調べるかい？」

「……それは難しいでしょうな」

食べ物や飲み物に混じってしまった病の素を伴った魔力は、人間の感覚では察知できるものじゃないらしい。

全ての飲食物に、魔法具を使って調べるのは現実的じゃないだろう。

膨大な量を調べなきゃならないからなぁ……そう考えると、グレータル酒の匂いや気配で判別できたレオは、やっぱり凄いんだな。

「あたしの所に持って来た時、封印の箱に入れてきたのは正解だったね。人間が素手で持っても影響はないけど、近くに食べ物なんかがあれば、酷い事になるからね」

封印の箱とはなんだろう？　話の内容から察するに、魔法具が勝手に効果を出さないようにするために、封入しておく箱、という事かな。

「そうですな。――やはり、タクミ様の判断は正しかったようです」

「俺ですか？」

「ええ、人形が怪しいと見抜いた慧眼《けいがん》……フィリップに持って来させる時も、できるだけ他の物に近付けないよう注意を受けたと聞きました」

「ええ、まぁ……」

人形を怪しいとは思ったけど、実際にそれを見抜いたのはレオなんだけどな……。

病原菌という考えが俺にはあるから、他の物に触れさせないようにしたりという配慮をしたのはそうだが……この世界にはそういう考えはほとんどないみたいだ。

ただ、レオが唸って教えてくれるまで、わりと素手で触っていたりもしたけど、実際にそれで病に罹る事はなかったし、人に直接の効果がないのは本当なんだろう。

「人形の効果はわかりました。処理の方は任せます……悪用されないよう気を付けて下さい」

「わかったよ。まぁ魔法具としては素晴らしい逸品だけど、扱い方次第で最悪の事態になりかねないからねぇ……」

セバスチャンさんは、人形の事をイザベルさんに任せるようだ。

専門家であるイザベルさんなら、間違った使い方というか、悪用したりはしないだろう。

セバスチャンさんが信用している、というのも大きいな。

「それと……フィリップが別にお酒を持って来ていたはずですが……？」

「あぁ、あれかい。最初はあたしへの差し入れかと思って、危うく飲むところだったよ」

荷馬車を手配するために出発する際、フィリップさんに持たせた小さな樽。

その中には、レオの判別で病に感染したグレータル酒が入っていたから、もし間違えて飲んでしまったらイザベルさんが病に罹るところだった……危ない。

ラモギがあればすぐに治るとはいえ、病に罹るのは良くないからな。

「飲まなくて良かったですな」

「まったくその通りだよ。まぁ、飲む前にあのフィリップってのが、教えてくれたけどね。それで……魔法具で検査したところ、間違いなくあの人形の影響で病の素が入っているのがわかったよ」

「やはりですか……では、そのお酒を飲めるようにする事はできますか？」

病の素が入ってしまったグレータル酒を飲めるかどうか……これは公爵家や俺が買い取った物が、使い物になるかどうかという事だ。

「まぁ、飲めない事はないだろうね。病を取り除けば、だけど」

「その方法は？」

「簡単だよ。一度煮詰めて魔力を霧散させてやれば良い。そうすれば病の原因になっているまとわりつく魔力は消えてなくなるはずさ」

「周りへの影響は？」

「ないだろうね。病の素になっているのは魔力だ、煮る事で霧散させれば効果を失う。その霧散した魔力自体も、すぐになくなるみたいさね」

「そうですか……」

加熱する事で病の素となっている魔力がなくなるため、問題はなくなるってわけだな。

煮沸消毒に似ているかな？　殺菌や消毒というよりは、魔力を取り除くための除菌に近いのかもしれないが。

魔力云々《うんぬん》の話の全てが俺にわかるわけじゃないが、病原菌として考えると、沸騰させて菌を死滅させれば飲める……と考える事ができそうだ。

……だけどそれじゃ、アルコールが飛んでしまうのは避けられないと思う。

「煮詰めればお酒としては……」

「お酒じゃなくなったね。美味しかったが……まぁジュースとして飲めばいいじゃないか」

「飲んだのですか？」

「試しにね。魔力が消えていたのは確認していたから、大丈夫だよ」

イザベルさんは試しに飲んでみたらしい。

ジュースか……アルコールがなくなってしまうのは仕方ないが、そうやって消毒して飲めば、美味しい飲み物として楽しめそうだ。

グレータルの果汁でジュースも作れるとハンネスさんは言っていたし、アルコールの味がしない少し風味が薄めの飲み物になるかも。

それなら捨てるよりはマシだろうし、ティルラちゃんあたりが喜んでくれそうだ。

……火に掛けなければいけない、という手間がかかってしまうけど。

「屋敷でヘレーナに処理させましょう。煮詰める前のグレータル酒は絶対に飲まないよう、厳重に管理は必要でしょうが……特にフィリップには注意しませんと」

「……そ、そうですね」

セバスチャンさんの言う事に頷いて同意するが、フィリップさんはもう大丈夫だと思う。

反省しているだろうし、病の原因だと知っているんだから、いくら美味しいといってもコッソリ飲んで……なんて事はしないはずだ、きっと。

「それで、他にも聞きたいことがあるんだろう？　特にその……タクミだったかね？」

「あ、はい」

そんなに、俺が聞きたそうにしている風に見えたんだろうか？

ポーカーフェイスには自信がないから、表情に出ていたのかもしれない。

「タクミ様？」

「セバスチャンさんには話していませんでしたが……『雑草栽培』の事で少し。クレアさんには話していたんですけどね」

相談するつもりだったけど、商人達の尋問の話や、グレータル酒をどうするかばかり考えていて、機会を失っていた。

「そういえば、ランジ村から帰る道中でクレアお嬢様から聞きましたな。クレアお嬢様が、タクミ様に嫌われていたわけではなくて、ホッとしたと仰《おっしゃ》っていましたよ？」

「そ、そうですか。俺がクレアさんを嫌うなんて事、あり得ないですけど……その事です」

ランジ村から帰る数日の間に、クレアさんから話が行っていたみたいだ。

俺が咄嗟《とっさ》にクレアさんに触れないようにした事、気にしていたみたいだからなぁ……俺としては、これだけ色々お世話になっているクレアさんを嫌うなんて事、絶対にないと断言できるくらいなのに。

気にしちゃってたか……悪い事をしたなぁ。

ともあれ、イザベルさんにオークとの戦いであった『雑草栽培』発動の事を詳しく説明する。

イザベルさんの方は、俺の説明に対し特に驚いた様子もなく聞いていた。

「ふむ……成る程ね。聞きたい事はわかったよ。けど……」

「……？」

「あたしゃ前に言ったはずだよ？　そのギフト……『雑草栽培』の効果をねぇ」

「そう……ですか？」

えっと、確かあの時のイザベルさんの説明は……。

『『雑草栽培』は、農業用以外の植物をどこでもなんでも栽培する事ができる……とねぇ」

以前に言われた言葉を思い出そうとする俺に、もう一度同じ言葉を口にするイザベルさん。

あ、そうか……どこでも、なんでも……だ。

「どこでも、というのは地面でなくても……という事ですか？」

「その通りさね。タクミの手から発動した『雑草栽培』は、場所を問わず植物を栽培する事ができる。それこそオークを相手にでもね。その結果、オークや生き物がどうなるかまではわからないけどね」

「……そうだったんですか」

「便利な能力である事は確かですが……これは……」

どうやら俺もセバスチャンさんも、イザベルさんの言葉を勘違いしていたらしい。

どこでも……というのは地面であればどこでも可能というわけではなく、文字通りどこでも……何を対象にしても、という事だったみたいだ。

セバスチャンさんも驚いた様子でイザベルさんの言葉を聞いているが、俺と同じ考えに至ったみたいだ。

オークを相手にしても発動する……という事は当然人間を相手にしても？

「人間に対しても、発動させる事ができる……という事ですか？」

「できるだろうね。対象は生き物問わず、さね」

「便利なのは間違いないのでしょうが……」

「危険な能力、ですよね」

人間にも発動できる、というのなら俺が触れた相手なら誰にでも発動できるという事だ。

しかも、その後のオークがどうなったかを考えるに、人間相手に発動した時、その相手がどうなるかなんて考えたくもない。

誰かに触れる事を恐れるように、俺は自分の両手の平を見る。

「でも大丈夫さね。そうそう人間には発動しないよ」

「え？」

危険を理解していた俺に、イザベルさんの言葉が優しく聞こえる。

「オークは本能で動くけど、人間には意思や理性がある。それが抵抗をするはずさ」

「意思や理性が抵抗……？」

「ギフトに対抗できるのですか？」

「完全に無効化は無理だろうね、ギフトは能力に拘《かか》わらず力が強すぎる。けどね、思い出してみな？　オークに発動させた時、いつもより強く願ったりしなかったかい？」

イザベルさんに言われて、あの時の事を思い出す。

オークに発動させた時、強く薬草を欲しいと願ったのは間違いない。

いつもはなんとなく薬草の事を思い浮かべるだけだったが、あの時は後悔と一緒に強く薬草を求めた。

「確かにあの時、強く願いました。薬草があれば……！　と」

「それさね。その願いの強さ……強い意思とも言いかえられるけど、それがギフトの強さとして現れる。詳しい事はあたしにもわからないけど、願いとギフトは呼応し合うらしいね。まぁ、ギフトにはわからない事が多いけど、そう伝わっているよ」

セバスチャンさんすら知らない知識なんだろう、本人も驚いているから。

だけど、魔法具を扱い、魔力だけでなくギフトの有無を調べられる道具を扱っていれば、そういった知識も入って来るのかもしれない。

広く浅い知識を持っているセバスチャンさんと、魔法やギフトに関して狭いが深く知識を持っているイザベルさんってところか。

「願いと呼応……」

「だから、よっぽど強く願わない限り、人間に対して『雑草栽培』を発動させる事はできないだろうね。今まで人に触れても、発動した事はなかったろう？」

「確かに……そう、ですね」

イザベルさんの言葉で、俺もセバスチャンさんもホッと息を吐く。

つまり、俺が人に対して『雑草栽培』を発動させると強く願わない限り、人間相手には発動しないという事だ。

人に触れる時、気を付けないといけないのは当然だが、それなら普通に人と接する事は問題ないだろうからと少し安心した。

「まぁ、意思だけでなく魔力も関係している……と聞いた事があるけどね。これは研究不足でよくわかってないよ」

「成る程。とにかく、強く願わなければ生き物相手には発動しないんですね。……良かった」

「扱い方次第だけど、危険な能力と忌避する事はないさね。私は最初にこうも言ったさね、『どう使うかはお前さん次第だ』とね」

「はい。決して悪用したり、人に対して使ったりする事がないよう注意します」

「それでいいさね」

あの時の言葉は、『雑草栽培』が有用かどうかというだけでなく、使い方次第で危険な能力になる事もわかっていてだったのか、と今更ながらに理解する。

まぁ、薬草を作るだけでも物によっては危険ではあるけど……。

とにかく、絶対にギフトを悪用しないと決心して、イザベルさんに約束する。

せっかくの能力だ、人に害を為《な》す用途よりも、できるだけ多くの人が助かる使い方をしたいからな……ランジ村の人達を助けたように。

「詳しく話を聞いてよかったですな。生き物に対して発動する事だけしかわからなければ、危険な能力者として隔離されてしまいかねません」

ホッとしている俺に、セバスチャンさんが怖い事を言っているが、確かに『雑草栽培』のそこだけしか知らなければ、危険な能力とみなされてしまうだろう。

そして、誰にも触れてはいけないとして、隔離されるのもおかしい話じゃない。

……日本とか地球だったら、隔離されたうえで研究対象として使われそうだけどな。

「ありがとうございました、イザベルさん。おかげで能力の事を深く知る事ができました」

「なぁに、あたしゃ珍しいギフトをどう使うか楽しみなだけだよ。あとは魔法具を見る楽しみさね」

「お世話になりました」

「また珍しい魔法具がみつかったら持ってきな。……茶を飲みに来るだけでもね」

イザベルさんにお礼と挨拶をして店を離れる。

……最後にボソッと呟いた言葉からすると、やっぱり一人で店を切り盛りしてるのは寂しいのかもしれない。

失礼かもしれないが、あの店構えだとお客さんも多くなさそうだしな……。

暇があれば、またラクトスに来た時にでも話し相手になりに来るのも良さそうだ。

魔法具の事とか、聞きたい内容はいっぱいあるから。

「予想以上の収穫がありましたな」

「そうですね。イザベルさんを頼って良かったです」

長く話し込んでしまったが、今回イザベルさんに話を聞いて良かった。

人形の事、グレータル酒の処理、『雑草栽培』の能力……一部俺の知らない知識で、わからない事があったが、詳しく知る事ができたからな。

「そろそろ日も落ちる頃です、屋敷へと戻りましょう。お嬢様方が、首を長くして待っているでしょうからな」

「そうですね。レオもティルラちゃん達と会いたいでしょうし」

しばらく離れていたから、ティルラちゃんやシェリーがレオと遊びたがっている姿が、簡単に想像できる。

あまり待たせないよう、早く帰る事にしよう。

「それでは、レオ様。よろしいですか？」

「ワフ！」

ラクトスの西門を出て、レオに伏せの体勢になってもらい、その背中に乗る。

レオに確認をしてから、俺の後ろに乗るライラさん。

セバスチャンさんや他の使用人さん達は、馬に乗って一緒に屋敷へ向かう……ようやく屋敷に帰れるなぁ。

公爵家の屋敷は俺の正式な住処《すみか》というわけではないが、この世界で一番長く過ごしている場所。

ランジ村でものんびりと過ごせたが、やっぱり慣れた場所が一番安心する。

「ご苦労様。ありがとうな、レオ」

「ワフワフ」

そんな事を考えている間に屋敷へ到着し、走ってくれたレオを労う。

ほんと、今回はレオによく走ってもらったからな、ちゃんと感謝しないと。

「「「「タクミ様、お帰りなさいませ！」」」」

「お帰りなさい、タクミさん」

「タクミさん、レオ様、お帰りなさい！」

「キャゥキャゥ！」

セバスチャンさんと共に屋敷の玄関に入る。

中では、俺の帰りを待っていてくれた使用人さん達とクレアさん、ティルラちゃんとシェリーが迎えてくれた。

俺だけが相手でも、使用人さん達は一斉に声を掛けてくれるのか……。

「ただいま帰りました、クレアさん、ティルラちゃん、皆さん。それとシェリーも。あぁ、ライラさんゲルダさんありがとうございます」

迎えてくれた皆に挨拶を返す。

ライラさんに持ってもらっていた荷物は、ゲルダさんと手分けして運んでもらえるようだったので、そちらにもお礼を言っておいた。

「タクミさん、あれから大丈夫でしたか？」

「魔物と戦ったんですよね、タクミさん！」

「特に何事もなく、大丈夫でしたよ。――ティルラちゃん、ちょっと落ち着いてね？」

クレアさんは、俺が村に残った後に何か危険がなかったか心配の様子で、ティルラちゃんは実戦をしたという俺に興味津々の様子だ。

興奮気味に詰め寄るティルラちゃんには、手で制してちょっと落ち着いてもらった。

「ティルラ、私が戻ってきた時に詳しく話したでしょうに……」

「だってやっぱり、本人から聞くのが一番ですから」

「ははは、確かにそうかもね」

ティルラちゃんの後ろで、クレアさんが溜め息を吐くようにしていた。

口を尖《とが》らせるティルラちゃん……又聞きよりも、実際に戦った人から話を聞く方が臨場感というか、色々違うというのはなんとなくわかるけど、今ここでというのはな。

「ティルラちゃん、後で話してあげるからね？」

「わかりました！」

「では、まず荷物を置いて落ち着きましょう。ヘレーナ、夕食の方は？」

「すぐに用意できます」

ティルラちゃんには後でたっぷり話をしよう、喜んでもらえるかはわかならないけど。

とはいえ、まだ屋敷に帰って来たばかりだから、一度荷物を置いて落ち着きたい……久しぶりに屋敷で出されるお茶も飲みたいからな。

ヘレーナさんもその場にいて、夕食はすぐに用意できるとの事だから、食堂に改めて集まるという事になった。

「師匠、レオ様。お疲れ様です」

「ミリシアちゃん」

「ワフ」

レオをつれて部屋へと荷物を置きに行く途中、ミリシアちゃんに話しかけられた。

久しぶりに師匠と言われて懐かしいと感じてしまった……そこまで長い間屋敷を離れてなかったと思うんだけどなぁ。

「師匠がいない間、薬の勉強はちゃんとやっていましたよ！」

「そうか、偉いね。どれだけ進んだか教えてくれるかい？」

嬉しそうに勉強をしていた事を報告してくれるミリシアちゃんは、ティルラちゃんとは別の意味で妹のようだ。

部屋へ戻るまで、どれだけ勉強が進んだか聞きながら廊下を歩いた。

しばらく離れていたから、進捗《しんちょく》を聞く限りもう俺より薬の知識があるかもしれないな。

師匠と呼ばれているのだから、俺も頑張らないといけない。

「では、タクミさんもお疲れでしょうから、まずは夕食を頂きましょう」

「頂きます」

「ワフ！」

荷物を置いた後は食堂に集合。

テーブルについて、配膳されていた料理を食べ始める。

ランジ村の食事も美味しかったが、屋敷の料理はヘレーナさんが頑張ってくれているだけあって、こちらはこちらでやはり美味しい。

ティルラちゃんが口をモグモグとさせながらも、俺の方をチラチラ見ているのはオークと戦った時の事を聞きたいからだろうな。

「セバスチャン、イザベルとの話はどうだったの？」

「そうですな、食事中ではありますが、人形に関しての報告をしましょう」

「ええ、お願い。その様子を見ると、進展はあったようね」

食事中だが、皆が集まっているこの機会にとセバスチャンさんが報告を始める。

まぁ、こういう話は早いうちにしておいた方が良い、という判断かもしれないな。

興味なさそうなレオは用意された料理をガツガツと食べ、ティルラちゃんは戦いの話にならなかったから少し残念そうにしていた。

後で、ちゃんと話さないとな。

「ではまず、あの人形の効果についてですな。イザベルの所へタクミ様と確認に参りましたが……」

セバスチャンさんはまず、人形の説明から始める。

さっきイザベルさんに聞いて来た内容だから、俺もはっきり覚えているな。

「そう……やはりあの人形は危険な物ね」

「はい。今回タクミ様が発見して下さって、本当に良かったと思います。あれが人知れず悪用されていたと想像すると……」

「まぁ、ほとんどレオのおかげなんですけどね」

「ワフ？」

レオの方は、夢中で料理を食べていたが、自分の名前が出た事に顔を上げて首を傾げた。

最初に発見したのはフィリップさんだが、もしレオがいなければ、まだ酒蔵に置かれて病を広める原因になったままだったかもしれない。

「さすがレオ様です。人間に察知できない微量な魔力をも感知するとは」

「嗅覚が鋭いという事もあるかもしれませんね」

「ワフワフ」

レオは元犬で今は狼……というかシルバーフェンリルだが、人間よりも嗅覚が優れているのは間違いない。

確か犬って人間の一億倍匂いに敏感だとか……あれは好きな匂いに関してだったたか？

とにかく、シルバーフェンリルになった事で、以前よりもさらに感覚が鋭くなっているんだろう。

「病の原因を取り除きましたので、直にラクトスでの流行も終わるでしょう」

「そうね、タクミさんがラモギを多く用意してくれているおかげで、流行そのものも既に下火よ。周辺の村への影響も少なく済んでいるわ」

病の方は原因を取り除いたのもあって、ラモギが行き渡るのを待てば良さそうだ。

これまで病の事を話す時は、暗い雰囲気になっている事が多かったんだけど……今はセバスチャンさんもクレアさんも、使用人さん達に至るまで、表情は明るい。

「それなら良かった……人為的に発生させた病で、多くの人が苦しむのは見たくありませんからね」

まぁ、人為的じゃなくても病に苦しむ人なんて、見たくないんだけど。

「あとは、ウガルドの店だけですね……セバスチャン？」

「ランジ村で話したように、こちらから仕掛けようとは考えておりますが……旦那様からの返答待ちですな。伝令は送っておりますので、数日中に戻って来るでしょう」

「まぁ、フィリップに頼んでいる酒樽の輸送も終わっていないから、あれが屋敷に到着してからの話ね」

ランジ村からだから、エッケンハルトさんのいる公爵家の本邸にも、別荘であるこの屋敷よりは早く到着できるだろう。

俺がランジ村にいた日数から考えて、急げばフィリップさんがグレータル酒を持ち帰るのと、伝令が帰ってくるのは同じくらいになりそうだ。

「そうですな。ほっほっほ、旦那様やクレアお嬢様が苦心して平穏に暮らせるよう努めておられるのに、民を苦しめる不届きな商売。タクミ様や村にまで大きな被害を出そうとしたのです。ウガルドにはとことん追い詰められてもらいませんとな。もちろん、伯爵家もですが……そちらは旦那様がやってくださるでしょう」

「お父様なら、喜々として……というのは、公爵家当主としてふさわしくないかしら？　とにかく、楽しそうにやりそうだわ。セバスチャン、私からは程々にとしか言えないわ」

主にセバスチャンさんの雰囲気が怖いんだけど……さらに「程々に」と言うクレアさんの言葉には、言外に「徹底的に」と言っているようにも聞こえてしまった。

これはあれだ、捕まえた商人達を尋問すると言った時と同じ感じだな。

まぁ、苦しんでいる人をあざ笑うような商売をしている人間、それも病すら仕組んで罪もない村の人達にオークを差し向けるような連中だ。

ニックの時のような同情心とか、更生を期待するなんて事はない。

「そういえば、タクミさんのギフトに関してはイザベルから何か聞けましたか？」

「あぁ、そうでした。えっと……」

不穏な気配を発するクレアさんとセバスチャンさんが落ち着いた頃、ふと思い出したように質問するクレアさん。

『雑草栽培』への不安、人に触れたら勝手に発動してしまうんじゃないかという恐怖は、クレアさんにも話してあるから、気になっていたんだろう。

イザベルさんと話した内容を、セバスチャンさんの補足も交えつつ説明。

クレアさんは、俺が人に触れても勝手に発動する事がないとわかって、ホッとしていた。

「……タクミさんと触れあう事が……大問題……良かった……」

何やら、俺に聞こえないように小さく呟いていた。

すぐ横に立っていたセバスチャンさんは聞こえたようで、口角を上げて笑みを堪えている様子に見えたから、面白い事でも言ったのかな？

人形や『雑草栽培』の話をしているうちに、夕食を終えてティータイムの時間。

やっぱり、屋敷で飲むお茶は美味しくて落ち着くなぁ……茶葉がいいのか、淹れ方がいいのか……両方か。

「あぁそういえば、ティルラちゃん。鍛錬の方はちゃんとやっているかな？」

「もちろんです。タクミさんがいない間も、休まずに鍛錬しています！」

お茶を飲みながら、ふと思い出してティルラちゃんに鍛錬の事を聞く。

鍛錬が好きなティルラちゃんだから、サボる事はないだろうと考えていたが、予想通りしっかりとやっていたようだ。

俺もランジ村で鍛錬はしていたが、屋敷にいた時程集中できていなかったからな……置いて行かれていないか少し心配だ。

「それよりも、私はタクミさんの話が聞きたいです！」

「ははは、俺が戦った時の事を聞きたいんだったね」

「はい。魔物との戦いはどうだったのですか？」

屋敷に帰って来た時からだったが、ティルラちゃんは俺が魔物と戦った事に興味があるようだ。

夕食も終わり、お茶を飲んでゆっくりしている時間だし、まったり話す分にはちょうどいいかと、ティルラちゃんにランジ村での出来事を話す事にした。

「襲ってきたオークは、正確な数は数えてないからわからないけど、十数体はいたかな」

「それを、タクミさんが一人で倒したのですか⁉」

「ははは、そんな事はさすがにできないよ。ティルラちゃんと同じく、まだ剣の鍛錬を始めたばかりだからね」

「そうなのですか？　それなら、オーク達はどうしたのですか？」

さすがに剣を多少は使えるようになったからといって、オークを十数体も相手にできるなんてあり得ない。

せいぜいが時間稼ぎをするので精一杯だった。

まぁ一対一なら、油断をしなければオークを倒せた事に、自分の成長を感じられて嬉しかったのは確かだけど。

俺は目を輝かせて興味津々にその時の様子を聞いて来るティルラちゃんに、オークとの戦いを話して聞かせた。

レオはシェリーを背中に乗せて丸まっているな。

クレアさんも俺の話を聞いているけど、むしろ怪我をしたのを知っているのでハラハラしている様子だ……もう完全に治っているから、大丈夫なんだけど。

ライラさんやゲルダさんといった、食堂に残っている使用人さん達は表情を変えないようにして待機しているが、しっかり俺の話を聞いている雰囲気だ。

……皆、魔物との戦闘に興味があるのか？

「そうだティルラちゃん、エッケンハルトさんの言う事は本当だったよ」

「お父様の？　どの事ですか？」

エッケンハルトさんから剣を習う時、注意するべき点をいくつか教えられていた。

俺と同じくティルラちゃんも、それらを聞いているので、どれの事を言っているか思い出している様子だ。

「戦闘中に、動きを止めない……って言葉だね」

「戦闘中に……何かあったんですか？」

もちろん、一対一が絶対の状況で、相手が動かないのならこちらも動きを止めて様子を見るというのはあるが、複数のオークが襲って来ている状況……戦闘というより敵味方入り乱れている戦場ともいえる状況で、動かずにただ突っ立っているのは自殺行為だ。

俺が『雑草栽培』を発動させてしまった時、何故《なぜ》かを考えて動きを止めた。

そんな俺を狙って後ろからオークに強打されたからな……大きな怪我をして、クレアさんにも心配をかける事になってしまった。

「運が良かったから助かったけど……あの状況で動きを止めた俺は、死んでいてもおかしくなかったんだよ」

「そうだったのですか……」

「……ほぅ」

俺の話を聞いて、ティルラちゃんは頭に刻み込むように真剣な顔で頷く。

同じく話を聞いていたクレアさんは、ホッと息を吐いている……その直後にレオが来て助かったのを知っていても、心配してしまうのかもな。

「まぁ、怪我をしただけで助かった、というわけでもないんだけどね。当然、俺を強打したオークはそこにいるし、助けを呼ぼうにも村の人達は他のオークで手一杯」

「……どうなったのですか？」

その後の状況を話しているが、ティルラちゃんはどうなったのか聞き入っている。

「怪我をしたせいで、体が思うように動かなくなってね。オークが腕を振り上げた時は、もう駄目だと思ったよ」

あの時は本当にもう駄目だと思った、体は動かないし、オークは俺を狙っている。

周りに村人はいるが、助けに来る余裕はない状況だ。

「目を閉じて、覚悟を決めた時にね……」

「時に？」

「……レオが来てくれたんだ」

食い入るような目で俺の話を聞く、ティルラちゃん……知っているはずのクレアさんも、他の使用人さん達も耳を澄まして聞いてくれている。

「レオ様が！」

「ワフ？」

レオが来てくれた事を話すと、ティルラちゃんが喜び、満面に笑みを浮かべ、クレアさんはまたホッと息を吐いた。

レオは、自分が呼ばれたと思って、顔を上げてキョトンとしているな。

「あの時、レオが来てくれて本当に助かったよ。ありがとうな、レオ」

「ワフワフ」

隣で丸くなっているレオをゆっくり撫でて、改めて感謝する。

その後は、レオの活躍やロエで怪我を治した事、商人達の捕縛にヨハンナさんが活躍した事などを話す。

話が終わる頃には、随分と遅い時間になってしまい、ティルラちゃんがうとうとし始めた頃合いで解散となった。

俺もさすがに眠気に勝てそうにないから、今日は素振りをやらずに就寝しよう。

「まぁ、今日くらいはいいか……ずっと張りつめていた部分もあるしな」

「ワフゥ」

風呂にだけはしっかり入り、体を温めてベッドに横になる。

レオが労《いたわ》るように体を半分ベッドに乗せて、枕代わりになってくれたが……本来色々頑張って活躍してくれたレオが、一番労わられるべきだと思う。

とはいえレオの好意を無駄にしないよう、寄りかかって柔らかい毛に包まれて寝る事にした。

やっぱりこの方法だと、いつもよりしっかり寝る事ができそうだ。

少し違うけど、マルチーズだった時もこうして、一緒にくっ付いて寝ていたからかもしれないな――。

第三章　グレータル酒を飲む方法を模索しました

翌日、レオのおかげでスッキリと目覚めた俺は、朝の支度をして皆と朝食を頂く。

久しぶりにティルラちゃんやレオと一緒に鍛錬をして、ミリシアちゃんとの勉強だ。

ミリシアちゃんは、俺が屋敷を出る時より随分と勉強が進んだみたいで、逆に俺が教えられる部分もあるくらいだった。

不甲斐《ふがい》ない師匠と思われないよう、俺も頑張らないと。

「タクミ様、少々よろしいですかな？」

「セバスチャンさん？」

昼食後、薬草を作ろうと裏庭に出た俺に、セバスチャンさんから声を掛けられた。

「グレータル酒の事なのですが……フィリップが村に到着したのは、ラクトスで私とタクミ様が合流した日ですかな？」

「そうですね。フィリップさんが来て、酒樽を積み込んだのを確認してから、ラクトスに出発しました」

「そうですか……となると、屋敷へ到着するのはもう数日かかりますか」

セバスチャンさんは、買い取ったグレータル酒の到着がいつになるかを確認するのが目的だったらしい。

「イザベルの言葉通りなら、グレータル酒は煮詰める事でしか飲めないとの事でしたが」

「そうですね……他に何か方法があれば良かったんですけど」

煮沸消毒する事で、病の原因が取り除かれてようやく飲めるようになる……との事だ。

煮詰めてしまえば当然アルコールが飛んでしまうので、お酒として楽しむ事はできなくなる。

……他に方法があればいいんだけどな。

「薬草……ラモギを使って何かできる事はないでしょうか？」

「ラモギをですか？」

「はい。グレータル酒を介して広まっている病は、ラモギで治す事ができます。そのラモギを使えば、お酒に熱を加えなくとも、飲めるようになるのではないかと考えまして……」

病気を治す事ができるのなら、ラモギを使えば飲み物に入り込んでいる病も取り除く事ができるんじゃないかとセバスチャンさんは考えているんだろう。

……言いたい事はわかるが……微妙なところだなぁ。

「どうでしょう……できないとは言えませんが、できるとも言えませんね」

「そうですか……煎じ薬や薬酒という物があるので、もしかしたら……と考えましたが」

煎じ薬か、確か薬を水で煮出して作る飲み薬だったな。薬酒かぁ……あまり聞いた事はないが、ないわけじゃない。

確か、薬局とかで売っている赤い箱に入ったお酒、薬用酒があったはず。

そうか、あれと同じような考え方なら、お酒に薬草を合わせるという事もできるのかもしれない……作り方がわからないが。

「薬酒、というのはいいかもしれません。俺のもといた場所にも同じような物がありましたから。薬草とどうやって合わせるのかはわかりませんが……」

「左様ですか……でしたら、一度ヘレーナと相談してみるのも良いかもしれませんな」

「ヘレーナさんに？」

「ヘレーナはこの屋敷の料理長ですからな。お酒の事にもある程度詳しいでしょう」

料理とお酒は切っても切り離せない関係……なのかもしれない。

そう考えると、料理長で料理に詳しいヘレーナさんに聞くのは当然だと思える。

ここでセバスチャンさんと話しても答えは出ないだろうし、別の人の意見を聞いてみるのもいいかもしれないな。

どちらにせよ、グレータル酒が到着したらヘレーナさんも関わる事だろうし。

「わかりました。それならヘレーナさんに相談しましょう。今からでも？」

「昼食が終わった後なので、ちょうど良いでしょう。しかし、これから薬草をお作りになるのでは？」

「まぁ、それはあまり時間のかからない事ですからね。また後にでも空いた時間に済ませますよ」

「そうですか。では、こちらに」

『雑草栽培』のおかげで、薬草を作るのはそんなに時間はかからないからな。

ランジ村で暇な時間に作っていた薬草も渡してあるし、不足しているわけじゃないから。

厨房《ちゅうぼう》へ行く前に、俺の部屋に寄ってランジ村から買い取ったグレータル酒の金額のうち、俺が支払うと約束していた分をセバスチャンさんに渡しておく。

報酬でもらった金貨や銀貨などは、部屋の棚に全部しまってあるんだけど……セバスチャンさんに渡す分を差し引いても、あまり減った気がしなかった。

高級なはずのロエも結構売れているらしく、短期間でどんどん貯金が増えている。

金庫とか必要かもしれない……銀行、はなさそうだからなぁ。

ともかく、お金を渡しつつ昨日は屋敷に戻ってきたばかりで忘れていた事を謝ると……。

「律儀な方ですなぁ……忘れたままでも良かったのですが」

なんてセバスチャンさんに言われた。

でも、払う約束をしたのは俺だし、こういう事はきっちりしておかないと気が済まない性分だ。

ちなみに、ランジ村へは既にお金を持たせた人を出発させていたらしい……仕事が早い。

そんなこんなで、寄り道をしつつつヘレーナさんがいる厨房へ……そういえば、この屋敷に来て随分経ったけど厨房に入るのは初めてだなぁ、どんな所だろうか？

「失礼しますよ？」

「セバスチャンさん？　それにタクミ様も、どうされましたか？」

厨房に入ると、中ではヘレーナさんを含む数人の料理人さん達が、食事をしている最中のようだった。

かまど等の火を扱う場所の他に、鉄製と見られる台がいくつかあり、包丁や木のまな板、食器類がしまってある棚も見える。

さすがにコンロなどはないが、飲食店にありそうな大きめの厨房に近いかな。

その厨房の隅で、あまり大きくないテーブルを囲んで食事をしていた。

「邪魔しましたかな？」

「……んく……いえ、今食べ終わりましたので大丈夫です。それで、タクミ様を連れてどうしたのですか？」

食事はもうほとんど終わっていたようで、食器の上に残っていた料理を慌てて口に含んで飲み込み、セバスチャンさんに答えるヘレーナさん。

他の料理人さん達も、ヘレーナさんと同じように慌てて残った料理を口に入れている。

急ぎの用じゃないから、あまり慌てて食べなくてもいいですよー。

「少々相談がありましてな？」

「セバスチャンさんからの相談とは、珍しいですね。何か改善すべき点でもありましたか？」

執事であるセバスチャンさんからの珍しい相談という事で、ヘレーナさんは誰かから不満が出たのかと考えてしまったようだ。

貴族お抱えの料理人というのは、そういった不満なんかも聞いて改善しなきゃいけないのかもしれないと考えると、大変だなと思う。

……飲食店でも、客からの不満に対処するのは大変なんだろうけどな。

「いえ、改善すべき点などはありません。クレアお嬢様も、大変満足しているご様子ですよ。相談は料理に関してではないのですが……」

「俺も、ヘレーナさんの料理は美味《おい》しくて、不満はありませんね」

一応、俺もセバスチャンさんに続いて不満が無い事を伝える……ヘレーナさんの料理は十分に美味しいからな。

「ありがとうございます。それで、どのような相談でしょうか？」

「数日中に、グレータル酒……ランジ村で作られているお酒の入った樽《たる》が、大量にこの屋敷へ持ち込まれる事になっています」

「グレータル酒……グレータルを使った、甘めのお酒ですね」

俺やセバスチャンさんから不満点や改善すべき点が無い事を聞いたヘレーナさんは、ホッとした様子で相談内容を聞く。

ヘレーナさんも、ランジ村で作られているグレータル酒の事を知っていたようだ。

「持ち込まれるのは、飲めないという事態になったグレータル酒です。樽にして十くらいはありましたかな、タクミ様？」

「えーと……それくらいだったと思います」

「それはまた。大量に飲めなくなったのですね。村の方は大丈夫なのですか？」

「村に関しては、今のところ問題ないようです。原因は取り除いたので、これ以上飲めないグレータル酒が出る事はありません」

ヘレーナさんが心配そうな面持ちで村の事を聞くが、問題ないと答えるセバスチャンさん。

人形はイザベルさんが保管しているから、飲めないグレータル酒が増える事はない。

「それで、でしてな？　屋敷に届く樽に入っているのは全てが、飲めないグレータル酒なのです」

「飲めないグレータル酒……何故《なぜ》そのような物を？」

「それに関しては、また後で」

ヘレーナさんの疑問を後回しにするセバスチャンさん。

何故飲めないグレータル酒を、と聞かれればもったいなかったからとか、村を助けるためとかになるけど、相談する内容はその事じゃない。

セバスチャンさんが、後で詳しくヘレーナさんに説明してくれるだろう。

「あの村で作られるグレータル酒は、とても美味しいのです。私も飲ませて頂きましたが、確かな味でした」

「そうですね……私は飲んだ事がありませんが、話には聞いています。セバスチャンさんもそう仰《おっしゃ》るのなら、間違いないのでしょう。私もいずれ入手して、味見程度に飲めればと考えておりました。お嬢様方があまりお酒を飲まれないので、飲酒用のお酒は買い付けておらず、中々機会がありませんでした……」

結構、ランジ村のグレータル酒は評判になっているみたいだ。

だからこそ、病が広まってしまったのかもしれないが。

「セバスチャンさんの説明では、飲めないお酒と言っていましたが、そのグレータル酒……熱を加えれば飲めるようになるんです」

「熱を……沸騰《ふっとう》させるのですか？」

「はい。そうすれば、飲めなくなった原因を取り除く事ができ、問題なく飲む事ができます」

「……しかし、お酒を沸騰させてしまうと」

「お酒ではなくなりますな。多少ならお酒としての味が薄くなる程度でしょうが、飲むためにはしばらく熱を加え続けなくてはなりません」

お酒を沸騰させればアルコールが飛んでしまう……多少温める程度なら、熱燗《あつかん》やホットワインのようになるくらいで済むだろうけど、イザベルさんの話し方としては完全にアルコールを飛ばすくらい沸騰させないといけないようだ。

当然そうなれば、飲酒用として飲む事はできない……そのあたりの事を知っているヘレーナさんは、難しい顔をしている。

料理酒とかもあるから、お酒に熱を加えるとどうなるかよく知っているのかもしれないな。

「まぁ、お酒としてではなくジュースとして飲むのなら、といったところですな」

「はぁ……まぁ、ティルラお嬢様は喜びそうですね」

ヘレーナさんもただのジュースにしてしまえば、ティルラちゃんが喜ぶと思ったようだ。

甘味が強いお酒だったから、アルコールを飛ばしても十分に美味しいだろうしな……多少風味が薄くなるかもしれないが。

「ですが、それ以外にグレータル酒を飲む方法がないかと思いましてな？」

「飲めないグレータル酒を飲む方法……ですか？」

ヘレーナさんは煮沸させる以外で、グレータル酒を飲む方法を考えて頭を悩ませるように腕を組む。

他の料理人さん達も、同じように俺とセバスチャンさんの話を聞いて悩んでいるようだ。

「熱を加えれば、原因は取り除かれるのですよね？　ですが、そうすると酒精《しゅせい》が消えてしまう……熱以外では原因を取り除く事はできないのですか？」

酒精……お酒に入っているアルコールの事か、聞き慣れない言葉で、一瞬なんの事かわからなかった。こちらでは、アルコールよりも酒精と呼ぶ方が一般的なのかも。

「飲めなくなった原因、というのが特殊でしてな。今のところ熱を加える以外では、飲む方法が見いだせていません」

「沸騰させる事で、酒精と一緒に飲めない原因を解消するのですね。それ以外の方法……難しいですね」

「ふむ、やはりヘレーナでもそうですか。では、やはりタクミ様と考えた方法しか……」

「……すみません、よろしいでしょうか？」

ヘレーナさんが頭を悩ませ、セバスチャンさんがラモギを使った案を話そうとした時、ふと一人の料理人が手を挙げて主張。

何かを思いついたようだ。

「どうぞ、何か飲むための方法案がありますか？」

「いえ、方法案と言えるのかどうか……ですが、お酒に熱を加えて新しいお酒にする方法があると聞いた事があります」

「新しいお酒……？」

セバスチャンさんから許可を得た料理人さんは、少し自信のなさそうな口調で話す。

お酒に熱を加えて新しいお酒……どこかで聞いたような？

「私もそれは聞いた事があります。……遠方の地域で飲まれているお酒の作り方、だったと記憶していますね。えーと、一度お酒を蒸発させるくらい熱を加える事で成分を分け、さらに冷やす事でもう一度液体にするとか……」

ヘレーナさんもその話は聞いた事があるらしい。

「ん？　どこかで……？」

「どうされましたか、タクミ様？」

「いえ、どこかで聞いた事のある方法だなと思いまして……」

なんとなく聞いた事のある方法で、思い出そうとして頭を悩ませていると、セバスチャンさんに声をかけられる。

それに答えながら、記憶を探って思い出そうとする。

「えっと……熱、蒸発、液体……あぁ！」

「何か思いついたのですか？」

色々考えているうちに、なんの事か思い出した俺は思わず大きな声を出してしまった。

セバスチャンさんに問いかけられるのと一緒に、ヘレーナさん達からもどことなく期待されているような雰囲気で見られている。

「えっと、ヘレーナさん達が話していたのは、蒸留という方法だったと思います。熱を加えて沸騰させ、蒸発させる事で、沸点の違う物を分離させるためとかなんとか……詳しくは俺もわかりませんが」

学生の頃だったか、実験の授業か何かでやった事がある気がする。

確かそうして果実酒を蒸留させて作ったお酒の事を……。

「ブランデー、だったかな？」

「ブランデー……？」

「そういうお酒なのですか？」

「はい。俺のいた場所ではそう呼ばれていました。こちらでは別の名前かもしれませんが……」

授業でやった実験は、お酒とは別物だったけど……確かその授業を受け持っていた先生が、同じ方法で蒸留酒を作ると言っていたはずだ。

酒好きの先生で、果実酒からブランデー、穀物からウィスキーやウォッカが作られるなんて、得意気に語っていた。

お酒を飲めない年齢の時の話なので、クラスメイトはほとんど興味がなく後で別の先生から、生徒に何を教えているのか！　と怒られていたのが印象的で思い出せたんだろう。

「ブランデー……私は、聞いた事がありませんね」

首を振るヘレーナさん。

でも蒸留してお酒を作っている所はあるのだから、蒸留酒があるのは確かだろう……もしかしたらこの世界では、ブランデーと呼ばれていないのかもしれないな。

それなら、ブランデーを知らなくても無理はない。

「ふむ……それは、ここでできるような事ですかな？」

「どうでしょう……一応やり方は知っていますが、そのための道具がありません。それに、グレータル酒の量が量ですから全てを蒸留するのはちょっと」

セバスチャンさんにここでできるかと聞かれるが、詳しく覚えていないので出来るかどうかはわからない。

実験の時は、フラスコとかを使ったのを覚えている……似たような物は用意できるかもしれないが、蒸留酒を作るのに適した道具が揃《そろ》うかまでわからない。

それに、冷やすための方法もな。魔法でなんとかなるかもしれないが……。

「そうですね。ここでは難しいと思います。私が聞いた話でも、作っている遠方では大きな設備を使っていると聞きました。……詳しくはわかりませんが」

ヘレーナさんもここでは難しいと考えているようだ……グレータル酒の量も多いし、少量ずつ日数をかけて蒸留するのは手間がかかり過ぎる。

だからといって専用の設備を作るなんて事はできない、ここは酒造所ではないから。

「……でしたら、やはり当初の考え通りの方法しかなさそうですな」

「当初の考え……ですか？」

蒸留の件はまたいずれ考える事として、セバスチャンさんが話しを戻す。

「はい。タクミ様と私でこの方法はどうか？　と考えてきたのです。料理に詳しいヘレーナなら、他に方法を知っているかもとの期待はありましたが」

ヘレーナさんなら他にもいい方法が考えられないか、という期待があったのは確かだ。

実行する事はできなそうでも、蒸留してブランデーにという案が出てきたからな。

「成る程……。それで、その方法とは？」

「薬草を混ぜる事です。グレータル酒が飲めなくなった原因が人の体に入った場合、その者は病に侵されます。ですが、薬草で治す事ができるのです。それなら、飲む前のグレータル酒に薬草を混ぜて、原因を取り除く事はできないか……と」

「薬草を……薬酒、という事ですか？」

セバスチャンさんの説明に、首を傾《かし》げながらも興味がありそうなヘレーナさん。

まぁ病の素を取り除くだけなので、薬酒とは少し違うかもしれないが……。

「その通りです。……多少味は変わってしまうかもしれませんが……それでもただグレータル酒を熱してジュースにするよりはと。もし良質な物ができ上がれば、売り出せそうですしね」

「商売の事まで考えていたんですか、セバスチャンさん？」

ただ買い取ったグレータル酒を飲めるように、だけでなく売り出すというのは初耳だ。

「そこはついで……ですな。それ程の物ができるかどうかはわかりません。ですが、それができればランジ村の方も助かりそうですからな。……グレータル酒が売れなくなる場合に備えて」

セバスチャンさんは、疫病の原因がグレータル酒だと広まった場合、売れなくなる事での影響も考えていたようだ。

同じ物ではなく、ラモギを加えた別物のお酒として売り出すとか、そういう事だろう。

「それに、ジュースにするのではなくあの美味しいグレータル酒は、やはり酒として飲みたい、と思う人もいるでしょうからな。私のように」

「俺も、その一人かもしれませんけどね。あ、あとフィリップさんもか」

セバスチャンさんと顔を見合わせて苦笑する。

ジュースがどんな味なのかはわからないけど、お酒として造られたのだから、できればお酒として楽しみたい。

ラモギを入れて味がどう変わるかにもよるけど、飲めるようになるのなら、お酒のままだろうからな。

「……セバスチャンさんやタクミ様の考えはわかりました。飲めない原因となる物を取り除く、あるいは人体への影響をなくして、さらにお酒として楽しめるように……できるかどうかは、試してみないとわかりませんね……」

グレータル酒を薬酒とする方法を、ヘレーナさんは頭を悩ませながら答える。

原因となる物が目に見える物でもないし、はっきりできるとは言えないか。

「そうですな……であれば、いくつか試作してみるというのはどうでしょう？」

「試作するのは薬草とお酒があればすぐにできるでしょう。ですが、その原因が取り除かれたのかは、すぐにわかる物なのですか？」

試作して飲めるようになるか試す、というのはいい案だろう。

もしどうしても飲めるようにならなければ、煮詰めてジュースにすれば無駄にする事もないわけだし……その場合は、ランジ村への対策は別に考える必要はあるだろうけど。

「レオ様にも、協力をお願いしませんとな？」

「そうですね。レオならすぐに確認してくれると思います。ソーセージをご褒美にあげれば、喜んでやってくれるでしょうね」

試作したグレータル酒が飲めるかどうかは、レオが判別しないといけない。

イザベルさんに協力を頼めば、魔法具で判別してくれるかもしれないが、屋敷と街を往復するのも手間だし、レオに頼んだ方が早く済むだろう。

食べ物で釣る事になるけど、ソーセージをあげれば引き受けてくれるはずだ。

「レオ様ですか？」

ヘレーナさんはレオが判別できると知らないので、何故レオに頼むかわからない様子だ。

「飲めない原因になっている物とは……はっきりと言えば病の素なのです。その病の素なのですが、レオ様にははっきりと判別できるようなのです。そうですね、タクミ様？」

「はい。レオがいてくれたおかげで、グレータル酒に病の素となる物が混在している事がわかりました」

首を傾げているヘレーナさんにセバスチャンさんが説明し、確認のため俺へと向けられた視線と言葉を受けて、頷《うなず》く。

「病の素……それは確かに、飲むわけにはいきませんね」

「そしてこれは、人間に判別できる物ではありません。微量の魔力が関わっているらしいのですが、人間が感知できない程度のようですからな」

深刻そうにつぶやくヘレーナさんに、イザベルさんとの話でわかった事も追加で説明するセバスチャンさん。

イザベルさんの説明では、微量過ぎて感知できないという事らしい。

初めてグレータル酒が病の原因だと知ったヘレーナさんと料理人達は驚いた様子を見せたが、すぐに納得してくれた。

病の素が入っているお酒なんて、飲みたくないし飲めないもんな。

「これはイザベル……魔法具の専門家に確認をしてもらい、確証も得ています」

「そうですか。でしたら、試作をしてレオ様に確認をしてもらえば良いのですね？」

「はい。レオに確認すれば、すぐに大丈夫なのかどうかわかるはずです」

あとでレオに、ヘレーナさんからお願いされたらグレータル酒の確認をするよう頼んでおこう。

「わかりました。薬草を入れた薬酒の試作、お任せください」

ヘレーナさんが首肯し、他の料理人さん達も頷いてくれた。

「よろしくお願いします。では、こちらがグレータル酒に入れる薬草になります。この状態ですと、薬と言った方がよろしいですかな」

セバスチャンさんが懐からラモギの粉末、今すぐ薬として使える状態の物を取り出して、了承してくれたヘレーナさんに渡した。

「粉末のラモギですか。これなら効果が出るかどうか、すぐにわかりますね」

「それとは別に、試して欲しい物もございます」

「別に？　それはなんですか？」

「粉末ではないラモギ……摘み取って乾燥させた物、させない物ですな。その他に……」

セバスチャンさんが、色々な状態の薬草の名前を出してヘレーナさんに伝える。

俺としては、病に効果のあるラモギの粉末でしか病の素を取り除く事は出来ないと考えていたのだが、セバスチャンさんは違ったようだ。

色々な状態のラモギ、別の薬草で試す事で、グレータル酒がどうなるのかを見るのと一緒に、別の薬酒を製造する事ができないか、という事らしい。

別の薬草で試して全く別の物を作れないか……それこそ健康増進の薬酒とかができれば、と考えているみたいだ。

「まぁ、そういった物ができれば儲《もう》けもの……というだけですな。それぞれ少量を使って、試作をしてみて下さい」

「わかりました」

ヘレーナさんと他の料理人さん達にお願いして、俺とセバスチャンさんは厨房を出る。

「あとは、フィリップが酒樽を持って帰るのを待つばかり、ですな」

「そうですね。薬草の効果があればいいのですが……」

「そこはヘレーナの言うように、試してみなければなんとも言えないでしょうな」

誰もやった事がないのだから、試してみないと結果はわからない。

新しい物を作ろうと考えた時、誰しもこういう不安というのは感じるものなのかもしれないな……。

「ではタクミ様、思いの外時間を取ってしまいましたな。申し訳ありません」

「いえ、俺にとってもいい考えだと思うので、気にしなくて大丈夫ですよ」

そう言って、セバスチャンさんと別れてまた裏庭に出る。

「あ、タクミさん」

「師匠！」

「ワフワフ」

「キャゥ」

裏庭には、ティルラちゃんとミリシアちゃん、シェリーがレオに乗っていた。

裏庭に出た俺に、皆が声を掛けながら駆け寄って来る……といっても乗っている皆はそのままだ。

「皆、レオと遊んでくれているのかい？」

「レオ様が私達と遊んでくれているんですよ、師匠？」

「久しぶりにレオ様と遊びます！」

「キャゥキャゥ」

レオに乗っている皆はしばらくぶりだからか、特に楽しそうにしているな。

「そうかぁ。レオ、良かったな？」

「ワフワフ」

明るい雰囲気に、朗らかに微笑《ほほえ》みながら近くに寄ってきたレオの体を撫《な》でてやる。

一度人形を届けるために屋敷へ帰ったはずだが、その時は遊ぶ暇もなかったんだろうな。

久しぶりにティルラちゃん達と遊べて、レオも嬉《うれ》しそうで尻尾もブンブン振られている。

「タクミさんも一緒に遊びますか？」

「いや、俺は薬草作りがあるからね。ティルラちゃん達で存分に遊んでおいで」

「師匠、手伝いますか？」

「大丈夫だよ、ミリシアちゃん。ありがとう。急いで作らないといけない物じゃないから、遊んでいる皆を見ながら、ゆっくりやるよ」

ティルラちゃんの誘いを断り、ミリシアちゃんの申し出も断って、薬草作りをしようと裏庭の隅へ移動する。

遊んでいるのを邪魔したくないし、楽しそうにしている様子を見ているだけで、こちらにも楽しさが伝わって薬草作りも捗《はかど》るだろう。

セバスチャンさんは思ったより時間が取られたと言っていたが、この後の予定もないし……のんびりと薬草を作らせてもらおう。

「ん～……っと。今回はこのくらいでいいかな？」

様々な種類の薬草を作り、カレスさんの店に卸す物を揃えて中腰になっていた体を伸ばす。

薬草を作る時も摘み取る時も、中腰や前かがみになる事が多いから、集中しているとどうしても体が固まってしまうな。

楽しそうに裏庭を駆け回るレオ達を見ながらなのもあって、休み休みやっていたけど。

ひと段落ついたところで、俺の方でも薬酒に良さそうな物がないかを考える。

「セバスチャンさん達に任せっきりなのもいけないしな。俺が作れる薬草から、薬酒にできそうな物を考えてみよう」

ラモギは使うからそれは置いておいて、他の薬草……体に良さそうな物がいいか。

アルコールが強めだから多飲は禁物だが、それと混ぜても効果のなくならないような薬草……相乗効果で血行が良くなったり、内臓が綺麗になったりとか、そういうのもいいかもなぁ。

「おっと、うっかり変な薬草を作ったりしないようにしないと……」

俺が薬草の事を考えて地面に手を付けていたら、意識せずとも『雑草栽培』が発動してしまう可能性が高い。

今までは結果的に便利なものができたけど、この先ずっとそれが続くとは限らないからな。

まずは、確実に薬酒に出来そうな薬草を考えるべきだ。

「ふむ……この世界は医療が発達していないから……」

俺にしか考え付かない薬草、というのもあるかもしれない。

それが薬草として栽培できるかどうかはわからないが、前の世界の知識を使って考えるのも悪くないかもしれない。

そうして、俺は楽しそうに遊ぶレオ達の声を聞きながら、薬酒に使えそうな薬草を考えていった……変な物を作ってしまわないよう、気を付けながら。

とはいえすぐに、役に立ちそうな薬草はできずにほとんど考えるだけだったが。

翌日の昼前、しばらくの間例の店に手出しはできない事もあって、のんびりと過ごしていた。

ティルラちゃんとの鍛錬やミリシアちゃんとの勉強や薬草を作り、薬酒の事なども考えながらだけどな。

「タクミ様、お客様がお越しになっております」

「俺に、ですか？」

「はい、ニックさんです。客間にてお待たせしていますので」

「あぁ、わかりました。すぐに向かいます」

そろそろ昼食かなぁと思っていた頃、ライラさんに言われてニックが訪ねて来た事を伝えられ、のんびりさせてもらっていた裏庭から屋敷に入る。

「おっと、あれも用意しておかないとな」

ニックが待つ客間へ行く途中、渡す物があるのを思い出し一度自分の部屋へ。

用意していた物を持ってニックの待つ客間へ向かった。

「アニキ、お久しぶりです！」

「ニック、久しぶりだな」

ランジ村に行っていた間から今まで、ニックと会っていなかったから確かに久しぶりだ。

少しだけ髪が伸びて来たように見える、ニックの頭を見ながら挨拶をする。

……髪が伸びて来たら、ちょっと人相が悪いけど野球をしている高校生のようにも見えるな
……そこまで若くはないだろうが。

「タクミ様、こちらを」

「ありがとうございます。――ニック」

「へい！」

先に薬草を持って待機してくれていたゲルダさんから、袋を渡されて受け取り、それをニッ

クに渡す。

「それとこれだ。ニック」

「……金貨？　これをどうするんで？」

部屋から持って来ていた金貨と銀貨、銅貨も含めて全てニックに渡す。

しかしニックは、それを見ても何故渡されているのか理解してない様子だ。

「ちゃんと働いてくれているからな。これは給金だ。……前払いしておいたのは引いてあるが」

「給金……？　こ、こんなに貰《もら》っていいんですかい!?」

ニックを雇ってそろそろ一カ月近くが経つので、給金という形でしっかりと渡しておいた方がいいと思った。

ちゃんと働いてくれている様子だし、無給で働かせるわけにはいかない。

どれくらいの給金にするかは、前もってセバスチャンさんと相談して決めていた。

「そこまで多いかどうかはわからないが、これからの働きも期待しているぞ？」

「こんなに貰えるなんて……アニキ、ありがとうございます！　一生ついて行きます！」

「いや、そこまで感動されても困るんだけどな……」

前払い分を含めても、金貨二枚に銀貨と銅貨だ。

セバスチャンさんとの相談で、ラクトスの街で一カ月働いた労働者の平均より、少し高い程度の金額にしておいた。

「そのお金はお前の自由にしていいけど、変な事には使うなよ？」

「わかっています、生活に使う分とは別に貯める事も考えます！　カレスさんに、お金を貯める大切さを教えられました」

「そうか」

カレスさんは、ニックにお金を貯める事をしっかり教え込んでくれたみたいだ。

給金が多くても少なくても、いつ何があるかわからない……お金はある程度貯めておいて損はないからな。

この国での税金は、受け取る給金から決められた税率のお金を納める事になる。

税金そのものは他にもあるらしいけど、大まかには所得税で徴収する形らしく、その税率が公爵領は低いとか。

この辺りは、屋敷でお世話になるようになってすぐ、商売で大きな利益があるから低くしていると聞いた気がするな。

他の貴族領では、もっと税率が高いのかもしれない。

日本の所得税に近いが、一律の税率で累進課税ではないので似ているけど、少し違う。

ニックに渡した給金とは別に、俺の分も含めて払ったんだけど、別々《べつべつ》に計算して払うのが面倒だから一緒にしたとか、そんな事ではないぞ、うん。

「それじゃ、カレスさんの店まで頼んだぞ」

「へい、確かにお預かりしました。任せて下さい！　では！」

給金のやり取りで、半泣きするくらい感動した様子のニックは、意気揚々と薬草を持ってラクトスの街へ向かった。

それを見送った後は、昼食。

相変わらず美味しいヘレーナさんの料理を堪能しつつ、お腹《なか》いっぱいになったところで、食堂へ執事さんの一人が入って来た。

「失礼します……セバスチャンさん」

「はい……なんですと？　……わかりました、すぐに向かいます」

執事さんはセバスチャンさんに耳打ちをして、退室。

「皆様、少々用ができたので退室させて頂きます。……申し訳ありませんが、もうしばらくここで過ごして頂きますようお願いします」

「……何があったの、セバスチャン？」

何かを伝えられたセバスチャンさんは、皆に声を掛ける。

疑問に思ったクレアさんが声をかけた。

「旦那様から使いの者が来たとの事です。……本邸との距離を考えると、いささか早すぎるのですが」

「お父様が？　わかったわ……」

何やらエッケンハルトさんからの報《しら》せが来たという事らしい。

確か、本邸はこの屋敷から馬で急いでも六、七日程の距離だったはずだ。

往復を考えると十数日……ランジ村から報せを送ってから十日も経っていないのに。

いくら屋敷から送るより距離が近いとしても早すぎる。

「エッケンハルトさんからの連絡が早いのは、どうしてなんでしょうか……?」

「……私にもわかりません」

クレアさんに問いかけてみたが、さすがにどうしてなのかまではわからない様子だ。レオに乗っているわけでもなし、馬でどうやってこの距離と時間を短縮したんだろう。

以前屋敷に来た時には、強行軍で移動していたから行程を数日短縮していた。

けどさすがに、今回報せを持った人がエッケンハルトさんみたいな強行軍をするとは思えない……馬車で移動するよりは早いだろうけど。

「皆様、どうぞ……」

「ありがとう」

セバスチャンさんが戻って来るのを待つ間、ライラさんが皆にお茶を淹《い》れてくれた。

クレアさんが置かれたカップを持ちながらお礼を言っている。

「レオ様、シェリーもどうぞ」

「ワフワフ」

「キャゥー」

牛乳をゲルダさんが用意してくれて、レオもシェリーも、お礼を言うように鳴く。

「どうぞ、師匠」

「ミリシアちゃん、ありがとう」

「いえ、私はまだ見習いですから……上手く淹れられているといいのですけど」

俺の所のお茶は、ミリシアちゃんが淹れてくれたようで、緊張した面持ちでいる。

ライラさんに教えてもらったんだろう、初めて淹れたお茶がちゃんと美味しいのか心配してるようだ。

「……ん、美味しいよ、ミリシアちゃん」

「本当ですか⁉　……良かったです」

ミリシアちゃんが淹れてくれたお茶を一口飲む。

ライラさんが淹れてくれたお茶にも劣らず、澄んだ香りと甘味も感じる。

……細かい事を言えば少し違う気もするけど、味にうるさいわけでもなし、誰かに初めて淹れるお茶がこの味なら上出来だろう。

緊張した面持ちのミリシアちゃんに美味しいと伝えると、ホッとしたようだ。

頑張って練習したんだろうな……。

「ミリシアはよく頑張っていました。タクミ様に美味しいお茶を飲んでもらうんだと、ランジ村にタクミ様が行っている間、ずっと練習していましたから」

「そうなんですか。――ミリシアちゃんありがとう」

「いえ、そんな……師匠はお茶を飲んで、のんびりされるのがお好きなようでしたから」

頑張っていたらしいミリシアちゃんに改めて感謝をすると、恐縮している様子。

この屋敷で過ごしている時、特に好きな事がライラさん達に淹れてもらった、美味しいお茶を飲みながらのんびりする時間だ。

きっとミリシアちゃんは、そんな俺の様子を見ていたんだろう。

「お待たせいたしました」

「セバスチャン。お父様はなんと？」

ミリシアちゃんの淹れてくれたお茶を飲みながらのんびりと過ごしていると、十分も経たないうちにセバスチャンさんが戻ってきた。

クレアさんは自分の父親が関わっているからだろう、待ちきれない様子ですぐにセバスチャンさんに問いかける。

一緒にいるティルラちゃんも、何があったのかと心配顔でセバスチャンさんを見ていた。

「まさかとは思ったのですが……あと三、四日のうちに、旦那様がこの屋敷に来られます」

「お父様が⁉」

「何かあったのですか⁉」

「ワフ？」

セバスチャンさんが、静かな声でエッケンハルトさんが再びこの屋敷に来るのだと伝える。

それを聞いて、クレアさんとティルラちゃんが大きな声を出し、レオが牛乳を飲むのを止《や》めて顔を上げた。

……レオはティルラちゃんの大きな声に反応しただけだな。

「セバスチャンさん、エッケンハルトさんはもう本邸を出ているんですか？」

「はい、そうなります。なんでも、私が以前に差し上げた報告が届いた直後に、本邸を出たらしいのです。ランジ村から出した報告は、こちらに向かう途中で受け取ったのだとか」

俺がランジ村に向かう以前から、エッケンハルトさんとの連絡は取っていたはずだから……そのどれかの段階で本邸から出発したのか。

ランジ村からの報告も、途中で受け取ったから返事が早かったんだろう。

「エッケンハルトさんは何故この屋敷に？」

「ウガルドの店と伯爵に対しての決着をつけるため、との事ですな。店そのものの対処は私達への許可が出されましたが、後始末などがありますからそのためでしょう」

追い込んで、ウガルド自身を捕まえた後の処理か……まぁ、伯爵家との関わりで直接やらないといけない事があるのかもしれない。

「それから……クレアお嬢様」

「何、セバスチャン？」

「ウガルドの店を、徹底的に追い込め……と旦那様からの手紙に書かれておりました。さらに、伯爵家との関係などは気にする必要はない、とも」

「そう、わかったわ。これで、なんの憂いもなくラクトスの住民を苦しめていた、ウガルドの店を排除する事ができるわね」

エッケンハルトさんからの伝言、というか手紙の内容を話すセバスチャンさん。

それを受けるクレアさん……二人共、ちょっと楽しそうだ。

手紙に書かれた内容もそうだけど、親子って似るものなんだなぁ……セバスチャンさんは親子じゃないけど。

「それじゃ、ウガルドの店には……フィリップさんがグレータル酒を持ち帰ってきたら、ですね」

「ええ。以前考えていた計画を実行しましょう」

フィリップさんが運んでいるのは、人形の影響で飲んだら病に罹《かか》る可能性の高いグレータル酒。

エッケンハルトさんが三、四日くらいで来るのなら、フィリップさんの方が早く屋敷に戻って来るだろう。

それをウガルドの店に持って行き、反応を見て追い込むって計画だな。

確たる証拠はなくとも、伯爵家との繋《つな》がりや、捕まえた商人達の尋問からグレータル酒や人形の事を知っているだろうから、間違いなく決定的な反応をするだろう。

まぁ、さすがに公爵家の使いの者が、病に罹るお酒を本当に持って行って……というのは危険なため、ちゃんとイザベルさんが飲んだ方法の通り、熱を加えて酒精《しゅせい》と共に病の素を失《な》くした物にする事になっていた。

俺が屋敷に戻る前に、細部をクレアさんとセバスチャンさんが相談して決めたとか。

確かに、病に罹るお酒を使って人々を苦しめた相手とはいえ、同じ事をしていたら示しがつかないからな。

「それとですが……旦那様は、誰かを連れているようです」

つい数秒前と違い、考えるようにしながらセバスチャンさんが、付け加える。

「誰か？　一体誰を連れているの？　お父様に同行できるなんて、多くないはずよね？」

「本邸の者なら。ですが、どうやら違うようでして……それによって、少々到着が遅れるようなのです」

首を傾げるクレアさんの問いにも、セバスチャンさんははっきりとわからない様子。

「だから、三、四日のうちになのね」

「えぇ。連れている者が何者かはわかりかねますが、それによって旦那様が無理を通して屋敷まで馬を走らせられないようです」

訓練された人なら、エッケンハルトさんの強行軍にもついてこられるから、到着はもっと早かっただろうって事か。

以前は、報せが届いたその日にエッケンハルトさんが屋敷に到着したから、その誰かがいなければ今回もそうなっていたかもしれない。

「いい事なのかどうか、反応に困るわ。でも、つまりはその連れている誰かは、訓練された者ではないのね」

「でしょうな……」

溜《た》め息《いき》交じりのクレアさんとセバスチャンさん……前回同様、いきなりの報せだからだろう。

ティルラちゃんは、父親が来るとわかって少しうれしそうだけど、これは剣の鍛錬もあるからかな？　成果を見せたいんだろう。

レオやシェリーは、特に興味なさそうだ……一応どころか、間違いなくこの国でもかなり偉い人なんだけど、シルバーフェンリルやフェンリルにとっては関係ない事か。

「お父様がわざわざ連れてくる人物……お父様の事だから、早く行動をしている場合は馬車での移動ではないわね。でも、今回の事と関係のある人物だと思うのだけど……」

「関係のない人物を連れて来る、とはあまり考えられませんな。関係ないのであれば、後から来させても良いはずです。馬車での移動でないなら、尚更《なおさら》……」

クレアさんとセバスチャンさんは、二人でどんな人を連れているのかを予想し始める。

馬車ではなく馬で移動しているという事は、貴賓《きひん》ではないのか。

だけど、無関係の人を一緒に連れて来るわけではないはず……となると……。

まさか、バースラー伯爵本人だったりは……しないよなぁ？　苦しめた人達に直接謝罪しろ、なんて無茶な事をさせようとか。

いやいや、さすがにな。

数日間屋敷で過ごしていたエッケンハルトさんを見て、豪放磊落《ごうほうらいらく》という言葉が似合う人だったから、つい変な考えをしてしまった。

「どなたが来られるかはわかりませんが、数日後とはいえ旦那様やお客様を迎える準備をしなければなりません。クレアお嬢様」

まぁ、俺のおかしな思い付きはともかく、セバスチャンさんが言うように誰が来るにせよ迎える準備というのは必要だろう、部屋とか掃除とか。

以前は使用人さん達が急いで準備していたけど、今回は数日余裕がある。

「えぇ、頼んだわセバスチャン」

「では……」

一礼し、セバスチャンさんはライラさん達を連れて、食堂から出て行った。

ミリシアちゃんも一緒だったから、何か手伝うのだろう。

それを見送って、皆は軽く息を吐きながら淹れてもらっていたお茶を一口飲んだ。

「……はぁ……お父様……いつも突然ね」

「もう少し前もって報せて欲しいです……」

クレアさんと溜め息を吐《つ》き、ティルラちゃんもちょっとだけ口を尖《とが》らせている。

突然だから、確かに愚痴のようにこぼしたくなる気持ちはわかるかな。

「……お父様には、到着したら言っておかないと」

クレアさんは、一人決意したように呟《つぶや》いている。

でもエッケンハルトさんの事だから、笑い飛ばして聞きそうにないなぁ……いや娘の言う事だから、父親として聞くのか？

とりあえず屋敷内での準備はセバスチャンさん達がしてくれるだろうし、俺は剣の師匠であるエッケンハルトさんが来るまでに、少しでも腕を上達させておこう。

鍛錬を疎《おろそ》かにしていたとは思われたくないからな。

「うん、よし！　俺は剣の鍛錬をしますね」

「私もやります！」

「はい、無理はなさらないで下さい」

「はい」

俺の言葉に、ティルラちゃんも同じことを考えたのか、意気込んで立ち上がる。

そんなティルラちゃんを連れて、クレアさんの言葉に頷きながら、裏庭へと向かった。


「お父様が来たら、驚かせたいです！」

「ははは、ティルラちゃんは素人《しろうと》の俺から見ても、十分に上達してると思うから、大丈夫だよ」

「ワフ」

「キャゥ」

意気込んでいるティルラちゃんだが、目的はエッケンハルトさんを驚かせたいかららしい。

子供らしくて微笑ましい動機だが、既にティルラちゃんは十分に剣が上達していると思う。

俺が笑いながら言う言葉に、レオもシェリーも頷いている。

「でも、まだレオ様に剣が当たりません……」

「あー、まぁ、レオはなぁ……」

エッケンハルトさんが以前本邸に帰る時言っていた。レオに剣が当たるようになれば一人前の剣士だ……と。

しかし今日まで、レオに対してティルラちゃんは一切剣を当てられていないし、俺に至ってはランジ村で子供達との遊びついでに翻弄されたからなぁ。

……実際、トロルドやオークを倒した時のレオを見ていたら、剣を当てられれば一人前どころか、達人の域になるんじゃないかと思うが。

「じゃあ、もしその事をエッケンハルトさんに言われたら、手本を見せてもらおう」

「手本ですか？」

「エッケンハルトさんがレオに剣を当てられるか……もし当てられるのなら、どうやって当てるのか……ね？」

「ワフワフ」

「それはいいですね！」

エッケンハルトさんには申し訳ないが、レオに剣を当てる……というイメージを、俺もティルラちゃんも思い浮かべる事ができない。

それは俺達が未熟なのもあるし、レオの動きが速すぎるのもあると思う。

達人の域に達しているエッケンハルトさんならどう当てるのか、見本を見せてもらえれば、イメージができるようになるかもしれないからな。

レオの方も問題がないように頷いているし、ティルラちゃんも楽しそうだ。

その後は、いつもより集中して剣の鍛錬を行った。

使用人さん達はエッケンハルトさんを迎えるために忙しそうにしていて、ミリシアちゃんも手伝いをしていたから今日の薬の勉強はなし。

ラクトスへの薬草も今日はニックに渡したし、他にやる事もないから、俺とティルラちゃんは二人で鍛錬に打ち込んだ。


「ふぅ、エッケンハルトさんが来るのか……」

「ワフ？」

集中しすぎて、様子を見に来てくれたライラさんに止められるくらいだった鍛錬も終わり、夕食を取り素振りも終わった夜、部屋で一息吐きながら考える。

鍛錬のおかげでニックの時も、オーク達が襲ってきた時も体が動いてくれた。

剣を教えてくれたエッケンハルトさんには、感謝しかないな……あれがなければ、今頃俺は死んでいてもおかしくないだろう。

ただ、強くなる実感と共に、まだまだエッケンハルトさんには敵《かな》わない事を思い知る。

簡単にあの域に辿《たど》り着けられるわけはないか……剣を習ってから数カ月も経っていないし、まだまだ初心者に近いだろう。

「怒られないといいけど……」

オーク達との戦いで、動きを止めた事で怪我をした。

エッケンハルトさんからは、戦闘中に動きを止めるのは禁物だと教えられていたのに、だ。

まぁそんな事で怒るよりも、無事な事を喜ぶ人だというのはわかってはいても、剣の師匠と言えるエッケンハルトさんの反応は気になるところだ。

「まぁ、考えていても始まらないか。もう少ししたらエッケンハルトさんが来るんだし。な、レオ？」

「ワフワフ」

隣にお座りしているレオを気晴らしに撫で、考える事を止める。

すぐ会う事になるんだから、ここで無駄に考えなくてもいい事だろうからな。

「ん、レオ……結構汚れているな……？」

レオを撫でながらそちらを見て気付く。

綺麗《きれい》で輝きすら放つようだった銀色の毛は、今はくすんだ色になっており、所々絡まっていて撫でる手が引っかかる事もあった。

「……ワフ。ワフゥ？」

レオはこれくらいなら汚れていないよ？ とでも言いたげだ。

「結構汚れているぞ？ 色々走り回ってくれたからな、汚れるのも当然だろうな。よし、風呂に入って綺麗にするか！」

ランジ村に行ったり、魔物と戦ったり……寝るのも外だったから、レオが汚れてしまうのも当然だ。

「ワフゥ……ワフワフ！」

そう考えて風呂に入ると言った俺から、全力で離れて勢いよく首を振っている……今まで以上に反応が過敏だな。

「レオ、そんなに風呂は嫌なのか？」

「ワフ！　ワフ！」

問いかけてみると、全力で肯定するように何度も頷き、鳴いている。

ふむ、いい機会だから聞いてみるとしよう。

せっかくレオと会話ができるんだから、嫌いな理由を聞いて改善できれば、レオの風呂嫌いがなおるかもしれないからな。

「どうして風呂が嫌いなんだ？　川では喜んで泳いでいただろう？　温かいお湯か？　それとも目にお湯や洗剤が入るのが嫌なのか？」

「ワフゥ……ワフワフ、ワフゥワウ、ワーウ」

理由を聞いてみると、レオは饒舌《じょうぜつ》と言える程連続して鳴き始め、俺に理由を教えてくれた。

えーと……温かいお湯が不自然で嫌い、勝手にお湯を掛けられるから目に入るのも嫌い、自分の匂いが取れていくのも嫌い……か……成る程。

「目に入ってしまうのは仕方ないけど……すまん。けど、温かいお湯も駄目なのか？」

「ワフ！　ワフ！」

あんなの自然の水じゃない？　そりゃまぁ温めているから、自然に溢《あふ》れる水とは違うけど……温泉とかどうなんだろう。

一応あれは人間が手を加える事なく、温かいお湯なんだが……まぁそれよりも、これなら少しは改善できるかもしれないな。

「それじゃあ、そうだな……レオに掛けるのは水にする。目に入らないようにするために、大きな桶《おけ》を用意してもらうか。それで自分の顔を付けて洗うってのはどうだ？」

「ワフゥ……ワフワフ」

それならなんとか我慢できそう……か。

これですぐにレオの風呂嫌いがなおるわけじゃないと思うが、嫌がって風呂に入らないという事は避けられそうだ。

少しでも、レオが嫌がらなくなってくれればいいな。

「ワフ、ワフ……ワフゥ」

「でも、匂いが変わる？　それはさすがに、我慢してもらうしかないなぁ」

「ワフゥ……」

石鹸《せっけん》なんかの洗剤を付けてしっかり洗わないと、こびりついた汚れは取れないから。

この世界にあるそれが、レオの毛にいいのかはわからないが、水で流すだけで取れない汚れをそのままにしておくよりはいいだろうと思う。

……犬って確か、石鹸の匂いとかあまり好きじゃないんだったか。

嗅覚の鋭いレオが、自分の匂いが変わったりなくなったりするのを嫌がるのは、人間の俺にはわからないが、これに関しては我慢してもらうしかない。

溜め息を吐いているしょんぼり気味のレオを連れて、風呂場へ向かった。

「よーし、レオ。水を流すぞー？」

「ワゥ……」

要望通り、お湯ではなく水でレオの体を流す。

レオの毛を通って流れて行く水は、表面に付いた軽い汚れを洗い流してくれる。

「……やっぱりかなり汚れているな」

流れて行く水を見ると、レオが汚れていたのがよくわかる……水に砂埃《すなぼこり》が混じっていたり、一部黒くなっていたからな。

もしかすると、倒した魔物の返り血とかもあるかもしれないな。パッと見た感じでは、返り血の跡みたいなのはわからないけど、奥の方とか。

「さて、早いとこ終わらせないと……」

いつもならお湯だから良いのだが、今使っているのは水で冷たいので、のんびりしていると裸の俺が凍えそうだ。

風呂場だから多少暖かいとはいえ、レオに水を掛けていると俺にもかかってしまう。

救いなのは、屋敷のある地域の気温があまり低くならない事かな。

これで雪が降るくらいの気温だったら、寒くてとてもじゃないが水で洗う事はできなかった……寒かったら、レオもお湯で洗うのを嫌がらないかな？

「そういえば、この世界にも季節ってあるんだろうか？」

この世界に来てそれなりに経《た》つ。

今のところ過ごしやすい気候だが、季節があるとしたら次に来るのは夏か冬か……日本の春に近い清々《すがすが》しい気候だから、次は夏かな？　と考えるが、ここは異世界。

春の次が冬であっても、おかしくないかもしれない。

「まぁ、そんな事を今は気にしないでいいか。そのうちクレアさんかセバスチャンさんに聞いてみればいいかな。よし、レオ、顔を洗い流していいぞー」

「……」

考えている間に、レオの全身にしっかり石鹸を付けてやる。

顔まで泡まみれになったレオは、目や口を閉じたままなので声を出さない……目や口に入らないためだろうが、息も止めていないか？

俺の声を聞いて顔を持ち上げ、ライラさんに用意してもらったレオ専用の大きな桶に顔を突っ込んだ。

足は伸ばせないだろうけど、小さな浴槽くらいの大きさがあるから、もはや桶と呼んでいいのか怪しいけど。

「んぐ……はぁ。レオも手伝ってくれてありがとう」

「ワウ」

水が並々《なみなみ》と入って重い浴槽のような桶を持ち、レオにも鼻先で持ち上げるのを手伝ってもらい、なんとか入っていた水を捨てる。

もう一度、流れている水を桶に注いで……。

「よし、水を替えてっと。レオ、もう一回だ」

「ワフ」

水を入れ替えたら、もう一度レオに顔を洗い流させる。

レオにとっては自分のペースで、目に水やお湯が入らないように調節できるので、いつもお風呂に入れる時よりも元気だ。

時折、死地に赴くような覚悟が垣間《かいま》見《み》える時があるからな……それと比べたら随分と気軽に見えるから、レオに意見を聞いて良かった。

日本にいた時は、はっきりと会話ができなかったから、こんな事はできなかっただろう。

この世界に来て良かった事の一つだ。

「さて、あとは体を洗い流して……よし終わり、と！」

「ワフー！」

丹念にレオの体を洗い、ブラシも使ってしっかり汚れを落として終了。

いつもより元気なレオは、思いっ切り体を震わせて水気を飛ばす。

「……レオ、俺が近くにいる時は止めてくれと言っただろう？　しかも水だから冷た……クシュン！」

「ワ、ワフゥ……」

大きなレオの体が、勢いよく水気を飛ばせば当然近くにいる俺に降りかかった。それまでも

水がかかってしまう事はあったが、今は頭から大量の水を浴びたような状態だ。

体が冷えてクシャミをした俺に、済まなそうな鳴き声を上げたレオが体を寄せる。

俺を温めようとしてくれているんだろうけど、レオの体も水を浴びたばかりで冷たいんだからな？

「レオ、終わったからあがっていいぞー？　ライラさん達が待機してくれているはずだから。うぅ……さっさと温まろう」

レオに声を掛け、お湯で温まるために湯船へ向かう。

風邪を引いてしまわないように気を付けないとな……薬草を扱って病を治す側の俺が、風邪を引いたなんて格好付かないからな。

「ワフゥ……ワフ」

俺に背を向け、レオはとぼとぼと風呂場を出て行く……悪気があったわけじゃないから、もう少し優しくしてやればよかったかな？

ちなみに出入り口は引き戸になっていて、レオは器用に前足を使って横に動かして開けていた。

「ワフー」

「さ、レオ様こちらに……タクミ様はまだ中ですか？」

「ワフワフ」

脱衣場の方から聞こえる、レオとライラさんの声を聞きながらお湯で体を流し、隅々まで洗ってから湯船に浸かった。

「ふぅー……温まる……」

水が掛かって冷えていたのもあり、お湯に浸かると体が奥まで温まる感覚が気持ちいい。

これなら、風邪を引いたりはしないだろう。しっかり温まって風呂を出た。

「やっぱり洗った後だから、レオの毛は綺麗だなぁ」

「ワフ、ワフ」

湯気の立ちそうな程温まって部屋に戻り、ライラさん達にブラッシングまでされたレオを撫でる。

洗う前と違って撫でる手が引っかかる事もなく、触れていて気持ちがいい。

銀色の毛も輝くように綺麗で、シルバーフェンリルという名前の通りになっている。

「やっぱり毛並みが綺麗だと、格好いいな」

「ワフ！」

お座りをしながら胸を反らして、誇らし気なレオ。

女の子に格好いいはどうかと思わなくもないが、レオがいいならいいのだろう。

今回は、レオが風呂嫌いな理由もわかったし、改善できる部分もあった事が収穫だな。

「レオ？」

「ワフ？」

撫でる手を止めて、レオに呼びかける。

「お風呂が苦手な事を教えてくれて、ありがとうな？　これで少しでも、レオが嫌な思いをしないように気を付けられるぞ」

「ワフゥ、ワフワウ……」

今度はゆっくりと優しくレオの体を撫でながら、お湯が苦手な事を教えてくれたのを褒める。

レオの方は、それでもまだ不満気に鳴いていたけど……室内で俺やクレアさん達と過ごすことが多いから、やっぱり体は定期的に洗うようにしないとな。

「よしよし。ほら、お風呂に入ったから、今日はいっぱい構ってやるぞー？　それとも、もう疲れて眠たいか？」

「ワフ、ワフワフ!!」

「ははは！　まだまだ元気だって？　レオは疲れ知らずだなぁ」

全然疲れていない！　と言うように鳴いて俺に体を擦《こす》り付けて来るレオ。

一切疲れていないって事はないいんだろうけど、それでも遊んでもらえると思ったレオは元気いっぱいだ。

俺が疲れて、音を上げる方が先かもしれないな……。

「ワフ、ワフ」

「お？」

体を擦り付けるようにするレオに、全身を使ってこちらからも抱き着くようにしながら、両手でガシガシと撫でていると、レオが頭を下げてせがむように手を鼻先で持ち上げようとする。

マルチーズだった頃から、撫でて欲しいレオがやっていた事だな。

俺を見るレオの目も、もっと撫でて欲しいと訴えかけている。

「ここか？　ここを撫でて欲しいのかー！」

「ワフゥ、ワウ～」

以前とは違う立ち耳を横に倒し、ヒコーキ耳にして撫でられ待ちのレオの頭を撫でてやる。

ついでに、耳の付け根もマッサージをするようにしてやると、思わずといった風に気持ちよさそうな声を漏らした。

尻尾同様、忙《せわ》しなく耳を動かしていることが多いから、耳の付け根は結構凝っている犬が多いらしい。

「ワフ～、ワフゥ～」

「ははは、気持ちいいんだな。よーしよし……」

「ワウ～」

レオのマッサージを堪能するような声に、思わず笑いながら、俺自身も楽しくなってひたすらレオを撫で続ける。

意思の疎通ができるようになったおかげで、これからは風呂に入れる苦労が少しは楽になると感慨深くもなりながら、レオとじゃれあって過ごした。

就寝したのがかなり遅くなってしまったけど、レオもお風呂に入れた後とは思えないくらい、満足そうにしていた。

ただ、予想通り先に眠気に負けたのは俺の方だった……レオ、遊びやじゃれあいになったら、疲れ知らずだなぁ……。


「ん、んん……朝か。よっと……」

目が覚め、体を伸ばしながらベッドから降りる。

昨夜は遅くまでレオと遊んでいたから、寝不足が原因のだるさを感じるな。

「レオは……まだ寝ているな。昨日風呂上がりに遊んだのが、よっぽど楽しかったんだろうなぁ」

「スピー、スピー……」

朝の支度を始めつつレオを見てみると、仰向《あおむ》けになって色々とおっぴろげ状態のレオが、安らかな鼻息を漏らして熟睡していた。

ランジ村では、ある程度油断しないよう警戒していたのもあるし、ようやくリラックスして寝られたんだろうから、起こすのも悪いな。

気持ちよさそうな寝姿を見ると、昨夜レオが満足するまで、眠いのを我慢して付き合ってよかったと思う。

「っと、ちょっと水が足りないか。もらって来よう」

毎朝、ライラさんかゲルダさんが俺やレオを起こさないよう、部屋の外に水を用意してくれているんだけど、今日は少し足りなかった。

いつもより少ないというよりは、俺が使い過ぎただけだけども。

新しい水をもらうため桶を持ち、熟睡中のレオを残して部屋を出た。

「……本当に、気持ちよさそうに寝ていますね。疲れていたのでしょうか？」

「疲れよりも、屋敷の中が安心できるからだと思いますよ。すごく疲れていても、警戒していたら、こんな寝方はしないでしょうから」

新しい水をもらい、部屋に戻る途中に出会ったクレアさんと、仰向けのレオを観察。

朝の挨拶をした後、レオの寝方を話したら興味深そうだったので、連れて来てみたってわけだ。

「よし、俺の方の準備は終わりましたけど……ふむ」

「これだけ気持ち良さそうに寝ているのを見ると、起こすのは躊躇《ためら》われますね……」

小声でだけど、近くで話していてもレオが起きる気配はなく、鼻を鳴らして熟睡している……そのうち、洟提灯《はなちょうちん》とか出てきそうだ。

「そうだ。クレアさん、ここをこうして……同じように撫でてみて下さい」

「あ、あ……わかりました。ふふっ」

レオに近づき、手本を見せるように仰向けになっているお腹を撫でる。

クスクスと笑いつつ、クレアさんも同じくお腹を撫で始めた。

「ワウ～……スピ～」

「うふふ、レオ様も気持ち良さそうにしています」

「レオはお腹を撫でられるのも、好きでしたから。以前はよくこうして、撫でてやってましたよ」

慣れた人限定だけど、マルチーズだった頃のレオはお腹を撫でられるのも好きだった。

少し撫でてから止めると、前足をクイクイと動かして、もっと撫でろと要求するくらいに。

「あら？　レオ様の前足が……」

「スピ～……ワウぅ～……スピ～」

「くっ、あはは……寝ていても、やっぱりお腹を撫でられると気持ちいいみたいですね」

思わず笑いが漏れてしまう。

レオは寝息を漏らしながらも、おそらく無意識に前足をピクピクと動かして、もっとお腹を撫でてと要求するように動いていた。

以前よりも前足の動きが小さいのは、寝ているからだろう。

「ふふふ、こうしていると寝ている子供を見ている、穏やかな家族みたいですね……子供、と言うにはレオ様が大きすぎますけど」

レオのお腹を撫でながら、穏やかにほほ笑むクレアさん。

「そうですね……って……！」

同意してから気付いた……クレアさん、家族ってつまりそれは、一緒に撫でている俺とって事で……。

「どうしました、タクミさん？」

「い、いえ、なんでもありません……」

言葉に詰まった俺に、キョトンとするクレアさんから顔を逸《そ》らしつつ、頬が熱を持つのを自覚する。

おそらくクレアさんはなんの気なしに言って、意識していないんだろう……俺の方に顔を向けつつも、まだレオを撫でているくらいだし。

変に意識してしまって、一緒にレオを撫でている状況やお互いの体の近さにも気付いてしまう。これだけ近いと、跳ね上がった鼓動すらクレアさんに聞こえてしまいそうな気すらする。

クレアさんは冗談のつもりだったのかもしれないが、俺の頭の中では瞬間的にある想像が明確に浮かんだ。

クレアさんが抱いている子供に微笑みかけ、隣に笑う俺がいて、後ろからレオがのぞき込んでいる……そんな想像が。

色んな事を飛び越えた想像だとは思うけど、その想像は俺の理想を描いているようで、うるさい程に高鳴る鼓動と頬の熱を感じさせた。

「タクミさん、大丈夫ですか？」

「は、はい。だ、大丈夫です。……あ、えっと、そろそろ朝食ですよね。俺はレオを起こしてから食堂に行くので、すみませんがクレアさんは先に行っておいてくれますか？」

「え、あ、はい、わかりました。ティルラの所に行っているシェリーが、お腹を空《す》かせてそうですね。……タクミさん、無理はしないで下さいね？　もし体調が優れないようでしたら、すぐに言って下さい」

「は、はい。大丈夫です……」

なんとか、頭に浮かんで離れない想像を振り払うように、クレアさんにバレないよう誤魔化しながら、食堂へ行く事を勧める。

このまま一緒にいたら、なんとなく気まずいというか……俺とクレアさんがなんて想像をしていたって知られたら、嫌がられるかもしれないからな。

尚も俺の事を心配してくれるクレアさんには、ひたすら大丈夫だと伝えて、食堂に行ってもらった。

「はぁ……ちょっとした一言なのに、俺はなんて想像を……。クレアさんと家族になって、そのうえ子供も……」

部屋の扉が閉まるのを確認した後、深い溜め息を吐く。

クレアさんと家族、という想像だけならまだしも……子供がいるというのはつまりそういう事で……。

さっきまでの距離の近さもあって、疚《やま》しい想像へと発展しそうだった、危ない。

「ワフゥ……」

「……レオ、起きていたのか」

ようやく鼓動やら想像やらを落ち着かせた頃、レオの口から溜め息が漏れたのに気付く。

仰向けなのはそのままで、顔だけ上げて視線を俺に向けていた。

いつからかはわからないが、レオは起きて俺とクレアさんの状況を見ていた……目は閉じていたから、聞いていたか。

「ワフ。ワフワフゥ」

「くっ！　不甲斐ないと言われてもな……仕方ないだろ、こういうの俺苦手なんだよ。それに、クレアさんで変な想像をするのも失礼だし……」

「ワフゥ」

俺に対し、不甲斐ない……と言うように何度も溜め息を吐くレオ。

悔しいけど、本当に不甲斐ないのは間違いないので、甘んじてレオの言葉を受けるしかないか。

「くそう……溜め息ばかり吐いているレオは、こうしてやる！　ここか、ここが気持ちいいんだろ！」

「ワウ～、ワフ、ワフ～」

恥ずかしさなどの色んな感情がない交ぜになり、それを誤魔化すようにレオのお腹を両手でひたすら撫でる。

気持ち良さそうに鳴くレオを撫で続け、様子を見にきたライラさんに呼ばれるまで、時間を忘れて戯れていた。

どうせ忘れるなら、時間じゃなくて気恥ずかしさの方を忘れたかったなぁ――。

「先程、フィリップさんが帰還されました」

レオのお腹を撫でまくった日の翌日、食堂で夕食を終えてお茶を堪能している時、メイドさんの一人が入って来てフィリップさんが戻って来た事を知らせてくれた。

俺とクレアさん、セバスチャンさんとライラさんで玄関ホールへと出迎えに。

シェリーとティルラちゃんを背中に乗せたレオも一緒だ。

「フィリップさん、ご苦労様でした」

「ただいま戻りました、クレアお嬢様、セバスチャンさん」

「えぇ」

玄関ホールで使用人さん達が数人ごとにチームを作り、樽を転がしている。

保存する部屋……地下かな？　に持って行く人達が行き交う場所で、セバスチャンさんがフィリップさんに声をかける。

樽の移動を見ていたフィリップさんが振り返り、クレアさんやセバスチャさんに向かって帰還の挨拶。

「フィリップさん、早速ですみませんが樽を一つ厨房へ……ヘレーナさん、とりあえず先日伝えた熱を加える方法で。取り扱いには注意して下さい」

「畏《かしこ》まりました」

「はい、お任せください！」

フィリップさんとヘレーナさんに指示を出す、セバスチャンさん。

早速、イザベルさんが言っていた方法を試そうとしているんだろう。

「レオ、大丈夫か？」

「ワゥ。ワフワフ！」

グレータル酒に、鼻をひくつかせたレオが、嫌な顔をしていたので声を掛ける。

やっぱり、病の素が入っているためか、危険な臭いがするらしい。

「念のため、運んでいる人達にも同じ臭いがしていないか、確認してくれるか？」

「ワウゥ……ワウ」

ちょっと嫌そうだったけど、渋々頷いてくれるレオ。

孤児院に行った時やハンネスさんが屋敷に来た時、ランジ村に行った時など、レオは病に罹っているかどうかも少しはわかるようだったから、念のために調べてもらった方がいいだろう。

ラモギはすぐ作れるが、油断して倒れる人が出ちゃいけないからな。

結果は、全員大丈夫そうだという事だった……樽に触れるくらいでは病にはかからないのか。

飲んだり、お酒に直接触れたりしたら、その限りではないんだろうけど。

調べてくれたレオを、ティルラちゃんと一緒に褒めるように撫で、フィリップさんを労《ねぎら》いつつ樽を運び終わるのを待って、再び食堂へ戻る。

「失礼します。グレータル酒の処理が終わりました」

「えぇ、ありがとうヘレーナ」

しばらく食堂でくつろいでいると、ヘレーナさんが入ってきて、煮沸処理の終わったグレータル酒……もといグレータルジュースを持ってきてくれた。

大きな寸動鍋《ずんどうなべ》をワゴンに乗せているから、相当な量を用意してくれたみたいだ。

「レオ、大丈夫そうか？」

「スンスン……」

レオに匂いを嗅いでもらい、病の素がなくなっているのか判別してもらう。

「ワフ！」

「大丈夫そうですね」

「ありがとうございます、レオ様。では皆で飲んでみましょう」

さっきのような嫌な臭いがしないためか、元気よく頷くレオ。

クレアさんがレオにお礼を言ってヘレーナさんに目配せし、ヘレーナさんがコップに注いでそれぞれの前に。

俺もレオを撫でた後、置かれたコップを手に取ってみる。

煮沸したから温かいかと思っていたら、しっかり冷やされているらしく、冷たいジュースになっていた……時間的に考えて、魔法かな？

「んく……んー、美味しいけどちょっと味が薄いような？」

コップから一口……アルコールの味は一切なく、お酒として飲んだ時よりも風味が薄く感じられて、少しだけ物足りない。

グレータル特有の甘い香りは少し残っているようだけど、薄いのはちょっと残念だ。

美味しいのは間違いないから、これはこれでいいんだけど。

「十分に、美味しく香りのいい飲み物だと思います……確かに、甘い香りは薄い気もしますが」

「クレアさんはそう感じたんですね……ふむ。香りが薄いから、味も薄く感じたのかもしれません」

お酒の時と比べると、気付かないくらい微《かす》かな香りになっているため、特に風味が薄いように感じたんだろう……嗅覚は味覚とも繋《つな》がっているからな。

クレアさんはグレータル酒を飲んだことはなく、ジュースの方だけしか飲んでいないので俺と違って物足りなさは感じていないんだろうな。

「美味しいです！」

「ふふふ、そうね……」

コクコクとコップを傾けて飲んでいたティルラちゃんは、一気に飲み干して満面の笑みだ。

クレアさんやセバスチャンさんも、そんな様子を朗らかに見ている。

予想はしていたけど、本当にティルラちゃんは喜んでくれたようで良かった。

風味が薄く感じても、十分に甘味を感じるし、後味も爽やかだから子供にも人気が出そうだな。

むしろ、お酒からではなくて果実を絞った方のジュースは、どんな味がするのか興味が湧いて来るが……これに関しては、グレータルそのものを使わないといけないので、今すぐ用意はできないか。

「ワフワフ！」

「キャゥー」

「お、なんだ。レオもシェリーも飲みたいのか？」

俺達がジュースを飲んでいるのを見てか、レオとシェリーからおねだりの声が。

香りが甘いのも興味をそそられるのかもな。

「ワフ」

「キャゥ」

頷くレオとシェリー……レオはランジ村で、グレータル酒には興味を示さなかったのにな。

アルコールがないからか？

「すみません、レオやシェリーが飲む分はありますか？」

「量は十分にありますので、少々お待ち下さい」

ヘレーナさんに聞くと、レオ達の分もすぐに用意できるらしい。

シェリーはともかく、レオは俺達が飲むようなコップでは少なすぎるので、大きめの桶をライラさんが用意。

そこに寸動鍋から直接注ぎ込んでくれていた。

「ワフ、ワフ！」

「キャゥー！」

レオもシェリーも、尻尾を振りながらヘレーナさんの方へ体を向けて待っているから、楽しみなんだろうな。

「私はおかわりです！」

「はい、ティルラお嬢様、皆様も」

「ありがとうございます」

「ありがとう、ヘレーナ」

グレータルジュースが気に入ったティルラちゃんが、コップを持ってヘレーナさんの所へ。コップを受け取ったヘレーナさんが頷き、少し残っていたジュースを注いであげている。

ついでに、飲み干していた俺やクレアさんの分もライラさんがコップを回収して、おかわりを注いでくれた。

「ワフ……ワフ？　ワウ！　ガブワフガブ……！」

「キャゥ……ガブキャブ！」

自分達の前に用意されたジュースを、舌を出してぺろりと一舐《ひとな》めして、味を確かめるように首を傾げた後、口先を突っ込んで勢いよく飲み始めた。

「こらこらレオ、シェリーも落ち着いて飲むんだぞー？」

あまり意味はなそうだったけど、一応注意するだけはしておいた……。

おかわりをしたティルラちゃんやクレアさん、味見をしていたセバスチャンさんも、結構な量を飲んでいるのはそれだけ美味しいって事だろう。

でも皆、飲み過ぎて後でトイレが近くなっても知らないぞ？　俺もだけど。

「さて、グレータル酒改めグレータルジュースを堪能したところで……準備が整いましたな」

「そうね、これでいつでもウガルドの店に乗り込めるわね」

少し経って、厨房に戻るヘレーナさんを見送り、レオやシェリーも満足した頃に話を切り出すセバスチャンさん。

フィリップさんの持ち帰ったグレータル酒、それがあれば計画を実行できるわけだ。

ジュースを飲んだ満足感と共に、丸まっているレオとそれにくっ付いているシェリーや、ティルラちゃん達を見ながら話す。

「店の方は、お父様が来られる前に対処しておきたいわ。明日でいいかしら？」

「そうですな……こちらで進めておく方がよろしいでしょう。旦那様が来られてからだと、ご自分が行くと言い出しそうですから」

「あー、それは確かにありそうですね」

エッケンハルトさんなら、セバスチャンさんの言う通り自分で乗り込む！　と意気込みそうだから、確かに来る前に進めておいた方が良さそうだ。

それに、一日や二日違いとはいえ、少しでも早くウガルドの店をどうにかしたい……という気持ちが、クレアさんやセバスチャンさんからも見て取れる。

もちろん俺もだ。

「では明日、私がグレータル酒の小樽を持って……」

「私も行くわ！」

セバスチャンさんの話を遮って、声を上げるクレアさん……エッケンハルトさんと親子だなぁ、と実感できる威勢の良さだ。

「……クレアお嬢様は、ラクトスに行くのはともかく、直接乗り込むのはなしでお願いいたします」

「ど、どうして!?」

「荒事になる可能性がありますので。ウガルドの店の中は、多くの護衛を連れても行けません。そんな場所に、クレアお嬢様を連れて行くわけにはまいりません」

ウガルドの店の規模はわからないけど、ハインさんの雑貨屋さんを除いて、ラクトスにある商店はあまり大きくない。

名目としてはお酒を褒美として持って行くわけだし、ゾロゾロと護衛さんを引き連れてもいけないし、そもそも入れそうにない。

セバスチャンさんとクレアさん以外に、良くて、二人といったところだと思う。

「はぁ……それはそうよね……」

セバスチャンさんに言われて、すぐに引き下がったクレアさん。

おや？　以前森に行った時の様子を考えると、押し通そうとしそうな気がしたんだけど……

シルバーフェンリルが関わっていないからかな。

「でも、絶対にウガルドを追い詰めるように。タクミさんに怪我《けが》を負わせた事もあるし、領民を苦しめている許せない相手よ」

「それはもちろんです」

「あー……えっと……」

怪我を負わせたのはオークで、それを連れてきたのはランジ村に来た商人達なんだけど。

しかも商人達は既に捕まえていて、処罰を待つだけの状態だし。

真剣な面持ちで話すクレアさんとセバスチャンさんにとっては、繋がりがある以上、同じ相手のような感じなのかもしれない。

「ワフ、ワフワフ？」

「いや、レオが行くと店ごと壊れかねないから……」

引き下がったクレアさんの代わりに、今度はレオが顔を上げて主張。

自分が行こうか？　と言っているようだけど……そもそも体が大きくて店に入れないからな。

「ほっほっほ、レオ様もやる気のようですな。お気持ちはわかります」

「ワフ。ワウワウ……！」

笑うセバスチャンさんにレオも頷いているが……俺に怪我をさせた事を許せないと言うような事を言っている。

うん、まぁ繋がりは間違いないようだから、もう同じ相手という事でいいか。

その後しばらく、セバスチャンさんの他に誰が行くかを話し合う……。

「ではやはり、フィリップかニコラを連れて行きましょう。私がわざわざ護衛を連れて行く、というのは少々不自然かもしれませんが、荒事には向いていますからな」

「そうね……外にも衛兵や屋敷の護衛を待たせておけば、もしもの時に備えられると思うわ」

結局、ウガルドの店に乗り込むのはフィリップさんなどの護衛さんの誰か、という事で決まりそうなんだけど……。

「あの～、俺が行っちゃだめですか？」

「ふむ、タクミ様がですかな？」

「タクミさん？」

俺が怪我をした事で皆が怒っているのはわかるし、だからウガルドの店に直接行きたがったんだろうけど……俺だって腹に据えかねているんだ。

「……俺も一度は、ウガルドの顔を見ておかないといけない気がするんですよね」

病を広めて多くの人を苦しめ、粗悪な薬を売ってお金儲け……オークをけしかけた商人達や、伯爵もそうだけど、計画を実行したウガルドという人物は、許せない。

『雑草栽培』のおかげで、俺が薬草を扱うようになった事も大きな理由だろうけど、実際に孤児院やランジ村で苦しんでいた人達を見ている。

ずっとどうにかできないかと、もどかしい気持ちでいっぱいだったからな。

それに、商人達を捕まえるのはヨハンナさんやクレアさんに任せっきりだったから、俺も多少は何かしないと、という思いもあったりする。

「でも、危険ではないですか？　また、オークと戦った時のように、怪我をしてしまわれたらと思うと……」

口に手を当てて考えるセバスチャンさんとは別に、クレアさんは心配そうな表情でこちらを窺《うかが》う。

絶対安全なんて言い切れないから、心配するのも無理ないか。

「セバスチャンさんも言っていたように、荒事になってしまったら危険な事もあると思います。フィリップさんやニコラさんの方が、一緒にいるセバスチャンさんも安全でしょうけど……」

「そうですな。タクミ様はオークと戦ったとはいえ……広い場所で襲い掛かって来るオークと、狭い建物内で人間に襲われるのでは、勝手が違います」

ランジ村でオークと戦った時は、開けた場所だったから全力で剣を振るう事ができた。

一応、村の人達に当たってしまわないよう気を付けてはいたけど、それだって簡単にお互いの距離を取る事ができたからだ。

絶対ではないけど、もし店内で襲われたら狭くて剣が振れるかわからない。

セバスチャンさんに当たる危険もあるし。

当然、障害物というか商品や棚があるはずで、場合によっては素手の方が動きやすい事だってあるだろう。格闘技は習っていないから、不安は確かにある。

……うん？　でも素手だったら怪我をする可能性は低いか？　いや、素手だって十分凶器だし……殴られたり蹴られたりしたら痛いからな。

「でも、俺が行く利点もあるんじゃないかなと……」

「利点ですかな？」

俺にセバスチャンさんが首を傾げ、他の人達も続く言葉に耳に傾けている。

セバスチャンさん達を説得できる自信はないけど、ウガルドの店に行くために頭をフル回転させて、理由をこじつける。

「フィリップさん達は護衛ですから、クレアさん達と一緒にラクトスには行っているはずです」

「……そうですな。特にフィリップやニコラは、ラクトスの孤児院出身ですからあの街の隅々まで知っております。お嬢様方の護衛以外でも、よくラクトスには行きますな」

「はい。ですから、ウガルド達もフィリップさん達の顔を見知っていると思うんです」

ウガルドがクレアさん達の動向を、ラクトス内でだけでも探っているとしたら、当然護衛であるフィリップさん達の事は知っているだろう。

「でしょうな。それは、私も同様ですが」

「はい。でも今回ウガルドの店に乗り込む名目は、公爵家からお酒を褒美として……ですよね？　それなら、執事のセバスチャンさんに護衛が付くというのは、警戒されないかなと」

「ふむ……無駄に向こうの警戒心を煽《あお》る事になってしまいますか」

クレアさんやティルラちゃんならまだしも、執事にわざわざ護衛が付くのは不自然だ。

いやまぁ、ラクトス出身だという事で案内役と言い切ってしまえば、簡単に納得してくれそうではあるし、お酒を確実に届けるためという理由付けもできるんだけど。

「なので、フィリップさん達ではなく、俺が行った方がいいんじゃないかと。顔を知られているかどうかはわかりませんが……薬師《くすし》として行けば、向こうも興味を持ってくれそうでしょ？」

「薬師……成る程。向こうも薬草や薬で商売をしていますから、薬師が訪ねれば興味か敵意か……何かしらの反応はあるでしょう」

これも、実際は公爵家が運営するカレスさんの店に、薬草を卸して商売の邪魔をしている薬師じゃないか……と言われてしまいそうではある。

けど、そこを気にするのならそもそも公爵家として、ウガルドの店に行く事自体がおかしいからな。

多分、クレアさんやセバスチャンさんは、これに関してはわかっていると思う。

「ちょっとした賭けになるかもしれませんが……フィリップさん達を連れて行って警戒されるよりは、俺を気にさせた方が、ウガルドの反応を引き出せそうじゃないですか？」

「……そうかもしれませんな。確かに、公爵家として警戒されるよりは、良いかもしれません」

「でもタクミさん、どうしてそこまでウガルドの店に……？」

頑張って説得してみた結果、セバスチャンさんはなんとか納得してくれそうだ。

ちょっとだけホッとしたのもつかの間、俺の話を聞きながらずっと思案している様子だったクレアさんから質問される。

俺がウガルドの店に行く事にこだわる理由か……あぁ、そうだな。

色々な言い訳とか、理由らしい事は思い浮かぶけど、単純に怒っているんだ。

正義感なんて、自分を正当化するつもりはないが……多くの人を苦しめているウガルドを、一発殴りたい……多分一番の理由はそれだ。

オークをけしかけてきた商人達は既に捕まえているし、バースラー伯爵は遠い場所にいる。

どちらも俺が何かをするという事はできないだろうから、残っているウガルドにってわけだ。

「それらしい理由はいくつもありますけど……正直に言います。ウガルドを、俺の手で懲らしめてやりたい、ですね」

「タクミさんの手で懲らしめる。確かに、私もタクミさんの怪我とも繋がっているウガルドを、許せない気持ちもありますけど……そこは、私やセバスチャン、お父様に任せるのではいけないのですか？」

「クレアお嬢様、タクミ様はおとなしい言い方でしたが、本音は少し違うのでしょう」

「え？　でも、タクミさんは正直に言うって……。嘘《うそ》を吐いているようには見えないわよ？」

「嘘ではないのでしょうが……言葉を選んでいるだけ、ですかな？」

セバスチャンさんに問いかけられて、目を逸らしながら頭をかく。

穏便な言葉にしたのに、セバスチャンさんにはお見通しだったようだ……さっきまで俺の言葉に説得されかけていたのに、こういう時は鋭い。

……もしかして、説得できそうだったのも俺の気持ちをわかっていってたのかもしれない。

「ワフゥ……」

って、レオも溜め息を吐いてやれやれと言いたげにこちらを見ているな。

「あはは……さすがに、セバスチャンさんとレオは誤魔化せませんか」

「タクミ様は、あまり汚い言葉を言わないよう気を付けているようでしたからな」

「ワフ」

苦笑する俺に、お見通しとばかりに微笑むセバスチャンさんと、頷くレオ。

まぁ、公爵という貴族様と一緒にいる事以外にも、クレアさんに汚い言葉で話すのをあまり聞かれたくないだけなんだけど。

というかだ、上品なお嬢様に対して大きなお屋敷で、そんな言葉遣いができる程俺の肝は据わっていない。

いやいや、そのエッケンハルトさんが相手なら、そういった事も言えるかもしれないが。

いやいや、そのエッケンハルトさんが公爵家の当主様なんだから、気を付けないと。

「ではタクミ様、心のままにどうぞ……大丈夫ですよ、クレアお嬢様も私達も、気にしませんから。……旦那様である程度慣れていますし」

俺が選ばない言葉を引き出そうと、促すセバスチャンさん。

最後にボソッと付け加えていたのも聞こえたけど、今は突っ込まないでおこう。

「あまりこういった事は言いたくないんですけど。はぁ……つまりですね、ウガルドを俺の手でぶっ飛ばす！　ぶん殴りたい！　と、それだけなんですよ」

もうなるようになれと溜め息一つ、頭に浮かんでいる言葉を叫ぶように言い放つ。

でも気恥ずかしかったので、言い終わった後に苦笑。

「ぶっ飛ば……」

クレアさんだけでなく、ライラさんやゲルダさんなどの使用人さん達も、俺の言った言葉に驚いている様子だ。

セバスチャンさんは……むしろニコニコして楽しそうだけど。

「ふふふ……ふふ、あははははは！」

「あれ？　えっと……クレアさん？」

クレアさんに引かれてしまわないかな？　と思っていたら、何故か大爆笑。

それでも口に手を当てているのは、上品なのかなんなのか……クレアさんはこれまで、控えめに笑う事はあったけどこんな風にも笑うんだな。

俺、そんなに変な事を言ったかな？

「も、申し訳ありません、タクミさん……ふふ、タクミさんもそのような事を言ったりするのですね」

「いやまぁ……」

謝りながらも、目元を拭うクレアさん。

しかし涙が出てくる程とは……そんなに意外だったのかな？

「ほっほっほ、丁寧な言葉遣いが染みついておられるようですが、そちらの方が慣れていらっしゃる様子ですな」

「慣れているわけではないんですけどね……」

仕事をしている時など、基本的に丁寧な話し方で人と接するように心がけてはいたけど、俺は別に上品な人間じゃないからな。

慣れというより、こちらの方が自然に近いというか……とはいえ、さすがに汚い言葉遣いを進んでするわけじゃないが。

「わかりました。タクミ様がそこまでウガルドに対して、直接鉄槌《てっつい》を下したいと仰《おっしゃ》るならば、断れません」

「いや……えっと……」

笑いを堪《こら》えるようにしながら、頷くセバスチャンさん。

鉄槌を下したいとまでは……ぶん殴りたいとか、似たような事なのかもしれないけど。

「そうね、セバスチャン。タクミさんがやらなければ、私がと思っていたけど……ここはタクミさんに任せるわ」

「……クレアさんは、さっきセバスチャンさんから却下されていましたよね？」

「あら、そうでした」

クスクスと、楽しそうに笑うクレアさん。

魅力的なんだけど、笑っている対象が俺っていうのがちょっとなぁ……。

そうして、和やかというよりはからかわれている状況に近い形で、俺もウガルドの店に乗り込む事に決まった。

説得してできればと思っていたし、俺が考えていた説得とはちょっと違ったけど……まぁいいか、皆楽しそうだし。


「はぁ……明日は例の店へ、か」

「ワフゥ？」

ウガルドの店へ行く事が決まった後、ティルラちゃんと少しだけ裏庭で素振りをして、風呂に入って部屋に戻る。

ベッドに座って天井を見上げながら、感慨深く呟くと、ベッドに顎を乗せていたレオから大丈夫？　というように聞かれた。

「なんとかなると思う。セバスチャンさんもいるから。それに、近くにはフィリップさん達が待機してくれるようだし」

もし荒事になったとしても、店の外には護衛さん達や衛兵さん達を待機させておく、とあの後セバスチャンさんから伝えられた。

まぁ、荒事になるかもという予想も、ウガルドが短気な人間だというセバスチャンさんの調査かららしいけど、ちゃんとそれに対処する方法も考えているか。

俺に危険だからと言ったのは、覚悟を試す意味合いもあったんだろう。

怪我をしないとは断言できないからな。

「ワフ！」

「そうだな、レオもいてくれるからもしもの時は頼むよ」

「ワウー！」

レオからも、頼もしい鳴き声……さすがに大きくて目立つから、店の目の前で待機はできないだろうけど近くにいてくれるのなら心強い。

ニックの時も、駆け付けて助けてくれたからなぁ。

「よし、あまり遅くなってもいけないな。レオ、寝るぞー？」

「ワフ」

明日はのために、疲れを残さないよう早めに寝る事にする。

レオを撫でてからベッドへ寝転び、おやすみの挨拶をして、夢の中へ入り込んでいった。


翌朝、俺を起こすためとの口実で、シェリーと一緒にレオを構いに来たティルラちゃんと一緒に食堂へ。

そこから朝食を食べた後は、一旦部屋に戻って屋敷を出る準備。

準備といっても、ランジ村に行く時のように数日寝泊まりするわけじゃないから、すぐに終わった。

「タクミ様、おはようございます。よく眠れましたかな？」

「おはようございます、おかげさまでよく寝て体調は万全です」

部屋を出て、玄関ホールで先に待っていたセバスチャンさんと挨拶。

レオが部屋で一緒にいてくれるおかげなのか、ランジ村でほのかに感じた寂しさは欠片《かけら》もなく、ぐっすりと寝る事ができた。

俺って、自覚はなかったけど結構図太い神経をしているのかもなぁ……。

「お待たせしました。タクミさん、セバスチャン」

階段から声を掛けて来るのはクレアさん。

「クレアお嬢様、準備は整っております」

「グレータル酒は？」

「いくつかの瓶に分けて、荷物の中に」

「ありがとう、ご苦労様」

準備を終えた事を確認し、玄関ホールには街へ行く人達が全員集まった。

街へ行くのは、俺とレオ、クレアさんとセバスチャンさんに、護衛のフィリップさんとヨハンナさんはじめ、数人の護衛さん……ニコラさんは今回屋敷に残るらしい。

ライラさん達使用人さんも数人いるから、結構な大所帯だな。

「いってらっしゃいませー！」

「キャゥ」

「ええ、行って来るわね。ティルラ、シェリー」

「ティルラちゃん、シェリー。行ってきます」

見送りに来たティルラちゃんとシェリーに声を掛け、皆で玄関ホールを出て外へ。

「「「「行ってらっしゃいませ。ご武運をお祈りしております!!」」」」

屋敷に残る使用人さん達が並んで、一斉に声を上げる見送りにはさすがに慣れた。けど、いつもならお帰りをお待ちしております、とかなのに今回はご武運なのか。

ウガルドの店に乗り込むんだから、あながち間違ってはいない……のかな？　必ずしも戦うと決まっているわけじゃないけど。

あと見送りの使用人さん達の中にミリシアちゃんもいて声と礼を揃えていたけど、もしかして練習していたのかな？　……興味から、俺も交ぜて欲しかった。

「クレアお嬢様、こちらの馬車へ……」

「えぇ」

今回は人数が多い事もあり、二、三人で乗る馬車ではなく、豪奢《ごうしゃ》な作りをした馬車のようだ。

小さな部屋に車輪が付いているような馬車だな……貴族が使う馬車というと、こちらのイメージが一番近いか。

「タクミ様はどうされますか？」

「俺はレオに乗りますよ」

「ワフワフ」

セバスチャンさんに聞かれ、レオを撫でながら答える。うん、嬉しそうだ。

「それじゃレオ、頼んだぞ？」

「ワフー」

レオに声をかけ、その背中へと乗る。

クレアさんも馬車に乗り込み、ライラさんとヨハンナさんが同じ馬車へ。セバスチャンさんが御者台に座って、護衛さん達もそれぞれの馬に乗って準備完了だ。

「では、出発いたします！」

「ワウー！」

フィリップさんが先頭に移動して大きな声で辺りに呼びかけ、レオが鳴いて応える。

そうして、皆の乗った馬車と馬がラクトスへ向けて走り始めた。

「レオ、あまりはしゃがないようにな？」

「ワッフ」

馬より速いレオは、移動する皆の間を縫うようにいろんな所へ行ったり来たりしている。

レオに慣れているフィリップさんやヨハンナさんはいいが、まだ慣れていない人もいるからな。

「ふふふ、レオ様は本当にタクミ様を乗せて走るのがお好きなのですね？　私の時とは違って、楽しそうにされています」

レオが馬車の近くに移動した時、中から微笑んでいるクレアさんから、窓を開けて話しかけられた。

……その窓開くんだ。

「ワフ、ワフー！」

楽しそうに走りながら鳴くレオは、一番楽しいと言っているようだ。

「そ、そうなのかレオ。うん、俺もレオに乗せてもらえるのは、楽しくて好きだぞ？」

巨大な犬に乗って外を走り回る……というのは、一部の犬を飼っている人にとっての憧れに近いものがあるからな……俺もレオに乗れて楽しいのは間違いない。

体が大きくなったからこそ、レオも俺を乗せられて楽しいんだろう。

マルチーズの頃に抱いて移動する事はあったけど、乗るなんて絶対できなかったからなぁ……レオ潰れちゃうし。

「ワッフー！　ハッハッハッハ！」

「おわっ！　ちょ、ちょっとレオ、はしゃぎ過ぎだから！　落ち着いてくれ！」

「ワウー……」

「ふふふ……」

俺の言葉に喜んだのか、グンッと速度を上げるレオからは、荒い息遣いも聞こえて来る。舌を出して興奮しているんだろう。

慌ててしがみ付き、声を大きくして落ち着くよう声を掛けると、残念そうな声を上げて落ち着いてくれた。

そんな俺達を、笑いながら見つめるクレアさん……昨日から笑われてばかりだなぁ……ちょっと、ではなくかなり恥ずかしい。

第四章　ウガルドの店に乗り込みました

「クレア様、お待ちしておりました」

「えぇ、ご苦労様」

ラクトスの街の入り口手前で馬車を止め、クレアさん達が降りる。

街中の広場まで馬車で入らず入り口手前になったのは、乗ってきた豪奢《ごうしゃ》な馬車が目立ち過ぎるからのようだ。

馬車に関係なく、レオが目立ちまくっているから今更感は少しあるけど。

「連絡はセバスチャン殿から。すぐにかの店を包囲いたします」

「お願いするわ。けど、向こうに気取られないようにね？」

「はっ、徹底させます！」

入り口手前で出迎えてくれた衛兵さんは、クレアさんと話した後すぐに他の衛兵さんを連れて、ウガルドの店の包囲に向かった。

事前にセバスチャンさんが連絡して、手筈《てはず》を整えていたんだろう。

衛兵さん達は、今回の件でわざわざエッケンハルトさんが来る事になってしまった事を、悔やんでいる様子。

「さてと……セバスチャン？」

「はい。ひとまずカレスの店へ移動しましょう」

これは既に確認されていた段取りなんだけど、まずラクトスに到着後カレスさんの店に移動。

そこで最終的な打ち合わせをした後、ウガルドの店に向かう事になっている。

ウガルドの店の状況を把握してからなのと、クレアさんを伴って直行するわけにはいかないからだ。

あと、正式にエッケンハルトさんからの許可が出ている事なので、クレアさんにとっては公務に近く、そのためちょっと芝居がかった振る舞いをするんだとか。

礼をする衛兵さん達に見送られ、セバスチャンさんの先導でカレスさんの店へと向かった。


「これはこれは、クレア様。ご足労いただきありがとうございます」

「えぇ、カレス。賑《にぎ》わっているようね」

自らお客さんを整列させていたカレスさんが、クレアさんに気付いて二人は挨拶を交わす。

「はい。タクミ様の薬草のおかげで、連日お客様で大盛況でございます。店の者は皆、対応に追われていますが……嬉しい悲鳴、というやつです」

カレスさんの店に到着すると、店の前にはお客さんと見られる人達が並んでいた。

以前来た時はこうじゃなかったんだが、これもラモギを値下げした効果なのかな？

「おっと、立ち話もいけませんな。話は聞いております。まずは店の中へどうぞ」

「えぇ、お邪魔するわね」

カレスさんに連れられて、皆で店の中へ……レオだけは、入れないので外で待機だけど。

お客さんの中に子供達もいたので、またその子供達と遊んでいてもらおう。

今回は店員さん達も以前の混雑を見て学んだのか、スムーズに子供達を並ばせていた。

「こちらです……」

カレスさんに通されたのは、建物の二階部分。

一階はお客さんでいっぱいなので、落ち着く事ができないだろうからという配慮だ。

事務所的なスペースになっているらしい二階で、クレアさんと俺、カレスさんがテーブルにつく。すぐに店員さんがお茶を用意してくれた、ありがとうございます。

「ではまず、これからタクミ様と共にウガルドの店へと乗り込むわけですが……その前に打ち合わせをしましょう」

「はい」

クレアさんの後ろに立つセバスチャンさんから、一緒に例の店に行ってからの事に関して説明される。

とは言っても、既に屋敷で話し合っていたので流れを確認するくらいだけど。

クレアさんとヨハンナさん、それとライラさんはこのままカレスさんの店で、連絡があるまで待機だな。

レオとフィリップさん達はウガルドの店の近くまでで、中に入るのは俺とセバスチャンさんだ。

「ウガルドの店に入り、まずはウガルドを呼び出します。最初は客を演じますが、渋るようであれば公爵家からの使いと名乗りましょう」

「はい……」

顔が知られているはずだから、公爵家からの使いと言えば疑いようはないはずだ。

やる事は単純、出てきたウガルドと話してお酒と言ってグレータルジュースを出し、様子を窺《うかが》う。怪しい反応を見せたら、そこをセバスチャンさんが問い詰めるだけ。

俺はほとんど横で話を聞いているだけの役目だけど、場合によっては薬師《くすし》として話に参加するかもといったところだ。

ちなみに持って来ているグレータルジュースだけど、病の素を加熱して取り除いて香りが減ってしまっているので、ヘレーナさんの手によって香料が追加されている。

レオやシェリーのように、嗅覚が鋭いと全然違うらしいけど……人間の鼻では、感覚強化の薬草を食べてもはっきりとした違いはわからなかった。

なんとなく違うような？　というくらいだ。

あと実際に飲んでみると、味が大分変わっていてあまり美味《おい》しくないんだけど……飲めなくはないかな。

「あ、アニキじゃないっすか！　今日はどうしたんです？　薬草を取りにいかなくてもいいとは言われていましたけど……」

「あぁ、ニックか」

セバスチャンさんとカレスさんの打ち合わせ……というより、流れの説明も終わっていざ例の店へ、と立ち上がったところで、ニックが上がってきた。

休憩するためっぽいな。

さっき俺達が入ってきた時は一階でお客さんの対応をしていて、気付いていなかった。

「ニックさんね。真面目に働いているようで、少し安心したわ」

「……誰っすか、この綺麗《きれい》なお嬢さんは？　あ！　アニキのこれっすか⁉」

俺へと駆け寄って来るニックを見て、微笑《ほほえ》むクレアさん。

声を掛けられてクレアさんを見たニックは、よりにもよって小指を立てながらニヤリと俺に笑いかけた。この世界でも、男女関係で小指を立ててそういう表現をするのか……。

クレアさんとはそうじゃないし、そもそもニックは会った事があるだろうに……忘れたのか？　直接話した事はなかったとは思うけど。屋敷には何度も来ているのになぁ。

「お、おい、やめろニック……その人は……」

慌てて、ニックにクレアさんの事を話す。

クレアさんはニックの態度に怒るような人じゃないけど、カレスさんがものすごい表情で睨《にら》んでいるから。

後で聞いた話だけど、ニックはクレアさんの事を見ていたのにレオの印象が強すぎて、頭から抜けていたらしい。

まぁ、二度目に会った時はレオに踏みつけられたからな……セバスチャンさんにも脅されていたし、そちらの印象が強くても仕方ないか。

屋敷では俺と薬草のやり取りをするくらいで、クレアさんと話していなかったし。

「……も、申し訳ありませんでした！」

「いいのよ、気にしないで」

公爵家のご令嬢と聞いて、ようやくクレアさんの事を思い出したニックは、床に頭を打ち付けるくらいの勢いで土下座した。

微笑んでいるクレアさんとは対照的に、カレスさんの顔が真っ赤になっているのは……照れているとかではないな、うん。

ニック、強く生きろ……。


「カレスさん、大丈夫ですかね？」

「ほっほっほ、随分頭に血が上っていたようですが、大丈夫でしょう。中々珍しいものが見られました」

俺とセバスチャンさんが一緒に店を出て、二階を見上げた。そこにはクレアさん達以外に、ニックとカレスさんが残っているはずだ。

……カレスさん、ニックがクレアさんに失礼な態度を取ったと、怒り心頭で顔が真っ赤だったし、俺達を見送る際に立ち上がった時にフラフラしていた。

それを見たニックは、顔を真っ青にしていたけど……いや、クレアさんに謝る時既に真っ青だったか。

とりあえず、俺が店を出る時に捨てられる子犬のような、助けを求めるニックの目は忘れよう、うん。

「まぁ、あっちはなんだか楽しそうな事になると願っておくとして……セバスチャンさん、レオや他の人達も」

「どうかされましたか？」

「ワフ？」

ウガルドの店へと歩きながら、セバスチャンさんとレオ、店の近くで待機するフィリップさん達に話かける。

「これを……」

「身体強化と感覚強化の薬草ですな。ありがとうございます」

「いえ、念のためです」

持っていた鞄《かばん》の中から薬草を取り出して、セバスチャンさんに渡す。

それは森の中で使った、感覚を強化する薬草と、最初に偶然できてしまった身体能力を強化する薬草だ。昨日のうちに、カレスさんへ卸す薬草と一緒に作っておいた。

店の中に乗り込む俺とセバスチャンさんだけにだが。

「んぐ……タクミ様も中々、慎重ですな？」

「ランジ村と同じ後悔はしたくありませんからね……」

セバスチャンさんから薬草を口に入れながら言われるが、オーク達が襲ってきた時のような後悔はしたくないからな。

もしかしたら、俺自身が怪我《けが》をする事もなかったかもしれないし、村の人達の怪我をもっと減らせたかもしれない。

全てたられればの後悔だけど、同じ事にならないために備える……という事だ。

「……まぁ、荒事になったとして、私が役に立つとは思えませんが」

「それでも、ですね。少しでも動けるようにしておけば、店の外に逃げるでも、フィリップさん達が助けに来てくれるまで時間を稼ぐでも、多少はやりやすくなるでしょう？」

セバスチャンさんは戦う心得はないようだが、その時はなんとか俺が頑張って動こう……そう思いながら、腰に下げている剣を確認した。

オーク達と戦った時に剣は折れてしまったが、その話を聞いたセバスチャンさんが、屋敷に戻った後新しいのを用意してくれた。

以前よりはいい物らしい、心強いな。

「そうですな。ですが、先に話した時には身体強化の薬草だけでしたが、感覚強化の方はどうしてですか？」

「感覚強化の薬草を使えば、相手の微細な表情変化も見えると思うんです。それと、店の中で怪しい動きがないか、警戒できます」

「成る程……そういう事ですか」

念には念を入れて……だ。

最初にニックから話を聞いた時に、あちらに兵士風の用心棒がいると言っていたし、向こう側も荒事を想定している可能性もあるからな。

注意一秒怪我一生ってとこだ。

「ゴク……相変わらず感覚強化の薬草の方は、中々なお味ですな」

「まぁ、そこは我慢しましょう。良薬口に苦し……ですよ？」

「ほぉ、タクミ様のいた場所ではそのような言葉が……」

薬草の味に顔をしかめるセバスチャンさん。

「あ、空は絶対に見ないで下さいね。今でも外だと結構眩《まぶ》しいと思いますけど、空を見たら大変な事になりますから」

「そう言われたら、興味から見たくなってしまいますが……確かに、眩しいですな。忠告は聞いておきましょう」

視覚的には暗い森の中や、夜でも周辺が明るく見えるくらいの効果だから、昼前の明るい外だと空を見上げなくともすでに眩しい。

目が眩《くら》む程ではなく、全てがはっきり見えるくらいなので周辺や、人の表情の小さな変化を見るにはいいんだけど……直接太陽を見たら大変な事になるからな。

今慣れておいて室内に入れば、人の表情や動きが読みやすくなるはずだ。

セバスチャンさんに注意して、できるだけ下を向きながら目を細めてと、外にいる間は各々で調整するようにしてもらった。

「……あれですな」

「あれが……」

ウガルドの店へ到着し、少しだけ離れた場所から観察。

店構えは他の店とあまり変わったところはなく、街に溶け込むようになっている……扉も含めて外に面した窓はなく、中を覗《のぞ》く事はできなそうだ。

だけどカレスさんの店とは違い、薬草を求める人が増えているにも拘《かか》わらず、店には閑古鳥が鳴いているように見えた。

おそらく、セバスチャンさんの広めた噂《うわさ》や、口コミでこの店に来る人達が減ったのだろう……ラモギの格安販売も効いているか。

ちなみにレオは大きくて目立つので、フィリップさんと一緒に別の場所で待機だ。何か動きがあれば衛兵さんと連携して店の前に来る事になっている。

「セバスチャンさん、タクミ様」

「お疲れ様です、店の様子はどうですか？」

「あ、どうも」

店の様子を窺う俺達に近付いてきたのは、先に配置についていた衛兵さんの一人だ。

「時折、外の様子を窺うように中から人が出てはきますが……それだけですね。他は外から見る限りではあまり動きはありません」

「わかりました。何かあれば、私かタクミ様、あるいは二人共が店から出て来るので、よろしくお願いします」

「はっ！　了解しました」

店の状況を伝え、セバスチャンさんと俺に礼をして去って行く衛兵さん。

他の衛兵さん達の所に行ったのだろう。

「参りましょう。タクミ様は打ち合わせ通りに」

「……基本的に話を合わせる、でしたね。わかりました」

湧き上がる緊張感に喉を鳴らしながら、セバスチャンさんと二人で店に近付く。

辺りの静けさと同じく、店の中からも音はあまり聞こえない。店の中から聞こえるのは……人が歩く音くらいで、特に会話は聞こえない。

感覚強化をしているから、静かなのが耳に痛いくらいだ。

「では……」

「……はい」

セバスチャンさんがドアに手をかけ、俺を見て頷《うなず》く。

俺が頷き返したのを確認し、ドアを押し開けた。

「すみません、どなたかいらっしゃいますか？」

ウガルドの店の中に入り、まずセバスチャンさんが優し気な声で呼びかける。

ここでは、客のつもりで好々爺《こうこうや》を演じるようだ。

「なんだ、爺《じい》さん。なんの用だ？」

店の奥、カウンターになっている場所の向こうから低い声が聞こえ、体格のいい男が出てきた。

店番の人なのかもしれないが、いきなり威圧感のある人物だな……。

というか、なんの用だも何も、一応ここは薬草や薬を売る店なのに、客だとは考えないのかな？

まぁ、閑古鳥が鳴いている状態だから、最近客足が随分遠のいているせいかもしれないけど。

「一度、この店の品物を見てみたいと思いましてな。……責任者の方はいらっしゃいますか？確か、ウガルドという方だと伺っておりますが」

「……そ、そうでしたか！　申し訳ありません、失礼な態度を取ってしまいまして。今、店の主人を呼んで参ります！」

セバスチャンさんの言葉を聞き、態度を急変させた男。客が来ないから、久々のお客様に媚《こび》を売るような感じになっているのだろう。

最初の対応は、俺達がお客様だとは思わなかったせいかもしれない。

……店に入ってきたのがまずお客様だと思わない時点で、日本のサービス業を知っている者としては眉を顰《ひそ》めそうになる。

「お待たせしました。私がこの店の責任者をしております、ウガルドと申します」

「初めまして。私は、セバスチャンと申します」

さっきの男が呼んで来たウガルドが、セバスチャンさんと挨拶を交わす。

胡散臭《うさんくさ》い笑みを顔に張り付け、でっぷりとしたお腹《なか》の、太った男だ。胡散臭いと思うのは、ウガルドのやっている事を知っている俺の勝手な印象だけど。

他には脂ぎった顔に、あまり良い趣味とは言えない装飾を、体のあちこちに付けている。

……趣味の悪い、成金社長みたいな風体だな。

「セバスチャン様、ですな。どこかで聞いたような……はて？」

ウガルドは俺達に聞こえないよう小さく呟《つぶや》いたのだろうが、感覚強化の薬草のおかげで、はっきり聞こえている。

セバスチャンさんの顔は知っているものと思っていたけど、そうでもないみたいだ。

「こちらの薬草や薬の評判がよろしいようなので、多く仕入れてみようと思いまして。一度話を伺いたく、お呼びした次第です」

「それはそれは！　私共の店では、良質な薬草、薬をご用意しておりますよ！　お客様にも、大変好評いただいております！」

セバスチャンさんの言葉に、満面の笑みになるウガルド。

今度は先程のように張り付けたような笑顔ではなく、本物の笑顔のようだ……ただし、胡散臭さは消えていない。

評判が良い……というのはセバスチャンさんの嘘《うそ》なのは当然だが、男はそれに乗っかるように笑う。

「座っても？」

「えぇ、えぇ。どうぞおくつろぎ下さい！」

店の中は、入り口から入って左右に大きな棚があり、そこに薬草や薬が陳列されている。

真ん中は空間になっているから、所狭しと商品を並べているわけではないみたいだ。

奥に行くとカウンターとなっていて、その左端にテーブルと椅子が置いてあり、数人が座って話せるようになっている。

……そこで客に口八丁の出まかせを言って、悪質な薬草を売りつけるのだろうな。

「失礼します」

「……失礼します」

セバスチャンさんに倣って、俺も一緒に椅子へ座る。

「そちらの方は？」

向かいに座ったウガルドが俺を見て、気になったようだ。

「失礼、紹介が遅れました。こちらは薬師のタクミと申す者でございます」

セバスチャンさんに紹介されて、俺もウガルドに会釈をしておく。

「く、薬師様ですと？」

「はい。この方は優秀でしてな。薬や薬草の目利きができるだけでなく、多様な薬草を必要に応じて調合して下さるのです」

「持ち上げすぎですよ、セバスチャンさん？」

これは演技でもなんでもなく、本音だ。

確かに多様な薬草は用意できるけど、ちゃんとした目利きや調合なんてまだできないからな。

とはいえウガルドの手前、謙遜している風を装っているけど。

「ほっほっほ、そうですかな？」

「さ、左様でございますか……」

笑うセバスチャンさんに、目を左右に泳がせているウガルド。

まぁ、本当に目利きの薬師だとしたら、自分が持って来た薬草や薬が粗悪な物だとバレないかと、ウガルドにとっては気が気じゃないだろうからな。

笑いながらも、セバスチャンさんは反応を見逃さないよう目を細めてウガルドを観察している。

「そ、それで……どのような物をお探しでしょうか？」

顔を微妙に引き攣《つ》らせながらも、笑顔を張り付けて平静を装っているウガルドは、腐っても商人と言えるのかもしれない。

「そうですな……最近、街では疫病が流行《はや》っているようです。それに効く薬を、まず見せてもらえますか？　我々が住んでいる場所は別なのですが、そこまで疫病が広まった場合に備えておきたいのです」

揉み手をするウガルドからの質問に、セバスチャンさんがスラスラと答える。

「……成る程成る程。お客様はお目が高い！　私共は、疫病の広がりをいち早く察知し、それを治すための薬を用意しております！」

感覚強化のおかげで、疫病……とセバスチャンさんが言った時に、頬がピクリとしたのを見逃さない。

反応を見られているとは露知《つゆし》らず、ウガルドは薬を売りつけられると判断したのか、嬉しそうにしながら俺達から見て右側の棚へ。

そこから黒い液体が入った瓶を一つ取り上げ、俺達のいるテーブルへと置いた。

「こちらはとある薬草を漬け込んだ薬でしてな。これを一口飲むと、たちどころに病が治る……という素晴らしい薬でございます！」

「ほぉ……成る程。いかがですか？」

「ふむ……中々いい物のようですね」

ウガルドの説明を聞きながら、セバスチャンさんは怪しげな液体が入った瓶を俺に勧めた。

瓶を手に取り、中の液体を観察する振りをしながら鑑定する……ように見せる。

「……そうでしょう、そうでしょう！　私共の店では、このように良質な薬を売っております！」

俺がいい物、と言った時に一瞬だけ目を細めてニヤリとしたのも、勿論《もちろん》見逃さない。

薬師であるうえに目利きと聞いて、内心冷や汗をかいていたと予想できるウガルドは、これで俺達がやりやすい相手だと考えたはずだ。

「それでは他の物を……」

セバスチャンさんが促し、いくつかの薬や薬草を見せてもらう。

それのどれもが怪しげな色をしていたり、薄めてあるのがはっきりわかる物だったりで、まだまだ初心者と言える俺の知識でもわかってしまうくらい、粗悪な品だった。

悪い物に至っては、薬草がほとんど枯れている状態の物もあったな……ウガルドの説明では、この状態が一番薬効がある状態との事だが、決してそんな事はない。

カレスさんの店に卸す薬草の中で、作った事があるうえに、『雑草栽培』で一番効果の出る状態に変化させたときは、瑞々《みずみず》しい状態だったから。

「ふむ……どうですかな？」

「そうですね、全て素晴らしい物だったと思います」

セバスチャンさんに問いかけられ、俺は見せられた薬草や薬を褒めるように言う。

事前の打ち合わせで、いい物は悪く言う、悪い物は良く言うと決めていたから、セバスチャンさんには伝わっているはずだ。

というか、セバスチャンさんの方が俺より知識があるからわかるはずなのになぁ。

俺は嘘とか得意じゃない……ちょっと胃が重いように感じるのは、無理に嘘を言っているからか。笑顔を保っているつもりだけど、引き攣っていないといいな。

「わかりました……それでは、ウガルドさん。これらの薬草や薬を、公爵家が買い受けましょう」

「こ、こ、公爵家ですか⁉」

セバスチャンさんが出した公爵家、という言葉に驚くウガルド。

まぁ、突然言われたら誰だって驚くか。

「はい。実は、私共は公爵家の使いの者でしてな。聞くところによると、ウガルド殿は伯爵様との繋《つな》がりもあるとか。そこで公爵様は、伯爵様への繋がりを求めて……というわけなのです」

どんな繋がりなのか、セバスチャンさんは詳しく話さない。

本当に繋がりを持とうというわけではないのと、ウガルドに勝手に想像させるためだ。

「そ、そうですか。公爵家との繋がり、伯爵様も大層お喜びになる事でしょう！ ……どこかで聞いた事がある名だと思ったら、公爵家の執事だったか。しかしこれはチャンスだ」

後半にぼそりと小さく呟いた言葉は、聞き逃さない。

ようやくセバスチャンさんの事に気付いて、少しだけ警戒されてしまったようだが、その警戒はすぐに消えたようだ。

「それでは、すぐに契約を交わしましょう！ どの薬になさいますか？」

「ウガルドさん、落ち着いて下さい。まずはゆっくりと薬を選びませんとな？」

「そ、そうでした。ははは……私とした事が気が逸《はや》ってしまったようです」

「ほっほっほ。商人としては、積極的なのは悪い事ではありませんよ」

公爵、という事への警戒か、それとも大量に薬を売りつける事のできるチャンスだと思ったのか……おそらく後者だろうが、男は焦ったように契約の話を持ち出して、まとめようとした。

それをセバスチャンさんが落ち着かせる。

でも商人としてはどちらかというと、落ち着いて契約に対応しなければいけないだろう……と思うのは俺だけなのだろうか？

まぁ、そんな事はどうでもいいか。セバスチャンさんの視線が鋭くなっているので、そろそろかな……？

「おぉそうでした。ウガルドさん、契約の話の前に公爵様から承った物がございましてな？」

「は、はぁ……公爵様からですか。それはどのような？」

「こちらになります」

セバスチャンさんが取り出した物を、テーブルの上に置く。それは、屋敷で用意されたグレータルジュースの入った瓶だった。

透明な瓶の中身は、グレータル酒と見た目の違いはない。

「そ、それは⁉」

驚いて大きく仰《の》け反《ぞ》るウガルド、想像通りの反応だ。

「公爵様は、領内で評判の良い薬草や薬を売り、領民へ貢献している事に大層お喜びでして。そこで今回はお近づきの印にと、領内で作られた美味しいお酒をとの事です」

少し苦しい理由のようにも聞こえる、セバスチャンさんの話。

グレータルジュース……もとい偽グレータル酒が入っている瓶に目が釘付けになっているウガルドは、セバスチャンさんの言う事を半分も理解していないんじゃないだろうか？

……これなら、打ち合わせ通りに進みそうだな。

「すみませんが、グラスを人数分用意してもらえますかな？　このお酒は一度飲んで味わった方が良い、と公爵様からのお墨付きです。是非、乾杯しましょう」

「し、し、しかし……そのお酒は……」

「どうかなされましたか？　このお酒は公爵様が直々にご用意なさった物。味も品質も、最上級の物ですが……？」

「そ、そうですね……わ、わかりました。おい、人数分のグラスを！」

「へい！」

セバスチャンさんがここぞとばかりに畳みかけ、公爵様というのを強調して伝える。

さすがに公爵……エッケンハルトさんからと言われると断れないのか、ウガルドは躊躇《ためら》いながらも奥にい向かい、グラスを用意するよう指示を出した。

面識がなく、贔屓《ひいき》にしているわけでもない店にわざわざお酒を用意して、しかもすぐに飲ませようとするなんて事は、ないだろうになぁ。

グレータル酒を見た驚きといい……。

「セバスチャンさん、ウガルドのあの反応は……」

「そうですな。間違いなく、グレータル酒が病の原因になっていると、知っている反応です」

グラスが用意されるまでの少しの間、小声でセバスチャンさんと話す。

感覚強化の薬草のおかげで、ほとんど声に出してないような声でも、お互い話す事ができる。

俺でもわかるウガルドの反応を、セバスチャンさんが見逃すはずがない。予想通りグレータル酒の事や病の事を知っているとみて間違いないだろう。

「しかし、感覚強化の薬草というのは便利ですね。相手の表情を見ていれば、何を考えているのかよくわかります」

「そうですね。普通なら見逃してしまうような微妙な変化も、逃さず見る事ができますね」

先程からウガルドは、あまり表に出さないようにしてはいるけど、俺やセバスチャンさんからすれば考えている事が表情に出ているように見えた。

呟いた声も丸聞こえだし、感覚強化の薬草を食べておいて良かったな。

「お待たせしました。グラスになります……」

「ありがとうございます。それでは、一杯お付き合い願えますか？」

「は、はい……」

グラスを受け取り、瓶の蓋《ふた》を開けてセバスチャンさんがそれぞれのグラスに注ぐ。

途端に、周囲に広がる甘い香り……本来ならグレータル酒のものだけど、これはヘレーナさんが似せて香料を入れた物。

それでも、追い詰められかけているウガルドが気付く事はない。

感覚強化の薬草を食べた俺や、セバスチャンさんでも判別は不可能なくらい似ているからな。

「さて、では乾杯としましょう。良い薬、良い店との出会い……と言ったところですかな？」

「そうですね。乾杯」

「は、はぁ……乾、杯……」

グラスを掲げ、その場にいる人達で乾杯をする。

ウガルドは汗を掻《か》きながらグラスに注がれた偽グレータル酒を凝視しているが、それには構わず、俺とセバスチャンさんは、一気にグラスの中身を飲み干した。

「ふぅ。公爵様の選んだお酒は、やはり美味しいですね」

「はい。公爵様はお酒にお詳しいようでしてな、香りや味、色にもこだわりを持っておられます」

嘘の感想を言い合う俺達。

二人で飲み干した偽グレータル酒は、香料のせいか味はやっぱり微妙だ。

飲めなくはないくらいだけど進んで飲む気にはなれない……ヘレーナさんも味を損なうとわかっていたから、渋い表情をしていたっけ。

ウガルドの方は汗をだらだらと流しながら、グラスの偽グレータル酒を凝視するだけで、飲まずに固まっている。

「おや、どうかされましたか？」

「い、いえ……その……」

「お酒は嫌いでしたかな？」

「そ、そうですね……お酒は少々苦手でして……その……」

「そうでしたか、これは失礼しました。飲めない方にお酒を勧めるなど……」

セバスチャンさんはわかっているのに、飲めないまま固まっているウガルドと話す。

こういう事を、顔色一つ変えずにしれっと言えるから、セバスチャンさんは怖いんだよなぁ……絶対敵に回したりしないようにしよう。

「いえ……申し訳ありません。せっかくの申し出ですが……」

ウガルドは、お酒が嫌いという事にして逃げるつもりのようだ。

良い言い訳を思いついたと、少しだけ表情も緩まったが、そんな事でこのセバスチャンさんが逃すわけはない。

少しだけ楽しそうに笑った後、セバスチャンさんが困ったような表情を作った。

「公爵様がわざわざ選んで下さったお酒なのですが……苦手なのでしたら、仕方ありません。公爵様にはそのように報告いたしましょう。公爵様としては同じお酒が好きな者が増えれば、とのお考えだったのですが……残念です」

「そ、そ、それは……いえ、その……私がお酒を飲んだと、報告して頂く事はできないでしょうか……？」

「それは公爵様に虚偽の報告をする事になってしまいます。私には、公爵様を騙《だま》す事などできません。見た物、感じた事、全て正しく報告いたします」

「そ、そんな……それでは公爵様への私の印象が……！　薬の契約に関しても……」

偽グレータル酒と、セバスチャンさんから滲《にじ》み出ている迫力に、ウガルドは焦っている様子。お酒を断って印象が悪くなり、薬を売りつけられなくなる事で利益がなくなるのを、心配しているようでもある。

「大きく稼ぐチャンスのはずが……それどころか、怪しまれたうえに伯爵様の耳にでも入れば何を言われるか……！」

小さく呟いた言葉を、聞き逃さない。

伯爵……バースラー伯爵と直接つながっているのはわかっていたけど、やっぱりか。

「ですが……」

「で、ですが？」

焦っているウガルドの様子を見て、セバスチャンさんがニヤリとする。

この場はもうセバスチャンさんの手のひらの上、あとは踊らされるばかりだなぁ……セバスチャンさん、悪い顔になっていますよ？

「一口、ほんの一口だけでも飲んで頂けないでしょうか？　舐《な》めるだけでも良いのです。そうすれば、私はウガルドさんがお酒を飲んだと、正しく公爵様に報告する事ができます」

「一口、ですか？　わ、わかりました。……それなら、大丈夫か……？」

セバスチャンさんの表情には気付かず、ウガルドは偽グレータル酒を飲む方向に誘導される。

どれくらい飲めば病に罹《かか》るのかまではわからないが、一口程度なら大丈夫だと判断したようだ。

意を決してグラスを傾け、ほんの一滴を舐めるように恐る恐る口を付けた。

「……ん……ゴク……の、飲みました……よ」

飲んだとも言えないような量だが、確かに口に偽グレータル酒を入れたウガルド。

大きく息を吐いて、一仕事終えたような表情だ。

「確かに、確認いたしました。これで公爵様には良い報告ができそうです」

「そ、そうですか。それは良かったです。大変美味しいお酒を頂き、感謝している旨をしかとお伝え下さい」

ニッコリと頷くセバスチャンさんに、ホッと息を吐いて安心するウガルド。

飲む量が少なかったからなのか、それとも本物だと思い込んでいるからか、味の違いには気付かなかったようだ。

「はい、もちろんです。大変お喜びだったと……ゲホッゴホッ！」

ウガルドの言葉を受けて、セバスチャンさんが報告を請け合うと思った瞬間、激しく咳《せ》き込む。

さて、隣でほとんど見ているだけの俺はともかく、セバスチャンさんによる最後の追い込みだ……よくこんな手を思い付くなぁと、感心するばかり。

「ゴホッ！　ゴホッ！　うぅ……」

「ど、どうなされたのですか⁉」

突然の異変に、慌てるウガルド……おっと、俺も演技演技っと。

「セ、セバスチャンさん、大丈夫ですか!?」

「だ、大丈……ゴホッ！　エホッ！」

激しく咳き込み続けるセバスチャンさんを支えるようにしながら、心配して慌てる……ように見せかける俺。

わざととはいえ、これだけ咳き込んだらセバスチャンさん自身も、それなりに苦しいだろうに、よくやるなぁ……とは頭の中だけで呟く。

「も、申し訳ありません、ウガルドさん……ゴホッ！」

「す、すみません、薬、薬を用意していただけませんか!?」

「薬……や、やはり先程のお酒に……私も飲んだが、あれくらいなら大丈夫なはず」

謝ろうとするも、咳に邪魔をされる風のセバスチャンさん。

ここで俺が、ウガルドに縋《すが》るような目をしながら、薬をお願いする……ちゃんと演技できているだろうか？

ウガルドが呟くひとりごとの声で、こちらの思惑通り進んでいる事を確信。このセバスチャンさんの咳は、ウガルドを追い詰めるための演技だ。

そもそも、病の素が入っているグレータル酒だったとしても、こんなにすぐ症状が出るわけがない……出るのであれば、原因はもっと早く判明していたはずだ。

「ウガルドさん、この店なら効く薬があるはずです！　このままではセバスチャンさんが……！　早く！」

「あ、は……か、畏《かしこ》まりました！」

絶えず咳き込むセバスチャンさんを支えながら、必死で訴える俺。

こちらの勢いに飲まれてか、商品が陳列されている棚へと向かうウガルド。

その間に……。

「セバスチャンさん、ちょっとやり過ぎでは？　苦しいでしょうに」

「いえ……最初は演技のつもりだったのですが、途中から止まらなくなりました。病ではありませんが、やはり年のせいでしょう……ゴホッ！　ガホッ！」

ウガルドに聞こえないよう、小さな声でセバスチャンさんと話す。

どうやら、演技とわかっている俺でさえも苦しそうと思えるほどの、激しい咳は途中から演技ではなかったらしい。

まったく、無理をするから……。

「少々、咳をし続けて喉が……そうですな、飲み残しではありますが、ウガルドに渡したのを飲みましょう……ゲホッ！　ゴホッ！」

「はぁ、わかりました。これを飲んで少しは落ち着いて下さい」

演技混じりだとしても、咳をし続けていたら喉が痛くなっても仕方ないからな……味は微妙でも、喉を潤した方がいいだろう。

「ありがとうございます」

俺から、置きっぱなしだったウガルド用の偽グレータル酒の入ったグラスを受け取って、飲み干すセバスチャンさん。

「ふぅ……老いた体には少々……ゴホッ！　ゴホゴホッ！」

「セ、セバスチャンさ……っ!?」

喉を潤して一息……と思いきや、さっきまでよりも酷《ひど》い咳をするセバスチャンさん。

一体どうして、と思いきや手を振って大丈夫な事を伝えて来る。

もしかして、これもさらに演技なのか……老いたとか言っているのに、無理しなきゃいいけど。

「さ、先程より酷くなっているようですが……！」

慌てて薬らしき液体の入った瓶を持って、戻って来るウガルド。

「いえ、少々苦しそうだったので、ウガルドさんの残したお酒を飲んだのです。何か飲めば、少しは楽になるかと……」

「そ、そんな、あれを飲んだのですか!?」

咳を続けるセバスチャンさんの代わりに、俺が状況を説明。

ウガルドは空になっている、自分のグラスを見て驚いている。

「ゴホッ！　ガハッ！　は、早く薬を……ゴホグホッ！」

咳き込みながら、ウガルドに向かって手を伸ばし、薬を求めるセバスチャンさん……ちょっと楽しくなっていないかな？

少しだけ、咳の演技が適当になって来ているような気がする。

続けるのが苦しいからかもしれないけど、ウガルドは気付いていないようだからいいか。

「こ、こちらになります……」

「ゴホゴホッ！　あ、ありがとうございます。ふむ……これが病に効く薬だそうですよ、タクミ様？」

「そうみたいですね」

「え、あ、は……？」

ウガルドから薬らしい液体の入った瓶を受け取ったセバスチャンさん、すぐに立ち直って俺にも見せてくれる。

あんなに激しかった咳が急に治まり、苦しそうな気配が一切なくなったセバスチャンさん。

ウガルドは状況を理解できず、頭にハテナマークを浮かべている様子が見て取れた。

「薄い赤紫《あかむらさき》……薄紅色《うすべにいろ》かな？　色が付いているのは、何かが入っているんでしょうけど……匂いはほとんどありませんね」

瓶に入っている液体を覗き込んで観察……蓋も空けて鼻を近付け、匂いを嗅いでみるけどほとんど何も感じない。

「おそらく、ラモギの粉末を入れているのでしょう。ラモギを透明な水に入れると、そのような色になるみたいです」

ラモギを多く作っていても、こんな色になるなんて知らなかったなぁ。

まぁ、他の何かと調合する場合を除いて、粉末で使う物だからだけど……水に溶かしたら緑とか茶色になると思っていた。

「へぇ～、そうなんですね……でも匂いがほぼないという事は？」

「薄い色が物語っております。少量しか入っていないのでしょう。水に溶かしているとはいえ、量を多くすれば多少なりとも効果は出るでしょうが……これでは薬としては使えません」

瓶に注目して、ウガルドを放っておいたままセバスチャンさんと話す。少量だから色が薄いのか……向こう側が透けて見えるくらいだし。

粉末のラモギは乾燥しているのであまり匂いがないけど、摘み取ったばかりのラモギは青臭い。

つまり瓶に入っている液体は、ほとんど効果のない水に近い物という事になる。

「な、何を……？」

ようやく声を絞り出したウガルドは、俺達が瓶の中身について話し合っているのを見て戸惑っている様子。

さて、物的証拠も入手したし、種明かし……というか大詰めだ。

「ウガルドさん、これは本当に薬なのですか？」

「も、もちろんです。私の店で作った、間違いなく効果のある薬ですよ」

「そうなのですか……セバスチャンさん？」

「はい……」

確認のために聞いてみると、戸惑いながらも薬だと断言するウガルド。

セバスチャンさんを窺うと、してやったりという表情になっていた。

「ウガルドさん、こちらの薬……と偽った液体ですが、どうして持って来られたのでしょうか？」

「え？　いえ……咳をしてお辛そうでしたから。それに、そちらの方が薬をとも仰《おっしゃ》っていたので……」

「ふむ、薬や薬草は多種多様。その調合法によっても効果が変わります。そして、人間が罹る病もまた千差万別。正しくどのような病かを判断し、効果のある薬を使わねばなりません」

「はぁ……」

瓶を持ち、ウガルドに突きつけながら聞くセバスチャンさん。

ウガルドはまだ、今の状況がよくわかっていない様子だ。

「私はただ咳をしていただけです。なのに貴方《あなた》は、迷う事なくこれを持ってきました。つまり、どういう病になったのかをわかっていたのでしょう」

偽グレータル酒を飲んで咳き込み、それを見たウガルドがこの薬……ラモギの入った液体を持ってきたという事は、どういう病に罹った可能性があるのかを知っているという事になる。

そして、効果がなくとも病に効く薬として、ラモギが頭の中にあったからだ。

「どうして、私が咳をしただけでこの液体が効く病であるとわかるのでしょうか？」

「そ、それは……」

小さい動きだけど、グラスに視線を向け気にするウガルド。

視線の動きとかは、感覚強化の薬草のおかげでよくわかる。

「貴方は、先程私が飲んだお酒……グレータル酒が原因だと知っていたからではありませんか？」

「なっ⁉」

グレータル酒、とセバスチャンさんがはっきり口にした途端、ウガルドの顔色が変わった。

やっぱり、あれがグレータル酒だと知っていたんだな。

「私がグレータル酒を飲み、その直後に咳をした。その事から貴方は、一つの病に行き着いた……グレータル酒が原因で、ここ最近ラクトス周辺を騒がせている疫病に」

「そ、そんな事は……！」

問い詰めるセバスチャンさんに、首を振りながら否定しようとするウガルド。

「言い逃れはもうできないと思いますよ？　グレータル酒を飲んだから、流行っているのと同じ病に罹ったと考えた。だから迷わずラモギを少しだけ入れて薄めた液体の入っている、この瓶を持ってきた……」

わかっていたからこその行動だ。

もし何も知らないのなら、もっとセバスチャンさんの状態を確認しようとしたり、いくつかの薬や他の物も持って来ていただろう。

「そしてこの薬です。いえ、薬と呼べない物ですけど……流行っている病には、乾燥したラモギを粉末にした物が一番効くんです。でもこれは違う。ラモギは入っているようですが、効果がある程の量は入っていないのでしょう」

セバスチャンさんの横に立ち、俺からもウガルドに話す。

「多分これは、病にラモギが効くと知っている人用に準備したのでしょうね。水に溶かせば良く効くとか言って、売りつける手口だったのかな？」

「そのようですな。多少なりとも知識を持っている者には、この瓶を売りつけていました。何も知らない者には、それこそラモギとは一切関係ない別物を効果があると言って、売りつけていたようですが」

俺の言葉を継いで、セバスチャンさんが言う。

というか、そこまで調べていたんですか……それなら、ここまで追い詰めなくても良かったんじゃないかな？

まぁ、ウガルドが目を白黒させているから、多少なりとも溜飲《りゅういん》が下がる思いはするけど。

「とまぁ、これらの事から貴方は、グレータル酒の事を知っていたんですよね？　だから、先程セバスチャンさんが勧めた時に、飲むのを嫌がった」

「な、なにを言っているのですか？　私にはよく……」

「このところ、疫病がラクトス周辺で広まっておりますが……その原因がグレータル酒であると判明したのです。これは公爵家が調べましたので、間違いありません」

正確には、イザベルさんがだけど。

レオの判別、イザベルさんの調査の結果だから、間違いないと断言できる。

「そ、そんな……」

ウガルドの顔色がどんどん悪くなっていく。

追い詰められていると自覚しているからだろう。

「グレータル酒を飲んだ者が病に罹り、その者が別の者へ……そうしてどんどんと疫病が広がる。楽な商売ですな？」

「……な、何がでしょうか？」

「いえね、この店が薬草を売り始めた時期と、疫病が広まった時期がほぼ同じなのです。偶然かもしれませんが……少々でき過ぎなのではありませんか？」

「そ、そんな事……私共は、苦しんでいる人たちを救えるのならば、と薬の販売を始めました。疫病の事など一切考えておりませんでした……」

「そうですか……それなら、単なる偶然の一致なのでしょう。ですが……」

「ま、まだ何か？」

一つずつ説明していくセバスチャンさん。ウガルドの方は先程からずっと目が泳いでいる。

感覚強化の薬草がなくてもわかるくらいの反応だな……。

「このラクトスの街から近い村があります。おそらくウガルドさんは知っていると考えておりますが……このグレータル酒、そこの村で作られた物なのです。先日、その村を我が公爵家の者が調べている時、魔物に襲撃されました」

その調べていた者とは、俺の事だな。

屋敷に住まわせてもらって皆と親しくしているし、ここでこうして一緒にウガルドを追い詰める役をしているのだから、公爵家の者と言われても間違いじゃないか。

「ま、魔物に……ですか。それは大変でしたね……」

グレータル酒を作る村、魔物、と聞いてウガルドの顔が引き攣った。

微細な変化だったけど、感覚強化の薬草のおかげではっきりとわかる。

「はい、大変でした。幸い、調べていた者の尽力により、村の被害は少なく済みました。ですが実は、その魔物の襲撃はとある人物によって、引き起こされた事なのですよ」

「と、とある人物、ですか？　そ、そのような……魔物に村を襲撃させるような人物がいるとは……」

とぼけながら、セバスチャンさんから目を逸《そ》らすウガルド。

一瞬だけ、忌々しそうな表情を見せた……やっぱり、商人達の事を知っている様子だな。

「ええ。そのとある人は……」

商人達についての説明をするセバスチャンさん。

グレータル酒を作るための果実を持ってきたと偽装して、魔物を連れてきた事。

その商人達が魔法具を使ってグレータル酒に病の素を混入させ、疫病を広げる目的だった事などだ。

「そして、その商人達が言ったのです。我々は伯爵様の命を実行した……と」

「……」

伯爵という言葉が出た瞬間から、ウガルドは言葉をなくしている。

「この店も、伯爵様との繋がりがあるのでしたな？　評判は聞いておりますよ。薬や薬草を買い占め、混ぜ物をしてかさ増しし、効果を薄めて販売していると……」

「そ、そんな……私共は……」

「言い逃れはできませんな。先程のグレータル酒を出した時の反応……貴方はグレータル酒が病の素になっている事を知っている。だから先程飲む事をためらったのでしょう？」

「……いえ、その……私はただ、お酒が苦手で……」

グレータル酒を飲む事をためらっていた……というよりも、飲まないようにするにはどうしたらいいかを考えているようだったな。

しかし、さっきと同じ言い訳で、逃れようとするウガルド。

「ほぉ？」

それに対し、セバスチャンさんは声を上げながらニヤリと笑った。

「数日前の事なのですが……貴方は街の酒場で、酷く酔っていたそうですね？」

「そ、それは……」

「聞いておりますよ？　数人を連れて、派手に飲み明かしたとか……そのような人が、お酒を苦手……と？」

この事は、俺も知らなかった。

数日前という事は、俺が屋敷に戻った頃だろう……もしかすると、セバスチャンさんは今の話を掴《つか》むために、泳がせていたのかもしれない。

だとすると、ランジ村から戻ってすぐここへ来なかったのも、セバスチャンさんの計画のうちか……確実に相手を追い詰めるために。

「本当はお酒を飲めるのに、グレータル酒を飲むのを躊躇った……これは、どういう物かをご存じだったからではありませんか？」

「……くっ……」

セバスチャンさんに詰められて、言い逃れができなくなったウガルド。

もしあの時、グレータル酒を素知らぬ顔で飲んでいれば、もう少し言い逃れできたかもしれない。

「……た、確かに私はあのグレータル酒が疫病を広めている事を知っていた。だが、それだけで私を捕らえる事ができるとでも？　私はただ、ここで街のために薬を売っていただけだ」

「そうですな。貴方達は薬を売っているだけです」

「そ、そうだろう。グレータル酒の事を知っていたからと言って、私を責める事はできないはずだ！」

逆上したのか、開きなおったのか……顔を真っ赤にしたウガルドが叫ぶ。

確かに、グレータル酒の事を知っているからといって、それだけで捕まえる事はできないだろう。偶然、もしくは伯爵から聞かされていただけ、という可能性もあるしな。

「ですが、貴方は公爵家の領内で、粗悪な薬を売るという事をしております。領民を、街の住民を騙しているのです。これは、重大な罪ですよ？」

「それこそ証拠がないだろう！　私が売っている薬草や薬は、効果のある物だ！　病に備えて独占的に売る事を考えてもおかしくないだろうが！」

「そうですね。病が広がる事を前もって知っていれば、それは商売をするうえで大きな利益を導き出せるでしょう。ですが、貴方の売っている薬草や薬の効果がほとんどない事を、確認しております」

「何を言っている。どうしてそんな事がわかる！」

ウガルドは、どうにかして自分の無実を証明したいらしいが、焦っているためか、深くは考えられないらしい。

薬の効果がどうかなんて、もしこの場で言い逃れられたとしても、調べればわかる事なのに。

「貴方は先程、ラクトスで広まっている疫病を治す薬として、こちらを出しましたね？」

「……あぁ、そうだ」

セバスチャンさんが示したのは、ウガルドが棚から持ってきた瓶だ。

「残念ながら、こちらの薬では、疫病を治す事はできません」

「ど、どうしてそんな事がわかる!?」

「簡単ですよ。タクミ様、ラモギを出していただけますか？」

「はい」

セバスチャンさんに言われて、鞄の中からラモギの粉末を包んでいる紙を取り出す。

それをテーブルの上に置き、包みを開いて中を見せる。

「そ、それは……」

「さすがに、まがりなりにも薬草や薬を扱っているだけあって、これが何かわかるようですな？」

「……っ」

「これはラモギを乾燥させ、すり潰して粉にしたものです」

実際には俺がギフトを使ってこの状態にしたんだが、本来のラモギはそうやって薬にする。

「疫病は、これを飲むだけでたちどころに治ります。こちらの薬とは違って、です。ラモギを少量水に溶かすとこの色になるようで、確かにラモギが入ってはいるのでしょうが……効果が望めません。知識のない者は騙せても、知識のある者までは騙せませんよ？」

もっと多くのラモギを入れれば、濃い色になるのかもしれないけど……瓶に入っている液体には効果がある量は入っていないのだろう。

「これでもまだ、ちゃんとした薬を売っているとでも言うのですかな？　貴方は、街にある店から薬草や薬を買い占め、それらを薄め、効果がほとんど出ないようにして売り出していたのです。これは罰せられるべき行為だと思いますが……？」

「……」

言い募られて、返す言葉のなくなったウガルドは、俯《うつむ》いてただセバスチャンさんの言葉を聞くだけになっている。

「しかも、今回はラモギを使った薬だったようですが、相手によってはラモギとは全く関係のない薬や薬草を売りつける事もあったとか。全て、調べはついております。もっとも、最近は我々が用意した薬草によって、この店にお客様が来る事はほとんどなかったようですな」

「……お前が……」

「ラモギを値下げし、誰でも買えるようにした後は、さらにそれが顕著だったようですな。我々の運営する店は、連日繁盛していましたが……」

追い詰めると言っていた言葉通り、セバスチャンさんはウガルドの様子を無視して追い詰めていく。

ウガルドの体が震え始めた……そろそろ認めるか、それとも往生際悪く否定するか……。

「そもそもこの公爵領内で、病に罹った者達を苦しめようなどと……」

「お、お前か……全てお前のせいかぁぁぁぁ！」

「「っ⁉」」

俯いていたウガルドが真っ赤になるまで血が上った顔を上げ、大きく叫ぶ。

急変に対し、驚くセバスチャンさん。

俺も同じく急に叫ばれて驚いている。感覚強化の薬草のおかげで聴覚も鋭くなっているため、耳がキンキンするな……そりゃ、セバスチャンさんも言葉を続けられないか。

「おいお前達！　こいつらを始末しろ！　こいつらのせいで、私達は商売を横取りされたんだ！」

「「へい！」」

ウガルドはさらに、店の奥に向かって吠《ほ》える。野太い男達の返事が奥から聞こえてきた。

「よ、よろしいのですか？　我々は公爵様の使い。始末をしようなどと……」

止めようとウガルドに話し掛けるセバスチャンさんが、耳を押さえているのは俺と同じく大声で耳が痛いからだろう。

感覚強化、場合によってはこういう弊害もあるのか……。

「黙れ！　お前達がいなくなれば、伯爵様に頼んでどうとでもできる！　まんまと病を広げられた公爵なぞ、いくらでも誤魔化してやる！」

本性を現したのか、はたまた追い詰められて切れてしまったのか、ウガルドは俺達を始末する方で解決を図ろうとしているわけだ。

荒事になるだろう、とはセバスチャンさんに言われていたけど……順調に追い詰めていたから、観念する物だと思っていたが、往生際の悪い。

いや、むしろ追い詰め過ぎたからかもしれないけど。

「「……」」

店の奥から兵士風の男達が三人、武器を持って現れた。

始末しろと言われたからだろう、それぞれに抜き身の剣やナイフ、それに鈍器を持っている。

……ここで俺達が口を封じられたとしても、既にエッケンハルトさんが全て把握しているのだから、罪を重ねるだけだっていうのに、自棄になった悪党ってのはっ！

「っ……！　セバスチャンさん、すぐに店の外へ！」

「畏まりました！　すぐに衛兵やフィリップ達に報《しら》せます！」

「お願いします！」

ウガルドが下がり、男達がカウンターを越えようとしている間に、腰の剣を抜きながらセバスチャンさんを外へ逃がす。

俺はセバスチャンさんが外に出るまでの時間稼ぎだ。

「てめぇ、生きて帰れると思うなよ？」

先頭の一人が、ナイフを見せびらかしながら言う。

……多分脅しのつもりなんだろうが、どうしてこう小悪党って皆同じようなセリフなんだろう？　そういえば、ニックが数人がかりで初めて絡んできた時も、似たような感じだった。

様式美みたいなものかな？

「ウガルドさんに逆らっちゃあ、ここから出られねぇだろう」

「俺はあの爺さんを追う、お前たちはそこの奴を……」

「させるかっ！」

ナイフを持ちながら、外に向かうセバスチャンさんを追いかけようとする男に、目の前にあったテーブルを投げつける。

身体強化の薬草のおかげで、それほど大きくないテーブルだったのもあって、難なく投げられた……上に置いたままになっていた、コップや瓶も一緒に飛んで行ったけど。

体にテーブルがぶち当たった男は、金属製の部分鎧《よろい》っていうのかな？　それを身に着けていたために無傷だけど、セバスチャンさんを追うのを止めて、俺を睨んだ。

「ぐっ！　てめぇ！」

よし、こっちに注意が向いたな。

飛んで行った瓶などが、関係のない場所で床に落ちて割れたのは、音がうるさかっただけでちょっと期待外れ。

当たってくれていたら、もう少し怯《ひる》んでくれていたかもしれない。

「この野郎……！」

「いい度胸だ！　やっちま……」

「それはこっちのセリフだってんだっ！」

悪役のセリフを言うつもりはないけど、やっちまうのはこっちも同じ。

今まで座っていた椅子と、セバスチャンさんの座っていた椅子を、二人の男にそれぞれ投げつけ、少しだけ下がって剣を構える。

「ぐわっ！」

「こんな物！」

飛んできた椅子を受けて姿勢を崩す男と、先端が丸い鈍器……メイスっていうのかな？　それで椅子を弾いて壊すもう一人の男。

あのメイスで殴られたら痛そうだなぁ……いや、ナイフや剣で斬られても痛そうだけど。

ともあれ機先は制した……とまでは言わないけど、多少の時間稼ぎになったはずだ。

「タクミ様、すぐに戻ります！」

「はい！」

そうしている間にも、店のドアを勢いよく開け放ったセバスチャンさん。

外に駆け出していく直前の言葉に、大きな声で応えながら油断なく剣を構えて、男達を牽制《けんせい》する。

カウンターの向こう側には、俺が椅子を投げた剣とメイスを持った男の二人、こちら側にはナイフを持った男がいる。

ウガルドの店は決して広いとは言えないけど、棚が壁に作りつけで置かれており、俺が陣取った店の中央は周囲に邪魔する物がない。

剣を振れる広さがあるのは助かるが、それは向こうも一緒……人数の差を考えると俺が不利だ。

棚まで行けばお互いの行動が狭められて投げる物もあるけど、有利になる程じゃない。物を投げようとしていると男達に捕まりそうだからな。

「逃がすんじゃない！　さっさと追い掛けて始末しろ！」

「ちっ！」

店の奥からウガルドが男達に叫ぶ。

一番近い、最初にテーブルを投げつけてやった男がナイフを振りかぶって右側から俺に向かって来る。

「くっ……っとと……！」

「ちぃ、てめぇ！」

振り下ろされるナイフを、持っている剣で受け止めて押し返す。

たたらを踏んで少し後ろに下がりながら、男は俺を睨みつける……さっき、テーブルを投げつけたのに対して苛立《いらだ》っているらしい。

セバスチャンさんを追いかけるよりも、俺をどうにかしようとしている様子だ。

「この剣は飾りじゃないぞ、ただ無抵抗にやられたりしない！」

「はっ！　こっちだって飾りじゃねぇんだよっ！」

別の男が椅子で怯んでいた体勢を整え、カウンターを飛び越えて左側から俺の首元を狙って横薙《よこな》ぎに剣を振る。

「くぅ……！」

なんとか、持っている剣を下向きに構えて受け止めたけど……さらに向こうは、メイスを持つ男もカウンターからこちらへ向かっている……！

「はっはぁ！　一人で残るたぁいい度胸だが、これは受け止められないだろ！　はぁっ！」

「こ……なくそぉ！」

「うぉ！」

「何ぃ!?」

剣を受け止めた状態の俺に、正面から振り下ろされるメイス。

渾身《こんしん》の力で受け止めている剣を撥《は》ね上げ、そのまま後ろに飛んでメイスを避《よ》ける……目と鼻の先を通過するメイスを見るのは、心臓に悪いな。

ナイフを押し返したり、剣を撥ね上げたり、身体強化の薬草のおかげで力は負けていないようだ。

それに、限定された空間だからかもしれないけど、男達の動きはオークの突進と比べれば迫力は劣る。

ただ向こうは三人、こちらは一人というのはどうしても不利だ……武器を持っている人間を相手にしている緊張感からか、既に少し息が苦しくなってきてもいる。

相手を打ち倒したり、長く時間を稼いだりする事はできそうにないな……。

「おら！　さっきのようにはいかねぇぞ！」

「うっ！　つぅ……くっ……はっ！」

ナイフを持った男が右から、今度は大きく振りかぶるのではなく、小刻みに何度も突き出して来る。

ジリジリと店の左端に寄せられながらも、すれすれで避《よ》け、ナイフが掠《かす》って右腕が浅く斬られて鈍い痛みが走ったが、剣でガードし、なんとか致命傷にならないように防ぐ。

「そっちだけに注意していたらあぶねぇぞぉ！」

「ちっくしょう！」

ナイフの男の手が止《や》んだと思えば、次に逆側から剣を横薙ぎにしてくる男。

こちらは避けきれなかったので、腰の鞘《さや》を左手で持って受け止める……力は身体強化の薬草、反応は感覚強化の薬草のおかげでなんとかなっているけど、正直いっぱいいっぱいだ。

「おっと、こっちは俺がいるんだなぁ、せや！」

「ぐ、うぅ……はぁ、はぁ、はぁ……」

鞘の金属部で剣を受け止め、できるだけ剣の男から距離を取ろうと、反動を利用して再び店の真ん中付近に行けば、今度はメイスの男。

振り下ろされるメイスを、剣と鞘を交差させて両手で受け止める。

鈍器だからか、斬る事に意識が行かない分今まで以上に重い一撃で、思わず苦悶《くもん》の声が漏れる……重いのはメイスを持った男の体格がいいからかもしれないが。

「そらぁ！」

「うぉっ……っと！」

メイスを受け止めて止まっていると、またナイフの男が横から襲い掛かる。

交差させていた剣と鞘をずらし、メイスを床へ向けて滑らせながら、身をよじってなんとか避けられた……けど、体勢が十分じゃないから畳みかけられたら危ない……！

「おい！　邪魔すんじゃねぇよ！」

「うっせぇな！　てめぇこそ邪魔すんじゃねぇ！」

「邪魔なのはてめぇらだ！　俺がせっかく追い込もうとしていたところに割って入りやがっ

て！」

焦って体勢を整えようとしている俺を前に、男達がいきなり仲間割れ。

メイスの男が横から入ってきたナイフの男に、ずらされたメイスを振り、牽制というか言い合いを始める。

「はぁ……はぁ……こいつら」

荒い息を整えながら、剣を持ち直して崩れた体勢を整える。

良かった、こいつらの仲が悪くて……連携しているように見えて、偶然だったのか。

さっきの状態で、剣の男から追撃されたらどうしようもなかった。

念のための薬草を食べていても、俺一人じゃどうしようもないな……建物内で荒事と聞いて、拳や蹴りなんかが必要なのかもとか考えていた、少し前の俺は本当に甘かった。

お互い武器を持っているのもそうだけど、多勢に無勢で、足を出す余裕なんて一切ない。

「お前達、何をやっている！　さっさとしないと逃げられてしまうだろうがっ！」

「ちっ！　いいか、俺の邪魔をすんじゃねぇぞ！」

「それはこっちのセリフだ！」

「さっさとこいつをやっちまって、逃げた爺さんを追わねぇとな！」

言い合っていた男達は、ウガルドの一括で再び俺へと意識を向ける。

……もう少し、あと十秒くらいでも息を整えられていたら、楽だったんだけど……逃げられそうだったし。

そうは思っても、向こうは俺を逃がさない構えになってしまっている。

幸い、セバスチャンさんが出た時に扉は開け放たれているので、そこから飛び出せばいいだけなんだが……背を向けるなんて自殺行為だし、後ろに下がる俺よりも前に出る男達の方が、動きは速いだろう。

どうするか……できれば、早く衛兵さんかフィリップさん達に来て欲しいんだけどなぁ……来ないものは仕方ない。

「せいっ！」

「このやろ！」

「うぉっとと……！」

振り下ろされる剣を、下から掬《すく》い上げるように持ち上げた自分の剣で弾き、遅れて横から脇腹目掛けて振られたメイスに対し、体をくの字に曲げて避ける。

剣の方はともかく、メイスは受け止めるとまずい……重さもあるから下手すると、またオークと戦った時みたいに剣が折れかねない。

あの時のような事は、もうごめんだ。

「せや、せや、せやぁ！」

「くっ……とっ、つっ！　うぅ……！」

「さすがに全部は避けきれねぇだろ？　ほら、とっとと観念しなぁ！」

「そういうわけには、行かないんだよ！」

剣、メイスときたら次はナイフが突き出される。

小回りが利く武器だからか、連続で繰り出されるのが一番厄介だ。

完全に避けたり受け止めたりする事ができず、先程掠った右腕にまた鋭い痛みが走った。

一撃一撃は重さもないけど、徐々に痛みに意識が持っていかれて体力も削《そ》がれていくのがわかる。

……このままじゃ、ただやられるだけだ。どうにかしないと！

「はぁ……はぁ……」

「息が切れてんぞ？　そろそろ潰されてくれや、あ？」

なんとかナイフの突きを凌《しの》ぎ、息を整えている俺に凄むメイスの男。

一番力が強く、重い武器だから当たったら危険な相手だ……待てよ？　当たったら危険だけど、その分受け止めた時の衝撃も大きいって事か……よし！

「はぁ……ふぅ……一番鈍《のろ》いお前に、潰されてやったりなんかするかよ」

「ひゃっひゃっひゃ！　言われてんなぁ！　だから俺みたいに、ナイフが一番身軽でいいんだよ。俺だけだもんなぁ、そいつに傷を負わせてんのは！」

「う、うるさい黙れ！　俺のこれは、当たればそれだけで終わりなんだよ！　ナイフや剣と違って、切る事なんか考えなくていい、ただ叩《たた》き潰すだけだからな！」

「剣で斬った時の感触が、一番気持ちいいだろうが！　ナイフなんざかすり傷を負わせる程度、メイスに至っちゃ鈍くて当たりゃしねぇ！」

思いついた事があったので、ちょっと挑発してみたらまた言い合いを始める男達。

こいつら、ウガルドに付いているだけあって、まともな人間じゃないな……悪党そのままって感じだ。

「お前達、また言い合いを！　そんな事より、さっさと片付けろ！　いい加減にせんと、お前達も始末するぞ！　わかっているのか、私には伯爵様が付いているんだ……！」

「へいへい……わかっていますよー」

再びウガルドの叫びによって、俺に意識を向ける男達……ちょっとした事で言い合う部下を持って、ウガルドも大変だな、同情は一切できないけど。

あーいや、伯爵が後ろ盾になっている事を利用しているみたいだから、部下ってわけでもないのか？　まぁそれは今はどうでもいい事か。

ほんの数秒程度だけど、休めたから……そろそろやるか。

「剣とナイフは厄介だが、やっぱりメイスは遅くて避けやすいな。当たる気がしないし、なんでそんな武器を使っているんだ？」

「て、てめぇ……！」

武器にこだわりを持っているらしい男達、その中でも短気っぽいメイスの男を挑発する。

ウガルドも含めて、全員短気かもしれないがそれはともかく。

「あーあー、やっすい挑発だ。けど、それには俺も同意だなぁ」

剣を持った男が、俺の言葉に頷く……思わぬ援軍だな。

この間に、ほんの少しずつ、バレないようにジリジリと移動する。

「てめぇはどっちの味方だ！」

「ナイフは速くて避けきれない、剣は油断すると大きな怪我をしそうだ……けど、メイスなんて鈍い振りしかしないから、よそ見していても避けられるんじゃないか？」

叫ぶメイスの男に、仕上げとばかりに挑発の追い打ちをかける。

実際鈍いのは確かで、避けるだけならメイスが一番楽だからな……本当によそ見していたら、避けられないけど。

「てめぇ……許さねぇ！」

よしきた！

思惑通り挑発に乗ってくれるメイスの男。

額に青筋立てて、大きくメイスを振りかぶる……他の男達は、巻き込まれちゃいけないと少しだけ身を引いている……思惑以上だ！

男から意識を外さないようにしつつ、左手に鞘を握り、剣と重ねて上下を持って縦に構える。

鞘と重ねたのは直接剣を手で持つと危険なのと、剣が折れても鞘が残るようにだ。

「ぬうぅんっ！」

俺の体を狙って、全身を使い力いっぱいメイスを横に振る男……これが野球なら、場外ホームランも夢じゃない。

けど生憎《あいにく》、俺はボールじゃなくて人間だ……。

「ぐっ……うあぁぁぁっ！」

感覚強化の薬草で鋭くなっている視覚と集中力を最大限使い、剣と鞘に当たる瞬間を見極める。

さらに身体強化の薬草で増している力と反射神経を総動員し、足を使って後ろに大きく飛ぶ。

向こうからは、メイスに当たった俺が派手に飛ばされたように見えただろう。

ガァンッ！　というメイスと剣が当たる大きな音と共に、叫びながら店の出入り口から外へと飛び出す。

「つつっ……はぁ……！　勢いが付き過ぎて、背中が……」

背中から店の外に放り出された俺は、そのままの勢いで地面に打ち付けられる。

一瞬だけ息が詰まる程の衝撃が加わるが、なんとか思い付きは成功したようだ……問題は、すぐに立ち上がれるかだな。

俺の狙いは簡単で、少し位置をずらしながらメイスの男を挑発。

思いっ切り力を込めた一撃をガードしつつ、出入り口に向かって飛ぶ事で一気に外に出ようってだけの事……位置をずらしたのは、男の振るメイスの力がガードした俺を出入り口方面に飛ばすよう、角度を調節するためだ。

「くっ……ゴホッゴホッ！　っすがに、ちょっときついなぁ……」

背中の痛みに咳き込みながら、折れずに保《も》ってくれた剣と鞘を杖代わりにして、ヨロヨロと立ち上がろうとする。

服が破けていないか心配だけど、確かめている余裕はない。

店の中からは、俺を追って男達三人が出てくる所だ。俺が飛び出して背中から着地したのは、店から一メートル程度……すぐに追いつかれる。

広い場所に出ても、こちらの体勢が整わなければやられるだけ……そう思って、なんとか受けようともがく俺に、その声は響いた……。

「ガウ!!」

「っ!?」

「ぐっ!」

「がぁ!?」

聞き覚えのある声、少し前にも似たような事があった記憶……それらを無視して、離れた場所から聞こえた声の主であろう巨大な何かが、風のような速度で割り込んできた。

大きなそれは勢いのまま体当たりして、一瞬で三人まとめて弾《はじ》き飛ばした。

「……レ、レオか。はぁ……助かった!」

巨大な何か……陽の光を浴びて眩しいくらいに輝く銀色の毛をした、レオだった。

「ワフ、クゥーン……」

「いてて……まぁ、前みたいに大きな怪我はしていないから、大丈夫だ」

レオはさっきの俺以上に大きく撥ね飛ばされた男達を確認し、一声鳴いた後俺の方へ向いて心配するように鳴く。

背中の痛みに耐えながら立ち上がり、レオを安心させるように声を掛けた。

「レオ様、ありがとうございます！　おい、お前達、あの男達を捕まえろ！」

「はっ！」

「ワフ～」

「あぁ、皆もうすぐそこまで来ていたんだ……はぁ、良かった」

すぐ近くからレオに掛けられた声を聞き、そちらを見てみたら数人の衛兵さん達が、撥ね飛ばされた男達の確保に向かっているところだった。

周囲の状況を見る余裕がなかったけど、俺が店から飛び出した時点で、すぐ近くまで衛兵さん達が来てくれていたのか……突入の直前ってとこだったんだろう。

もう少しだけ、店の中で耐えていても助けが入っていたのかもしれないな……。

まぁ、ちょっと怪我をしたり、背中を汚してしまったりもしたけど、結果オーライとしておこう。

というか、レオに撥ね飛ばされた男達……大丈夫かな？　かなりの勢いでぶつかっていたけど。襲って来ていた相手なので、心配までする必要はないかもしれないが……。

「う……うぅ……」

「一体何が……？」

「い、いてぇ……」

パッと見、男達に大きな怪我はないようだ。

レオがぶつかる瞬間に、加減をしたのかもな。

とはいえ勢いよく飛ばされたので、擦り傷くらいはできているようだったけど。

「タクミ様、ご無事ですか⁉」

「フィリップさん！」

そうこうしているうちに、フィリップさんがこちらへ呼びかけながら駆けて来る。

「はぁ……セバスチャンさんが店から出て来て、報せてくれたのですが……レオ様が先に行ってしまって」

「そうだったんですか。でも、レオのおかげで助かりましたから」

「ワッフワフ！」

俺の近くまで駆けてきて深く息を吐くフィリップさんは、レオに置いて行かれたようだ。

少し離れた場所にいたはずだけど、セバスチャンさんが報せてからすぐにレオが駆け出して、さっき到着したって事か……タイミングが良かったな。

「ありがとうなレオ。おかげで助かったよ」

「ワフ〜」

背中の痛みが引いて、レオに近付きお礼を言いつつ褒めるように撫《な》でる。

実際はレオが来なくても衛兵さん達が、俺に向かって来る男達を止めたのかもしれないけど
……それをいうのは野暮ってもんだな。

オークの時に続いて、こういう時に助けに入ってくれるレオはやっぱり、頼れる相棒だ。

「……な、なんなのだこれは！　一体どういう事だ！」

今更ながらに、忘れかけていたウガルドが店の中から出て来る。

いや、本当に忘れていたわけじゃないけど、レオや他の人達が来てくれた安心感でわりと意識の外に行っていたのは確かだ。

「お、ようやく出てきた。フィリップさん、あれがウガルドです。セバスチャンさんが散々追い詰めた挙句に、あっちで捕まえられている男達をけしかけてきましたよ」

「成る程、あれが……確かに、悪事を働きそうな顔ですね」

「グルルル……」

フィリップさんにウガルドを示しつつ、簡単に説明。

レオは牙を剥《む》き出しにして唸《うな》っている。

「人を顔で判断するのはどうかと……でも、本当に悪い事をしていたので、フォローはできないか……」

顔で善人か悪人かの判断はできないけど、間違いなく悪事を働いていたのでフィリップさんの言っている事を否定はできない。

「ひっ……！　き、巨大な魔物!?」

「グルルル……ガウ！」

衛兵達に縛られ始めている男達など、周囲の様子をキョロキョロとして戸惑っていたウガルドは、レオに目を留めて怯《おび》え始めた。

尻もちをついたウガルドにレオが唸り、さらに前足を上げながら吠えて脅すようにしている。

「こらこらレオ、怒りたい気持ちはわかるけど、そこまでにしとこうな？」

「ワウ……キューン、クゥーン……」

「ははは、よしよし」

宥《なだ》める俺に、レオが頬を擦り付けるようにしながら甘えて来るので、両手を使ってしっかり撫でておく。

「タクミ様とレオ様は、本当に仲がよろしいですね……さて……」

苦笑しながら、フィリップさんがウガルドへと近付く。

「ち、近付くな！　私を誰だと思っているんだ！」

「誰だって、そりゃ街の人達を騙している悪党だろ？」

じりじりと、近付いて来るフィリップさんから逃げるように、尻もちをついた状態で後退《あとずさ》るウガルド。

「だ、騙しているなど……い、いいのか!?　私には伯爵様が付いているんだぞ！」

「はいはい、それはもうどうでもいいから。いい加減おとなしくしろ。それとも、その醜い顔面をぶん殴ってやろうか？」

フィリップさん、結構口が悪いな……こちらが素なのかもしれない。

と思ったら、ちらりと俺に視線を送ったので、顔を殴る云々《うんぬん》は俺がクレアさん達に対して言った事を知っているみたいだ。

おとなしくしなかったら、どうぞとか言って俺に殴らせようとしているっぽい。

「ひ、ひぃ……！」

この期に及んで伯爵がどうのと言っているようだけど、フィリップさんは全く聞く耳を持たない。

まぁ、伯爵がどうのっていうのはエッケンハルトさんの方で解決したようだし、後ろ盾はもう無効だからな……ウガルドは知らない事だろうけど。

店にまで乗り込んだのも、エッケンハルトさんに全てを任せるだけじゃなく、こちらでも解決を……というのは建前で、セバスチャンさんやクレアさんが粗悪な薬を売りつけているウガルドの事が許せなかっただけだ。

もちろん俺もだけど。

ただ捕まえて処罰するだけではなく、きっちり追い詰めて後悔させるように……とまで言うと、少しどころかかなり印象が悪いかもしれないけど。

「はぁ……ふぅ……フィリップは、少々感情が表に出過ぎていますな。こういう時は、静かに丁寧に怒るのが相手にとって恐怖を刻めるのですが……」

「セバスチャンさん、いつの間に……」

「ワフ」

突然横から聞き覚えが凄《すご》くある声が聞こえたと思ったら、セバスチャンさんだった。

フィリップさん達に報せた後、戻って来てくれたのか。

レオは、セバスチャンさんが来ている事に気付いていたのか、特に驚いていなかった……ちょっと俺、安心したせいか周囲への注意が疎《おろそ》かになっているな。

あぁ、感覚強化の薬草の効果が切れたのかもしれない、もう外の光が眩しく感じないから。

「お疲れ様です、タクミ様、レオ様。おやタクミ様、怪我をなさっているようです。すぐに治療をした方が……」

「あぁいえ、これくらいならかすり傷です。もう血も出ていませんし。放っておけば治りますよ。服が切れているのは、ちょっともったいないですけど」

しれっと俺達を労《ねぎら》うセバスチャンさんは、俺の右腕に傷に気付いたようだ。

傷と言っても、ナイフが少し掠ってほぼ皮一枚斬られただけだ。ほんの少し血が滲んでいるくらいで、今は痛みもほぼないから放っておいても大丈夫だろう。

ただ、服も破れてしまっているので、買い替えを考えると少しもったいない気もする……まだまだ着られただろうに。

服の補修とか、俺にはできないし。

「それくらいなら、ライラさんに頼めば、すぐに修復してくれるでしょう」

「それはありがたいですね。戻ったら、頼んでみます」

ライラさんには仕事を増やしてしまって悪いけど、破れたままにするわけにもいかないし、捨てるのももったいないのでお願いする事にしよう。

多分、背中もほつれたりしているかもしれないし……まずは汚れを落としてからになるけど。

「ワフ。スンスン……ワーウ、ワーウ」

「ちょ、ま、レオ……さすがに舐められたら痛いから！」

俺の怪我に気付いたレオが、突然鼻先を右腕に近付けて匂いを嗅いだ後、舐め始めた。

レオとしては心配だったり、傷を治したりしたいとか、そういう思いなんだろうけど……さすがに傷口を直接舐めるのは痛い。

「ワウ？　ワフゥ……」

「はいはい、すぐに治るから、大丈夫だからな？　それとも、血を舐めたかったとか怖い事を言わないでくれよ？」

「ワフ、ワフワフ！」

大きな声で止める俺に首を傾げたレオが、残念そうに項垂《うなだ》れる。

苦笑しながら、レオを撫でつつ冗談交じりに言うと首をぶるぶると振った……まぁ、シルバーフェンリルが血を欲するなんて事は、さすがにないか。

言った俺も冗談だけど。

「ほっほっほ、シルバーフェンリルに舐められたら多少の傷くらいは治りそうですなぁ」

「ワフ、ワフ！」

「いやいや、そんなわけないですから。レオもやる気にならないように！」

冗談を言うセバスチャンさんに、再び口を腕に近付けるレオ。

いくらシルバーフェンリルが、最強と言われる凄い魔物だからってそんな……舐めて怪我を

治すような事ができるわけ……ないよね？

もしかしたらと思ったけど、傷口を舐めるのは自分でもばっちいような気がするし、痛いのでもう勘弁して欲しいところだ。

「と、そんな話をしている間に、終わりそうですよ？」

「はぁ……冗談を言ったのはセバスチャンさんでしょうに……」

あーだこーだとやっているうちに、フィリップさんがウガルドを縛り、衛兵さん達も男達を縛り上げていた。

「くそっ！　貴様ら、伯爵様に逆らうのか！　私を捕まえてどうなるか、わかっているのか！」

縛られて身動きが取れなくなりながらも、まだわめいているウガルド。

「はぁ……タクミ様、やりますか？」

フィリップさんが、ウガルドの隣に立ち手で示してどうぞ？　と促している。

けど、さすがになぁ……。

「抵抗できない人間を、殴る趣味はありませんよ」

「よろしいのですかな？」

首を振って拒否する俺の横からは、セバスチャンさんの楽しそうな声……この人達、俺がウガルドを殴る姿をそんなに見たいのか。

「セバスチャンさんが追い詰めるところを、特等席で見られましたから。それで十分です」

感覚強化の薬草のおかげで、ウガルドの顔が引き攣ったり焦ったりしているのが、よく観察できたからな……趣味は悪いけど、あれで溜飲が下がった部分もかなりある。

それに、さっきは止めたけどレオがしっかり脅してくれたから……その時の反応を見られたし、十分過ぎるだろう。

「くそ！　貴様ら……絶対に後悔する事になるからな！」

殴らない事に決めている間も、わめき散らしているウガルド。

「ウガルドとやら、伯爵は既にもう何も力を持っていない！」

「おや？」

「こ、この声は……」

「えっと……？」

「ワウゥ？」

往生際の悪いウガルドに対し、どこからともなく聞こえる男性の声。いや、ウガルドの店の横、建物と建物の隙間から聞こえてきているんだけど。

何やら聞いた事のある渋めの声……セバスチャンさんは首を傾げ、フィリップさんはビクッと体を震わせている。

まさかこんな所にいるわけがないはずの声に、どう反応したらいいのか困る俺とレオ。

「そうですわウガルド！　もう貴方にはなんの後ろ盾もありませんの！　おとなしく罪を認めなさい！」

「は？　こ、この声は……まさか……？」

「あれ、女の人の声？　んー？」

続いて聞こえたのは、男性の声ではなく若そうな女性の声。

ウガルドは知っている様子で、驚いているようだけど……クレアさんでもないし、全く聞き覚えのない声だ……喋《しゃべ》り方も初めて聞く感じだな。

「お、おいアンリネルゼ……そこは私が格好良く決めるところなのだが……」

再び聞こえる男性の声……何やら少し戸惑っている様子。

聞き覚えは確実にあるし、誰なのかはなんとなくわかって来ているんだけど……アンリネルゼ？　って、さっきの女性の声の主なのかな？

「お父様が、いちいちもったいぶるからですよ……はぁ。いいですから、早く皆の所に行きましょう」

さらに聞こえたのは、また別の女性の声……今度は間違いなくクレアさんの声だ。

溜《た》め息《いき》交じりというか、実際に溜め息を吐《つ》いている様子で、クレアさんの表情まで頭に浮かぶようだ。

って、お父様って言っているし、男性の声の主はあの人で間違いないな。

「あ、待てクレア……ちょ！」

「ちょ、ちょっとクレアさん!?　今いいところですのに……！」

戸惑うような声と共に、ジト目をしたクレアさんに背中を押され、たたらを踏みながら建物の陰から出て来る人達……。

「やはり、旦那様でしたか……」

「そうみたいですね……」

やれやれと呟くセバスチャンさんに、同意する俺。

男性の方は、予想通りのエッケンハルトさん。

相変わらず立派な髭《ひげ》を蓄えた威厳ある姿……ではなく、今は娘のクレアさんに背中を押されているせいか、厳しそうな雰囲気は鳴りを潜めている。

威厳がどこかへ行ってしまっているけど、公爵家の当主様で偉い人、そして俺やティルラちゃんの剣の師匠だな。

もう一人は女性で、こちらがさっきの知らない声の正体だろう……初めて見る人だけど、誰だろう？

「ア、ア、ア……アンリネルゼ様⁉　な、何故《なぜ》ここに⁉」

「……んんっ！　久しぶりですわね、ウガルド。お父様と話していた時以来かしら？」

ウガルドが女性を見て大きく目を見開き、叫ぶ。

クレアさんに背中を押されていた女性は、その声を受けて一度咳払い。

姿勢を整えて胸を反らし、縛られて座らされているウガルドを、上から見下《みお》ろした。

……視線と表情から、見下ろすというよりも見下《みくだ》す、の方が近いかもしれない。

ウガルドと女性は知り合いみたいだけど、どういう事だろう？　というか何故その人とクレアさん、そしてエッケンハルトさんが一緒に？

「整列！　公爵様に礼！」

「「「はっ!!」」」

疑問に思う俺を余所《よそ》に、衛兵さん達が集まってエッケンハルトさんの前に跪《ひざまず》く。

いつの間にか、フィリップさんもそちらへ行っていて、セバスチャンさんも俺の隣で跪いていた……あれ、こっち側で立っているのって俺だけ!?

男達やウガルドは逃げられないよう、縛られているからいいとして。

いつの間にかクレアさんとエッケンハルトさん、アンリネルゼと呼ばれた女性以外で、立っているのは俺だけになっていた。

レオはお座りしている。

「ワウゥ？」

女性を見てかエッケンハルトさんを見てか、首を傾げるレオ。

「えーっと……俺も……」

どうしようかと戸惑って、いっそ俺も他の人達の見様見真似《みようみまね》で跪いた方がいいのかな、と思って動き出すが……。

「いや、タクミ殿はいいのだ。久しぶりだな。――レオ様も、お久しぶりですな」

「ワフ、ワフ」

跪く衛兵さん達の間を抜けてこちらに歩いて来るエッケンハルトさん。

俺に声を掛けつつも、むしろエッケンハルトさんがレオに跪くんじゃないかと思うくらい、目の前で恭しく頭を下げた。

そうだった、この人は初めて会った時レオに土下座をした人だった……今は周囲の目があるからか、土下座まではしていないけど、それでも十分衛兵さん達と謎の女性は驚いている。

「こ、こ、公爵……様？　ほ、本物？　な、なぜアンリネルゼ様と一緒に……？」

信じられない光景、とでも言うように呟くウガルド。

さっきから、ウガルドが女性の事を様付けで呼んでいるから、アンリネルゼさん？　は偉い人なのかもしれない。

「もちろん、お前達の悪巧みを叩き潰すためだ」

「公爵様、その先は私が……」

レオの前にいるエッケンハルトさんが、ウガルドを睥睨《へいげい》しながら話し始める。

それを、アンリネルゼさんとやらがウガルドの方に近付きながらが止めた。

「ふむ、そうか。まぁ、もう良さげな登場の仕方は潰されてしまっ……ぐわ！」

「タクミさん！　大丈夫ですか⁉」

「ク、クレアさん……」

女性の方を見て、少し考える素振りを見せて頷いたエッケンハルトさんは、次の瞬間俺に駆け寄って来るクレアさんによって突き飛ばされた。

エッケンハルトさん、登場する時からだけど形無しだな……。

いつの間にか顔を上げていたセバスチャンさんも、苦笑しているし。

「あ、タクミさんお怪我を……!?」

「あぁ、さっきもセバスチャンさんに言ったんですけど、大丈夫ですよ。ほとんど血も出ていないかすり傷ですから」

俺に駆け寄ったクレアさんは、服が破れている右腕部分から、すぐに怪我をしている事に気付いた。

また心配をかけてしまって申し訳ないけど、大きな怪我ではないので大丈夫だ。

「ク、クレア……タクミ殿が心配なのはわかるが、少々加減をして欲しいのだがな。――ふむタクミ殿は怪我をしてしまったか。すまないな、タクミ殿。危険な目に遭わせてしまったようだ」

再びたたらを踏む事になったエッケンハルトさんも、俺が怪我をした事を確認。

すぐに頭を下げてくれた……いや、レオの手前謝るのはわからなくもないんだけど、衛兵さん達が驚いているから、程々にして欲しいなぁ。

「いえ……俺が自分でこうしたいと言い出した事ですから。むしろ、まだまだ鍛錬が足りないと自省するばかりですよ」

「相変わらず真面目なのだな、タクミ殿は」

「真面目でお優しい方だからこそ、ウガルドのような者を許せないのですよ、お父様!」

苦笑する俺に、同じく苦笑で返すエッケンハルトさん。

クレアさんは、そんな俺達に鼻息荒く何故か得意気……褒められているんだろうけど、ちょっと面映《おもは》ゆい。

「あの～、そろそろよろしくって？」

「あ、あぁ……そうだな、続けてくれ」

クレアさんが俺に駆け寄ってから、中断されていたアンリネルゼさんとウガルドのやり取り。いい加減しびれを切らしたのか、片手を挙げて続きをしたいというように主張し、エッケンハルトさんが頷く。

その視線は鋭く、俺を睨んでいるようだった……まぁ、これから！　って時にクレアさんによって出鼻をくじかれた形になったからなぁ。

睨むのも仕方ないのかもしれない、俺を睨む理由はよくわからないけど。

「アンリネルゼです、タクミさん。バースラー伯爵の一人娘ですね」

「バースラー伯爵の!?」

コッソリと、小声で女性の正体を教えてくれるクレアさん。

耳元近くでささやかれて、ちょっとこそばゆかったが内容からそれどころじゃなかった。

バースラー伯爵、今回のラクトスで広まった病やランジ村へのオーク襲撃、そしてウガルドを使っての粗悪な薬の商売……それらの黒幕で貴族だ。

そんな黒幕の娘さん……エッケンハルトさんやクレアさんとのやり取りを見るに、ウガルド側ではないようだけど。

アンリネルゼさんは、伯爵の娘、貴族令嬢というのも納得するくらい、気品……上品……とにかく、雰囲気のある女性だ。

クレアさんより少し暗めの金髪と低い身長ながら、スラリと伸びた手足を使った仕草は、まるで上流階級の人達が集うパーティにいるかのように感じる。

そして特徴的な髪形……ストレートに伸ばしているクレアさんとは違い、左右に渦を巻くようにしてぶら下げているというか……はっきり言うと、二本の髪ドリルを持っている。

いや、形がドリルっぽいだけで、本当にドリルではないんだけど……。

ある意味それが、ステレオタイプなお嬢様的雰囲気を醸し出している原因なのかもしれない。

服装に関してだけはお嬢様っぽくなく、旅装といった風だったけど、エッケンハルトさんと一緒に来たんだとしたら、それも当然か。

「ウガルド、お父様はもう貴方の後ろ盾でもなんでもありませんわ」

右手でドリル……じゃなかった、長い髪を後ろに払いながら、冷たい声でウガルドに話すアンリネルゼさん。

口調もお嬢様っぽいな。

「そ、それはどういう……私は確かに、伯爵様から……」

ウガルドの方は、何が何だかわからないといった様子だ。

まぁ、これまで伯爵から直接後ろ盾になっているような事を言われていたんだろう、それが急にないと言われたら訳がわからなくなるよな。

「お父様はもう誰かの後ろ盾になる事はできませんの。伯爵としての権威は、失われてしまいますのよ。……いえ、失ってしまった。ですわね」

「伯爵様が……ですか？」

アンリネルゼさんに言われて、ポカンとなるウガルド。

バースラー伯爵は、もう貴族として、伯爵としての地位がなくなったとか、そういう事かな？

「飲み込めていない様子ですけれど……もうお父様が、貴方を庇《かば》う事はできませんのよ。それどころか、裁かれる立場なのですわ」

「バースラー伯爵は、自領の領民を苦しめていた。それだけでなく、他領である我が公爵領にまで手を出したからな。王家が動いたのだ」

「お、王家……が……」

アンリネルゼさんの言葉を継ぐように、エッケンハルトさんがはっきりとウガルドに伝えた。

王家って事は、公爵家よりも上か。

伯爵も十分に貴族階級としては高いのかもしれないけど、その上である公爵、さらに王家が動けばどうしようもない……のかもしれないな。

「伯爵家、お父様の後ろ盾がなくなった貴方は、もうどうする事もできないのですわ。おとなしく、捕まるしかありませんわね」

「う、うぅ……」

冷たくウガルドに言い放つアンリネルゼさん。

ウガルドは完全に項垂れて、さっきまでのようにわめき散らす気力すら失った様子だ。

「そういう事だ。――衛兵！」

「はっ！」

エッケンハルトさんの鋭い声に、跪いていた衛兵さん達が立ち上がり、一人が前に進み出た
……多分、衛兵さんの中でも隊長格とかそういう人だろう、少しだけ他の人達と服装が違う。

「この者、ラクトスの住民、それだけでなく周辺の者達を苦しめた大罪人だ。処罰はこちらで検討するが、逃げられぬよう牢《ろう》にぶち込んでおけ！」

「はっ！」

エッケンハルトさんの言葉に、ウガルドと縛られた男達三人を引っ立てて行く衛兵さん。

よく見れば、クレアさん達が出てきた建物の隙間から、続々と衛兵さん達が出て来ている
……結構な人数を連れて来ていたんだなぁ。

まぁ、俺達が乗り込む前に配置された人もいるんだろうけど。

……エッケンハルトさんやアンリネルゼさんが、ウガルドへの止《とど》めを担ってくれたのを見ると、俺やセバスチャンさんが乗り込んだ意味があまりないような気がするなぁ。

まぁ、そういった細かい事は気にしない方がいいんだろう。

おかげで、ウガルドを散々追い詰める事ができたんだから……実際には殴らなかったけど、
伯爵家との繋がりのせいで我慢せざるを得なかったものの鬱憤解消もできた気がするからな。

「店の中に残っている者もいるだろう。関係者は捕まえ、容赦はせず徹底的に調べ上げろ。粗

悪な薬、病を広めたこと以外にも、余罪は多そうだ」

「はっ！　承知いたしました！」

ウガルド達を連れて行くのとは別に、エッケンハルトさんの指示で店の中に突入する衛兵さん達。

そういえば、俺とセバスチャンさんが店に入った時にいた、ガラの悪い男は奥に行ったままだったな。

「裏口から逃げるとか……」

「安心しろ、タクミ殿」

店の入り口だけが、建物の出入り口というわけでもないかと思い、もしかして逃げられるかもと思って呟いたら、エッケンハルトさんから言葉を掛けられた。

どういう……と聞くまでもなく、建物の向こう側から何やら騒ぐ声が聞こえた。

成る程、あらかじめ逃げられないように裏口とかにも、衛兵さん達を配置していたわけか、抜け目がない。

「前もって準備していたんですね」

「まぁな。と言っても、最初から衛兵が監視していたから、私は逃がさぬように言っただけだが」

エッケンハルトさんの指示、というよりは衛兵さん達の判断だったらしい……。

「さて、ここの事は任せておいても問題なさそうだな。では場所を移そう。色々と、話さなければならない事が多いからな」

「？　どこかに行くんですの？」

「ここでは話せない事が多いでしょう、行くわよアンリネルゼ。――まったくお父様は、突然アンリネルゼを連れて来るのですから。ちゃんと説明して下さいね？」

「もちろんだ。クレア達がラクトスに来ていると聞き、すぐにカレスの店に向かったが……何故ここにアンリネルゼがいるのかも、話していなかったからな。タクミ殿やレオ様にも世話を掛けたようだし、説明はせねばならんだろう」

「そうだったんですか。まぁ、確かに気になる事は多いですけどね……」

「ワフワフー」

「では、場所を移しましょう」

そうして、ウガルドの店に対する後始末というかあれこれは衛兵さん達に任せる事にして、俺達は場所を変えてエッケンハルトさん達から事情を聞く事になった。

というか、一緒にウガルドの店まで来たのに、クレアさんはまだ聞いていないのか……エッケンハルトさんが来てすぐ、俺達の所に向かったんだろうな。

ちなみに、レオの爆走、わめき散らしていたウガルドなど、店の外で結構な騒ぎを起こしていたので、周囲の住民や野次馬が集まって来ていた。

けどそれも、エッケンハルトさんが公爵様という事もあり、移動を開始した直後に全員が跪いて礼をしていた……大名行列のようだった。

慣れているのか、エッケンハルトさんは気にしない風だったけど、途中で「私よりレオ様に……」と言っていたりもしていた。

……レオは人に傅《かしず》かれても、多分キョトンとしたり首を傾げたりするだけだろうから、あまり意味はないんじゃないかなぁ？


そんなこんなで、落ち着いて話せる場所としてカレスさんのお店に移動。

レオは店内に入れないので、後で話すとして外で再び子供達を集めて遊んでもらい……俺達は、お店の二階で一旦落ち着いた。

「改めまして、アンリネルゼ・バースラーですわ。伯爵家当主、ルーブレヒト・バースラーの娘になります。元、伯爵家ですけれど……以後、お見知りおきくださいませ」

アンリネルゼさんが立ち、女性らしい綺麗な礼をしながら自己紹介をして、椅子に座る。

バースラー伯爵、ルーブレヒトって名前だったのか……初めて知った。

クレアさんもやっていたけど、アンリネルゼさんは今旅装でズボンを穿《は》いているため、両手はスカートをつまむような仕草だけだな。

今は大きめのテーブルに、エッケンハルトさんとアンリネルゼさんが並んで座り、向かいに俺とクレアさんが並ぶ。

俺とクレアさんは、事情を聞く側だから一緒にだな。

セバスチャンさんはクレアさんの後ろに立ち、以前にも屋敷に来ていた護衛さんがエッケンハルトさんの後ろに立っていた。

　フィリップさんは、衛兵さん達と一緒にウガルドの店の後始末をやってくれている。

「バースラー伯爵の一人娘だな。クレアと年齢が近いのもあって、面識はある。少々難のある性格ではあるが、父親のルーブレヒトと違い金儲《かねもう》けのために領民を苦しめる考えは持っていない……おそらくな」

「公爵様、そこは持っていないと言い切って下さいまし。わたくし、お父様のようなやり方は嫌いですの。……ん、美味しいですわね」

　エッケンハルトさんの補足に、不満そうにしているアンリネルゼさん。

　セバスチャンさんの淹《い》れてくれたお茶を飲む姿は、クレアさんと同じく上品だ。

「アンリネルゼが関わると、思い付きで変な方向に行くからお父様もはっきり言い切れないのでしょう？　良い方向に行くようにと思っての事なのは、私もわかっているけれど」

「クレアさんも、時に突き進む事があるじゃありませんか」

　ジト目で言うクレアさんに、同じくジト目で返すアンリネルゼさん。

　この二人、仲が悪いのかな？　……庶民派で気さくなお嬢様に、ドリル……いや、特徴的な髪形をしたザ・お嬢様。

　勝手な想像だけど、相性は悪いのかもしれない。

「わ、私の事はいいのよ。――それでお父様、どうしてアンリネルゼと一緒に来たのですか？　そもそも、バースラー伯爵家は……」

思い当たる節があるのか、視線を少し逸らしながらエッケンハルトさんに問いかけた。

「うむ、クレアの考えている事はわかる。ルーブレヒトが伯爵位を剥奪されるのであれば、アンリネルゼも貴族の娘ではなくなるのだからな」

父親が伯爵でなければ、娘も貴族ではなくなる……当然の事だな。

それに、貴族社会には詳しくないけどこういう時、罰せられるのは一族だとかそういう事になるのでは？　という考えは俺にもあるので、エッケンハルトさんがアンリネルゼさんを連れてきたのは疑問だ。

ただ単に、ウガルドに対してだけだったら、エッケンハルトさんだけでも十分だろうし。

「だが少々事情が複雑でな……今回、ルーブレヒトの悪事を暴く際に、アンリネルゼが協力してくれているのだ」

「アンリネルゼが？　確かに、以前から父親の伯爵への不満のような事を言っていたと思いますけど……」

「お父様は、領民を苦しめ、他領をも苦しめていました。わたくしにはそれが許せなかったのです。常日頃から、お父様とは折り合いが悪かったのもありますが」

アンリネルゼさん、父親と仲が悪かったのか……それで内部告発のような感じに、って事かな？

「実は以前私がこちらへ来る前から、ルーブレヒトの事を調べていたのだ。タクミ殿や、レオ様と出会う前の事だな。その頃から、内々にアンリネルゼには協力してもらっていた」

俺がこの世界に来る前から、既にバースラー伯爵の悪事を暴くよう、アンリネルゼさんと調べていたのか……。

「そんな……お父様、そんな事私には何も……」

「クレアは、このラクトスやその周辺を見るのに精いっぱいだった様子だからな。それに、タクミ殿の事もある……」

「え、俺ですか？」

急に俺の名前が呼ばれて驚く。

そこは、レオの事じゃないのか……いや、俺も薬草販売の契約とか、色々と公爵家の人達を忙しくさせているけど。

「初めて会った時、レオ様を見て私自身伯爵の事が吹き飛んだ、というのもあるのだがな。クレアはタクミ殿に意識を向けておいて欲しかったのだ」

「私が、タクミさんに……ですか？」

「うむ、そうだ。慣れないながらもラクトス周辺に対して、公爵家としての目になってくれているのは、わかっていた。そこに加えてレオ様とタクミ殿だからな……余計な心配をさせたくなかったのだ」

クレアさんとしては、伯爵やアンリネルゼさんに関して教えて欲しかったと思っていて、エッケンハルトさんは頑張っているクレアさんに、余計な心配をかけさせたくなかった……というところだろう。

「それならなぜ、ウガルドの店と伯爵家が繋がっていると報告した時、言って下さらなかったのですか……？」

「クレアやセバスチャンからの報告を受けた時、まだそれが確かな事だとはわからなかったからな。調べて確信した頃には、クレアはクレアでタクミ殿と協力して動いていたようだしな……私自身クレアとタクミ殿がどう動くのかを見たくもあった」

エッケンハルトさんが、クレアさんの手腕を見たかった……というとちょっと語弊があるかな？

とにかく、邪魔しないようにウガルドの店をどう調べて対処するのかが見たかった、クレアさんの成長が父親として見たかったってところか。

結構、無茶な解釈だけど。

「……結果は、タクミ殿には多大な無茶を押し付けてしまった。ランジ村の件や今日のウガルドの店での件。迷惑をかけた、すまぬ」

「タクミさんには、私も本当にお世話になりました。そうですか……事情はわかりました」

「あ……いえ、そんな……」

エッケンハルトさんが立ち上がり、俺に向かって頭を下げる。

俺は俺で、頼まれたとか強制されたわけではなくやりたいからやったし、自主的に関わったわけだから、謝られる程の事じゃない……と思う。

「公爵様が頭を……この殿方は、何者なんですの？　クレアさんの隣に、当然のように座っていますけれど……」

頭を下げているエッケンハルトさんを見て、驚いているアンリネルゼさん。

そういえば、アンリネルゼさんや伯爵の事が気になり過ぎて、俺の紹介はまだだったっけ。

「タクミさんは、アンリネルゼも見たと思うけれど……シルバーフェンリルのレオ様を従えている方よ。そして、タクミさん本人の能力もあって、公爵家と契約を結んでいる間柄ね」

「えっと、タクミです。よろしくお願いします、アンリネルゼさん」

「タクミ、さんと……シルバーフェンリルのレ……シルバーフェンリル⁉　もしかして、さっきの大きな獣ですの⁉」

クレアさんの紹介に乗っかって、俺からも名乗る。名字の方は……まぁいいか。

俺の名を確認し、レオの名を……というところで大きく驚くアンリネルゼさん。さっきレオを見ていたのに、シルバーフェンリルだと気付いていなかったのか。

最強らしいし、伝説的な魔物だから公爵領の人でなければ、見ただけではわからないのかもしれない……それこそ初めてラクトスに来た際、ニックと一緒に絡んできた男達のように、異常に大きなウルフと見ていたのかもな。

ウルフが実際にはどれくらいの大きさなのか、見た事ないからわからないけど。

「そうよ。伝承で語られるシルバーフェンリル。何者にも従わず、何者にも害する事はできないとされている、あのシルバーフェンリルよ。公爵家でなくても、アンリネルゼは聞いた事があるわよね？」

「聞いた事なんて……あるに決まっていますわ！」

シルバーフェンリルの伝承そのものは、アンリネルゼさんも知っているらしい。

まぁ、国の紋章として使われるくらいだから、貴族として暮らしていたら話を聞く機会はあるのか。

「そんな……そんな……シルバーフェンリル、本当ですの？　それを従えるなんて、公爵家はとんでもない武器を手に入れた事になりますわ。これは、お父様は触れてはならない相手に触れたと言っても、過言ではありませんわね……」

「まさにその通りだな。私は、レオ様を利用するつもりなどはないが……タクミ殿を敵に回すような事は絶対に避けねばならん」

「いや……えっと……そんなに？」

いつもレオの話になると、皆が大袈裟《おおげさ》に話しているんじゃないかと思う事がある。

確かに、レオが強いのは間違いないけど……最強らしいけど……。

訂正するのは面倒なので、さっきクレアさんが説明したようにレオを従えている、と言うままにしているが、俺自身には従えているとかそんな偉そうな意識はない。

一緒にいてくれる相棒だからな。

「そんなにだぞ、タクミ殿。――それにしてもクレア、タクミ殿の紹介でもう一つ付け加えたかったのではないか？　そちらの方はどうなのだ、うん？」

「……ろくでもない事を考えている時の、お父様の表情のように見えますが……何を言いたいのですか？」

「いやなに、私がいない間にタクミ殿との進展はなかったのかとな……。せっかく、ウガルドや伯爵に対しての調査で、協力していたのだから何かあったのではないか？　ん？」

ジト目のクレアさんに構わず、考えていた事を言って問いかけるエッケンハルトさん。

楽しそうな様子は何処《どこ》かで見た覚えがある……あぁ、セバスチャンさんか。

あの人も、男女関係を揶揄《やゆ》するのが好きなようだからなぁ……似た物同士？

「そのタクミという方は、クレアさんと異性交遊をしていますの⁉」

クレアさんが何かを言う前に、アンリネルゼさんが再び驚いて叫ぶ。

よく叫ぶお嬢様だ……俺の事はともかく、レオに関しては驚くのも当然なのかもしれないけど。

あと、異性交遊って独特な言い回しをするんだなぁ。この世界では、それが当然なのかも……なんて、他人事《ひとごと》のように眺めていた。

いやだってクレアさんは否定するだろうからな、そんな関係じゃないし。

それがわかっていて、期待するような心持ちにはなれないというか……なっていたら否定された時にダメージが大きいから。

「いえそんな……私とタクミさんは別に……」

あれ、クレアさんが急に赤くなってそっぽを向いた？　あれぇ？

もしかしてクレアさん、まんざらでもないとか……いやいや、これだけ綺麗で可愛《かわい》いところもある魅力的な女性なんだ、俺なんかよりももっと相応《ふさわ》しい男がいるはずだからな。

恋愛云々に苦手意識を持っている、冴《さ》えない男は変に期待したりはしないのだ……自分で考えていて、ちょっとむなしい。

とにかく、どんどんおかしな方向へ話が逸れているから、元に戻そう！

「ま、まぁ、そういった話はまたにして……今は伯爵家の事とか、アンリネルゼさんの事を話しましょう！」

「そ、そうですお父様。私達の事は今は別にいいんですから！」

強引に話を戻そうとする俺に追随するように、クレアさんも赤い顔ながら話を元に戻そうとする。

「今は……か。まぁ、そういう事にしておこう。――ふっ、セバスチャン、中々若い者達の先が楽しみだな？」

「はい、旦那様。お二人を見ていると、私も若返るような気すらします」

そんな俺達二人を見て、エッケンハルトさんが笑いながら、セバスチャンさんに話を振っている。

いや、セバスチャンさんは十分若いですから、今はあちら側に付かないで下さい、お願いします。

「シルバーフェンリルを従えているタクミさん……そうなんですのね。クレアさんも否定していましたし……成る程……」

何やら、アンリネルゼさんが目を細めて俺やクレアさんを見て、小さく呟いている。

嫌な予感がするので、変な事を考えないで欲しい……さっきクレアさんが、思い付きで変な方向に行く――とか言っていたし。

「そ、それよりも、さっきの話の続きです。まだ、アンリネルゼがお父様と一緒にいる事の説明をされていません」

「そうだな、これ以上クレアをつつくと、私が怒られてしまいそうな気配だ。話を戻すか。順を追って話すとだな……」

そう言って、ようやく元の話に戻るエッケンハルトさん。

話してくれたのは、バースラー伯爵に関わる事が多かった。

なんでも、伯爵は手広く色んな悪事を働いていたらしく、本人は既に王家によって押さえられているらしい。

ランジ村のように、魔物を使って商隊を襲って金品を得るなんて事もしていたらしく、その辺りの証拠や調べも進んでいるとか……今回の事がなくても、いずれバースラー伯爵は身を滅ぼしていたのかもしれないな。

そして、エッケンハルトさんの公爵領に手を出そうとする段階で、アンリネルゼさんがエッケンハルトさんに助けを求め、お互いの協力のもと調べ上げられたと。

全ての悪事を白日の下に晒《さら》すのには、もう少し詳細な調査が必要らしいけど……怪しんで内部を調べてみると、出るわ出るわ悪事を働いていた証拠の数々。

杜撰《ずさん》な管理で何故これまで、バレなかったのかが不思議なくらいだったらしい。

そうして、バースラー伯爵本人は現在、王家監視のもと罪人として捕らえられて王都へと運ばれている最中なんだとか。

伯爵の地位は更迭され、現在は王家の人が臨時で現伯爵領の立て直しを図っている模様。

「ルーブレヒトは、間違いなく伯爵の地位を失うだろう。だが、アンリネルゼは別だ。今回私もそうだが、ルーブレヒトに関する調査協力をした事や、決定的な証拠等々を提供したため、罰せられるのは伯爵家全体ではなく、ルーブレヒトのみとなったわけだな」

「温情を与えられるというわけですわね。まだ決定ではありませんけれど……」

司法取引にちょっと似ているな。

まぁこの場合、アンリネルゼさんはバースラー伯爵の悪事に加担していないから、という理由もありそうだけど。

「えっと……すみません、そういう場合って本来はやっぱり伯爵家、本人だけでなく一家が罰せられたりするんでしょうか？」

先程考えていた疑問、それをエッケンハルトさんに聞いてみる。

「罪状によるとしか言えんな。だが、自領の民、他領の民の生活を脅かした場合は、貴族家そのものが罰せられる事が多いだろう。とは言っても、直接罰せられるのは加担した者のみで、貴族位の剥奪によってその一家は貴族ではなくなるわけだ。それが、一家への罰ともなる」

貴族としての生活ができなくなるから、それが罰って事か。

「……反逆罪や内乱罪ともなれば、加担しているかどうかに拘わらず、一家全員罰せられるだろう」

「本来なら、他領の民を害する行為は内乱が疑われます。病を振りまき、ランジ村にオークをけしかけたのですから」

セバスチャンさんが、エッケンハルトさんの言葉を補足するように説明に入る。説明したくて、ウズウズしていたんだろうなぁ……。

それはともかくとして……俺のイメージしていた貴族が罰せられるシーン、物語とかで見た事のある貴族などを一族郎党に至るまで、というのは大きな罪を犯した場合のみって事か。

さすがに、小さい罪で一家全員が罰せられる事はないようだ。

「そういう事だ。だが、今回はアンリネルゼの協力もあったので、そこまでには至っていない。伯爵家は現在ルーブレヒトとアンリネルゼしか血筋がいないのもあるがな」

「反逆罪や内乱罪など、一家での思想が問題である事が多い場合は、禍根を残さないための措置でもあります。ですのでこの場合、アンリネルゼ様が旦那様と協力したため、伯爵本人とは思想が違うと証明したわけですな」

当主が反意を持っていた場合、その家族も同様の事が多いからか……あと、当主のみを罰したら、残っている家族が逆恨みするかもっていう事情もありそうだ。

「つまり、アンリネルゼはどうなるのですか、お父様？」

「次期伯爵家当主だからな、ルーブレヒトの爵位は剥奪するが、貴族位はアンリネルゼに受け継がれる。まぁ、王家の考える事だからな……ここらの事情は色々あると思っていればいいだろう」

結論を聞くクレアさんに答えるエッケンハルトさん。

だけど、後半が少し歯切れ悪くなっていたのは、何か他にも理由があるのかもしれないけど、王家が決めることと言われたらクレアさんもそれ以上追及できない様子だ。

まぁ偉い人には偉い人なりの考え方っていうのがあるんだろうと、俺は思っておこう……まさか、代わりに伯爵領を治める人を決めるのが面倒くさい、なんて理由じゃないだろうし。

「とはいえアンリネルゼはまだ若い。本来なら、父親であるルーブレヒトから伯爵領の事を教えられ、少しずつ領地を受け継いでいくところなのだが、それができなくなったからな。王家は私に預けたのだ」

「お父様に？」

「うむ。公爵である私の近くで、領地を治めるやり方、貴族としての在り方などを学べ、という事だな。伯爵領は王家が臨時で治める事になるが……領民の伯爵家への感情は良いものではない」

「つまり、一旦こちらに避難しているとも言えるわけですね？」

「……そういう事でもあるな。あまり言葉にするものではないが」

つまり、今の状態でアンリネルゼさんが当主の座を継いだとしても、伯爵領の人達からの信頼は一切ない。

それどころか、苦しめられていた人もいるはずで……その恨みの矛先を向けられないよう、公爵領でエッケンハルトさんの庇護《ひご》下《か》にって事だな。

「もちろん、しばらく私の下で学び、伯爵領が落ち着いたらアンリネルゼが戻って受け継ぐ事になるが……その際にも王家から伯爵領について、色々と叩き込まれるだろうな」

「大変な事ばかりですわ……はぁ……」

アンリネルゼさんは、溜め息を吐きながらも本心で大変とは思っていない様子に見える。

父親の悪事を暴こうとした時から、ある程度こうした事は想定していたのかもしれない。

「それとだ、アンリネルゼと私が協力したからなのもあるが、クレアがいる事も実は大きな理由なのだぞ？」

「私が、ですか？」

少し重い雰囲気になっていたのを吹き飛ばすように、ニヤリと笑いながら言うエッケンハルトさん。クレアさんも理由の一つっていうのは、どういう事だろう？

「うむ。アンリネルゼと年齢が近い事、そしてクレアの評判が国内でも良い事だな。私からすると可愛い娘だが、少々思い込んだら突っ走る癖があるのが気になるのだがな……」

「それは……！　思い当たる節があるので、何も言い返せませんが……私の評判ですか」

エッケンハルトさんの言葉に言い返そうとするクレアさんは、途中で思い当たる事があったらしく、すぐにしぼんだ。

俺は、クレアさんの後ろに立っているセバスチャンさんと顔を見合わせて、親子って似るんだなぁと苦笑い。

「これまで公爵家の娘として、クレアが頑張っていたのは私も知っている。それが評価された形だな」

「私はただ、お母様のようになりたかっただけなのですが……」

クレアさんの母親か、話に聞くだけでも貴族の女性として、素晴らしい人だったんだろうな。

「あいつも、確かに評判は良かった。そしてクレアも。そこでだ、評判の良いクレアを見ていれば、未知数のアンリネルゼも貴族としての振る舞いが身に付くだろうとな」

クレアさんとその母親の評判がいいから、それを見習えって事なんだろう。

俺が見た限りでは、アンリネルゼさんも十分お嬢様といった雰囲気なんだけど、人当たりの良さという意味ではクレアさんに軍配が上がると思う。

アンリネルゼさん、髪形と話し方でちょっと威圧的というか……上から目線のように感じるからな、それが貴族としてはある意味正しいのかもしれないし、俺が庶民だからそう思うのかもしれないけど。

「わたくし、未知数なんですの？」

エッケンハルトさんに言われて、キョトンとするアンリネルゼさん。

本人は、自分の評価がどうなっているのか知らなかったようだ。

「アンリネルゼは、他貴族との付き合いをあまりして来なかったからな。ルーブレヒトに娘がいてそれが次期当主だ、というのは知られていても、どういう人物かはあまり知られていない」

「私達は隣領という事もあって、何度か会って話をする事もありましたけど」

「あまり、外に出るのは得意ではありませんわ……」

口を尖《とが》らせているアンリネルゼさんは、少し幼く見えた。

もしかすると、人付き合いとかが苦手なタイプなのか？　いや、ここまで話していてあまりそういった印象は受けないけど。

そういえば初対面の俺に対しては、ほとんど話しかけてくる事がないな……それは、話の中心がエッケンハルトさんやクレアさんだからっていうのもあるけど、もしかしたら若干人見知りもあるのかも……。

「誰とも話さず、部屋でお茶を飲んでいた方が心休まりますもの」

「……それでは、貴族としての務めは果たせないだろう。まぁ、これまではループレヒトがいたから、それで良かったのかもしれないがな」

溜め息交じりに、その言葉通りにお茶を飲むアンリネルゼさん。

呆《あき》れたようなエッケンハルトさん……俺の頭には、引きこもりという言葉が浮かんだ。

そりゃ、ほとんど外に出ずに人との付き合いも少なければ、評判が未知数になるのも無理はないよなぁ。

「引きこもりアンゼ……」

ボソッと呟くクレアさん……俺の考えが伝わったわけじゃないだろうが、考えている事がシンクロした。

「ちょっとクレアさん、それで呼ばないで下さいまし！」

「外に出ず、ずっと部屋にこもって……確かに日によっては、ゆっくり部屋で過ごしたい時もあるでしょうけれど。それじゃ呼び名の通りよ？」

「それは、そうですけれど……」

怒るアンリネルゼさんに、しれっとすまし顔で返すクレアさん。

この場合は、クレアさんの言う通りだなぁ……俺も同じ事を考えたし。

「一部ではアンリネルゼはそのような評価だ。まぁ、他者の評価などくだらんし、一笑に付す事もできるが……事情が事情だからな。アンリネルゼは外に出ねばならん。そのための措置として、私やクレアと共に過ごすのだ」

エッケンハルトさん自身は、クレアさんも含めて有象無象……っていうのは失礼かもしれないけど、周囲の無関係な人達からの評価はどうでもいい様子。

ただ、アンリネルゼさんが正式に伯爵の跡を継ぐのであれば、外に出て色んな事を知らなければいけないって事なんだろう。

言い方は悪いが、世間知らずだから教育してくれって事かもしれない。

「なので、私もアンリネルゼもしばらく、クレアやタクミ殿のいる屋敷に逗留《とうりゅう》する事になっている。よろしく頼むぞ、タクミ殿」

「は、はぁ……」

いや、そこはクレアさんに言うべきなんじゃないだろうか？　それに本来は当主であるエッケンハルトさんの持ち物なんだから、誰かにお願いする事でもないような気もする。

「はぁ、お父様それも報せずに……」

「いや……一応報せようとはしたのだぞ？　だが、その前にセバスチャンからウガルドの店に関する報告と、対応を聞かれてな？　オークの襲撃やタクミ殿と協力して調べた事など、そちらに興味が注がれてしまって……」

「忘れてしまっていたのですね。本邸にいる、爺やの苦労が目に浮かぶようです」

「うぅむ……」

クレアさんによる、溜め息とジト目の攻勢にタジタジになっているエッケンハルトさん。

いつの世も、父親は娘に弱いんだろうなと実感させられる様子を眺めながら、カレスさんの店での話を終えた。

アンリネルゼさんを連れてきた理由など、話せる事は話したからな。

細かい話なんかはまだまだあるだろうけど、それは屋敷に戻って落ち着いてからでいいだろう。

エピローグ

「ワフワフ～」

「よしよしレオ、いい子にしていたか～？」

お店で接客をしていたカレスさんや、ニックに挨拶をして外に出て、俺に気付いてすぐに尻尾を振りつつ近寄ってきたレオを撫《な》でる。

留守番していたわけではないけど、少し離れていたらいい子にしていたかとか言ってしまうのは、以前からの癖だろう。

レオと遊んでいた子供達は、もう解散していなくなっていたようだ。

結構、長話をしていたからな。

「巨大な魔物……お、恐ろしいですわね……」

「あら、アンリネルゼはレオ様が苦手なのかしら？　まぁ、初めて見るとちょっと怖いかもしれないわね」

レオを撫でる俺の後ろで、店から出てきたクレアさんとアンリネルゼさんが、こちらを見つつ二人で話している。

相性が悪いとか考えていたけど、意外と仲が悪いわけではないみたいだ。

年齢が近いから、色々と気安いのかもしれない。

「ワフワフ、ワウ？」

「あぁ、あの人はアンリネルゼさん。バースラー伯爵の一人娘らしい……ってのは、さっきウガルドを捕まえる時にそれらしいことを言っていたっけ」

レオがアンリネルゼさんに顔を向けて、さっきも見たけどあの人は？　というように首を傾《かし》げたので、紹介する。

「ワフ。……ワウ？」

「ひっ……」

俺の紹介に頷いたレオが、ゆっくりとアンリネルゼさんの所へ行き、鼻先を近付ける。

アンリネルゼさんは、レオから自分が注目された事で短い悲鳴を上げて顔を引きつらせ、少し後退《あとずさ》り……怖がらなくてもいいのになぁ。

レオにとっては、近くで見たかっただけだろうから。

「ワッフ！」

「ひぃっ！　ク、クレアさん！　わ、わたくし、襲われてしまうのでしょうか……！」

レオが挨拶をするように鳴いたのに対し、アンリネルゼさんは再び短い悲鳴を上げて、クレアさんの背後に隠れた。

「レオ様が本当にあなたを襲おうとしていたら、今頃はもう立っていられないわよ。――申し訳ございません、レオ様」

「ワフ？　ワゥ……クゥーン……」

「ははは、うんうん、レオは怖くないぞー？」

「キューン……」

クレアさんがアンリネルゼさんに言って宥《なだ》めた後、レオに対して頭を下げる。

一度首を傾げた後、俺の所に戻ってきたレオは頬を擦《こす》り付けるようにして甘え始めた……怖がられて、寂しかったのかもしれない。

「はっはっは、レオ様は相変わらず迫力があるから仕方ないかもしれんな！　――改めて、お久しぶりですレオ様」

「ワッフワッフ！」

最後に店から出てきたエッケンハルトさん、豪快に笑いながらレオの前に立って先程ウガルドの店の前でもしたように、改めて挨拶。

レオも、久しぶりに会えた事を喜ぶように鳴いていた。

ちなみにその後ろからカレスさんも出て来て礼をしていたけど、さっき接客していたお客さんは待たせているのかな？　まぁ、公爵様の相手をするのが最優先か。

「エッケンハルトさんは、もうレオに慣れてくれたようですね」

「もちろんだ。……いや、正直久しぶりにレオ様を目の当たりにして、恐れる気持ちもあるにはあるのだが……以前タクミ殿によって行われた荒療治とやらを思い出している」

「ははは……」

そういえば以前、屋敷から本邸に戻る前にレオに対する恐怖心を失《な》くすため、裏庭でレオに乗ってもらって走らせたんだった。

まだ多少は恐怖心もあるようだけど、目の前に立って笑っていられるくらいには慣れてくれている状態を、保っているみたいだな。

アンリネルゼさんも、同じ事をしたらレオを怖がらなくなるだろうか？　その辺りは、屋敷に戻ってクレアさん達と相談してみよう。

ゲルダさんやエッケンハルトさん相手には成功したけど、アンリネルゼさんの反応を見ていたら、逆にトラウマを植え付けてしまいそうにも思えたから。

「レオ様は可愛《かわい》い方なのよ？　触れると、フワフワな毛が優しく受け止めてくれるわ。理由もなく誰かを襲う事もないし、背中に乗せて走ってもくれるのよ？」

「そ、そんな事……シルバーフェンリルを相手に触れるなんて事、わたくしには恐ろしくてできませんわ」

クレアさんはレオが怖くないと教えているようだけど、アンリネルゼさんはクレアさんの背中から顔を覗《のぞ》かせ、こちらを窺《うかが》っている。

恐怖心を取り除くのは、中々難しそうだな。

「旦那様、屋敷には皆様を迎える準備をするよう、報《しら》せました」

クレアさん達の様子を見つつ、レオを撫でていると先に店を出ていたセバスチャンさんが登場した。

どうやら、これから戻る事やエッケンハルトさんが行く事を、屋敷に報せる手配をしていたらしい。

「うむ、ご苦労。では、ゆるりと参ろうか」

「はい、お父様」

「そうですね」

「ワフ！」

「え、えぇ……そうですわね」

セバスチャンさんに頷《うなず》いたエッケンハルトさんに促され、ラクトスから屋敷に戻るために歩き始める。

いつの間にか衛兵さん達やフィリップさんも来ていて、俺達の周辺を固めるようにしていたのは、公爵様を守るためなんだろう、厳重だ。

まぁ、ウガルドのようなのがいたわけだし、店の前では大々的に公爵様が街に来ている事を喧伝《けんでん》した感じになったからな。

良からぬ事を考える輩《やから》が、近付かないようにってところだろう。

「……アンリネルゼ、もう少し離れて歩いてくれないかしら？」

「ク、クレアさんはわたくしに死ねと仰《おっしゃ》いますの!?」

「大袈裟《おおげさ》ね……レオ様は何もしないわよ」

ラクトスの門へと向かう道中、レオの右隣を歩く俺の後ろではアンリネルゼさんが、クレアさんの右腕にしがみ付いて離れなかった。

歩きにくそうにするクレアさんはともかく、そんなにレオが怖いなら前か後ろに行って、もっと離れたらいいのに……。

とは思ったけど、アンリネルゼさんからすればクレアさんが一番頼れるのかもしれない。

エッケンハルトさんは男性だし、他の人達はほぼ初対面の人が多いみたいだしな。

「……エッケンハルトさん、レオに乗りたいんですか？」

ラクトスの西門に到着し、馬や馬車などにそれぞれが乗り始めた時、エッケンハルトさんがジッと伏せをしているレオを見つめているのを発見した。

「む、うむ……屋敷では以前にも乗せてもらったが、実際に走っての移動はなかったからな」

聞いてみると、バツが悪そうに認めるエッケンハルトさん。

「それじゃあ、レオにはエッケンハルトさんで……俺は馬車に乗る事にします。――セバスチャンさん、それでいいですか？」

「畏《かしこ》まりました」

レオにはエッケンハルトさんに乗ってもらう事にして、先にクレアさんやアンリネルゼさんが乗った馬車の御者台に座っているセバスチャンさんにも確認。

許可が下りた。

「タクミ殿は乗らんのか？　レオ様なら、私とタクミ殿を一緒に乗せてもらえるだろうに」

「いや、さすがに……今は馬車も大きくて余裕がありますから、そっちにしておきますよ」

さすがにエッケンハルトさんと二人でレオに乗るのは、個人的に嫌な絵面《えづら》になりそうだ。

状況的に他の乗り物がないとかであれば、仕方ないけど。

クレアさん達が乗る馬車は大きい物だし、定員にも余裕があるから今回はそちらに乗せてもらう事にしよう。

「ワフゥ？」

俺達の話を聞いていたレオが、ちょっと嫌そうに鳴いた。

レオは人を乗せるのが好きだし、エッケンハルトさんが嫌と言うわけではないんだろうけど、俺が乗らない事が不満らしい。

「ははは、まぁそう言うなレオ。俺はまた乗せてもらうから」

「ワウゥ」

苦笑しながらレオを撫でて説得を試みると、仕方ないなぁとでも言うように鳴いていた。

近いうちに裏庭じゃなく屋敷の外を、レオの散歩がてら乗せてもらって走るのもいいかもしれないな……レオもいい運動とストレス解消になるだろう。

ティルラちゃんやシェリーを連れて行くのも、楽しそうだ。

「……うぅむ、歓迎されていないのは少々傷付くな。だが、レオ様というシルバーフェンリルに乗れるまたとない機会、遠慮はしないでおこう。レオ様、よろしく頼みます」

「ワッフ」

頼めばいつでもレオは乗せてくれると思うが、エッケンハルトさんは珍しい機会を逃すまいと、そそくさとレオの背中に乗る。

納得してくれたレオは、背中にエッケンハルトさんを乗せたまま、スクッと立ち上がった。

「それじゃ、エッケンハルトさんの事は頼んだぞ、レオ？」

「ワウ！」

レオの体を手で軽くポンポンとしながら、エッケンハルトさんの事を任せる。

人を乗せる事自体が楽しいからか、立ち上がったレオは先程の不満そうな様子はなく、威勢よく頷いてくれた。

「お待たせしました」

先に乗っていたクレアさんとアンリネルゼさんに、軽く礼をしながら馬車に乗り込む。

進行方向に体が向かうように座っているのが、クレアさんとアンリネルゼさん、その向かいに俺だな……大きな馬車だと、体が密着する心配をしなくて助かるな。

ドギマギしていると、変に思われてしまうかもしれないし。

「お父様は、レオ様に乗せたのですね？」

俺が馬車に乗った事を確認し、御者台のセバスチャンさんが馬を走らせるのを待って、クレアさんから聞かれる。

「はい。まぁ、エッケンハルトさんも乗りたそうだったので……」

「まったくお父様ったら、落ち着いて馬車に乗っていられないのですから」

そう言って、馬車の窓から外を走るレオを見ている。

口ぶりは咎《とが》めているようだけど、その顔は笑っているので怒っているわけではないらしい。

「お父様との移動、アンリネルゼも疲れたでしょう？」

「ですわね。まさか馬でほとんど走り通しになるとは、思いませんでしたわ。体も痛いですし
……」

「ははは……」

疲労からか、項垂《うなだ》れながら呟《つぶや》くアンリネルゼさん。

俺は馬に乗っての移動はした事ないけど、長時間だし馬車に揺られるよりも辛いだろう事は想像できる。

はっきりと疲れた様子を見せなかったアンリネルゼさんだけど、さすがに馬車に乗って人の目が少なくなって、ようやく緩んだ様子だ。

それなりに緊張とかしていたのかもしれない。

「ぬわぁぁぁぁぁ！」

「ワフ！　ワフ！」

走る馬車の外から、エッケンハルトさんの叫び声とレオの楽しそう鳴き声が聞こえて来る。

レオは、加減してはいるけど自由に走れるからか、相変わらず一緒に走る馬達の間を行ったり来たり……時には大きくぐるりと俺達の周りを回ったりしていた。

「レオ様、はしゃいでいますね」

「……そうですね」

窓の外を眺めながら、呟くクレアさんと頷く俺。

もし俺が今レオに乗っていたら、もう少し落ち着くように言っていたと思うけど……乗っているのがエッケンハルトさんだから、しばらくはあのままな気がする。

まぁレオも存分に走って運動になるし、良いストレス解消になってくれるか。

「あれ、いいんですの？」

「いいのよ。お父様も楽しそうだし」

「わたくしには、悲鳴に聞こえたのですけれど……？」

「ぬぉ！　ぬおあぁぁぁぁぁぁぁ!!」

外を見ながら聞くアンリネルゼさんに、淡々と答えるクレアさん。

俺にも悲鳴のように聞こえたけど、楽しさが滲《にじ》んでいるようにも聞こえたし、クレアさんがいいと言っているんだから、大丈夫そうだ。

むしろエッケンハルトさんなら、思いっ切り悲鳴を上げる事すら楽しんでいそうだ……ジェットコースターみたいなものかな？

「はぁ……まぁいいですわ。それにしても、本当に従えていますのね」

クレアさんと同じく、外を走るレオを視線で追いながら呟くアンリネルゼさん。

「従えていると言うより、仲がいいと言った方がいいかしら。レオ様が、ちょっと羨ましいわ」

「クレアさん？」

微笑《ほほえ》むクレアさんだけど、最後は何かモゴモゴと口ごもっていてよく聞こえなかった。

「……いえ、なんでもありません。——レオ様とタクミさんの関係は、見ていて微笑ましいのよアンリネルゼ」

どうしたのかと呼び掛けてみると、首を振ってアンリネルゼさんへと話しかけ始めた。

何か、誤魔化されたかな？　まぁ、いいか。

「そ、そうなのですか……？」

「ええ。前に屋敷でレオ様とタクミさんが……」

アンリネルゼさんに対し、クレアさんが屋敷で見た俺とレオについて話し始める。

けどその内容に、気恥ずかしくなって外を眺める事に努め、聞き流す事にした。

何せ、俺がレオを撫でている姿が楽しそうとか、レオと一緒にいる時といない時では、表情が違うとか……果てには、日向《ひなた》ぼっこしているレオに寄りかかり、うっかりそのまま寝てしまっていた時の事も話していたから。

客観的に、自分の行動とか表情を話されると照れるというかなんというかだ。

というかクレアさん、よくそこまで俺の事を観察しているなぁ……シルバーフェンリルになったレオの事を、気にしているからかもしれないけど。

そんな風に、屋敷へと戻る道中はなぜか俺が恥ずかしい思いをする事となった。

こんな事なら、エッケンハルトさんと一緒にレオに乗せてもらった方が良かったかもしれないなぁ――。

――そろそろ屋敷が遠目に見え始める頃、ひたすら俺とレオの事を話しているクレアさんと、何やら口元に手を当ててずっと考えている様子のアンリネルゼさん。

時折相槌《あいづち》を打っている事から、一応クレアさんの話を聞いているんだろうけど、何を考えているのかわからないいな。

「そうだ、これは言っておかないといけなかったわ。公爵家がこの国でも、特にシルバーフェンリルを敬っている事を」

外で走るレオの様子を眺めながら、恥ずかしさに耐えていたら、急にクレアさんが話を変えた。

シルバーフェンリルと公爵家……その関係みたいな話をしようとしているみたいだ。

「ええ、もちろんですわ。国の歴史にも登場するシルバーフェンリルですもの。公爵家以外でも、貴族なら知っていて当然ですわ」

考え込んでいたアンリネルゼさんは、口元に当てていた手を離し、クレアさんの話に返す。

国の紋章にもなるくらいだから、直接関わりがあった公爵家以外でもシルバーフェンリルの話は知られているんだろう。

「アンリネルゼは、さっき事情を話していた時バースラー伯爵が公爵領に手を出して、触れてはならないものに触れてしまった……と言っていたけれど、レオ様とタクミさんはあくまで公爵家の協力者なだけなの」

「それは……何が違うんですの？」

「公爵家に敵対したからではなく、タクミさんやレオ様を害する可能性があるかどうか、といったところね。タクミさんとレオ様はお優しいから、公爵家に何かあれば動いてくれるのでしょうけど……それは公爵家の判断ではなく、タクミさん達の判断なの」

まぁ、屋敷に住まわせてくれたり、色々お世話になったりしているから、クレアさんやエッケンハルトさん、それだけでなく公爵家の関係者の人達に何かあれば、できる限りの協力はしたいと思っている。

優しいとかじゃなく、単純に恩返しと俺は考えているけども。

あと、俺はレオを、レオは俺を、それぞれに対して何か仕掛けてくるような事があるのなら、全力で対処させてもらうと決めていたりもする、レオはというのは予想だけど。

……穏便に済まない場合は、レオに乗って遠くまで全力で逃げるとか、そんな感じだ。

「つまり、協力関係を築いているという事でいいのですわね、クレアさん？」

再び、何かを真剣に考えているような様子を見せながら聞く、アンリネルゼさん。

カレスさんの店にいた時からだけど、何を考えているんだろう？

「そうね……それでいいと思うわ。決して、私達公爵家はレオ様やタクミ様を私利私欲で利用する事はないと、お父様も私も考えているの。というよりも、公爵家からするとレオ様やタクミさんの方が、上の地位という扱いになるわね」

頷いて答えるクレアさん。

前にセバスチャンさんからも言われたけど、シルバーフェンリルは公爵家よりも格が上という考えがあるとか。

それは敬うのが義務という事や、初代当主様の関係もあり、レオの事を全員が様を付けて呼ぶ事からも示されている……らしい。

正直俺は、貴族社会に関しては詳しくないながらも、それでいいのかな？　と思う部分はあるし、自分達が上だとは欠片《かけら》も思っていない。

クレアさんとは親しくさせてもらっているし、エッケンハルトさんからは剣を教えられているから、それなりに気安い仲になれてきている気はするけど。

「成る程、それなら……そうですわね」

「アンリネルゼ？　ちゃんと聞いているの？」

ふんふんと頷きながら、さらに考えを深めている様子のアンリネルゼさんと、訝《いぶか》し気に声を掛けるクレアさん。

なんだろう、アンリネルゼさんの視線がクレアさんから俺に向けられていて、よくわからないけど嫌な予感がしているんだが……。

「……タクミさん、とお呼びさせて頂きますわね？」

「え、あ、はい」

クレアさんの問いかけを無視して、俺に声を掛けるアンリネルゼさん。

急に俺の呼び方を確認して、どうしたんだろうか？

「シルバーフェンリルの主人、で間違いないのですよね？」

「……主人というか……相棒ですね。俺はレオを従えているとは考えていません。対等の関係だと思っていますから」

再びアンリネルゼさんからの確認。

一体どうしたんだろう？　いや、主人かどうかは俺から詳しく話していなかったけど、クレアさんから何度か話されていたのに。

疑問に思うのと一緒に、アンリネルゼさんから受ける視線を不穏なもののように感じてしまう……それは、ただ真剣な視線を向けられているだけのはずなのに、嫌な予感がさっきから膨れ上がっているからだ。

「そうなのね……シルバーフェンリルと対等……面白そうね……」

「アンリネルゼ、さっきから一体どうしたの？」

俺の返答を聞いたアンリネルゼさんは、再び深く考え込むように俯《うつむ》く。何か最後に呟いたような気がするけど、よく聞こえなかった。

「そうね……シルバーフェンリルを連れているのなら、いいかもしれないわね。顔も……まぁ、及第点ってところかしら？」

クレアさんの問いかけにも応えず、俯いたまま小さな声で、ぶつぶつと呟いているアンリネルゼさん。

及第点ってところだけ、俺の顔をじっくり見られていたような気がするけど、一体……？

「タクミさん、貴方《あなた》……すでに結婚をしていたりはしませんわよね」

「え？　えぇ、まぁ……」

唐突な確認に、戸惑いながらもなんとか頷く。

生まれてこの方、結婚という言葉とは無縁だったからなぁ。時折、女性をどう扱っていいのかわからない時もあるくらいだし……。

まぁ俺には今までレオがいたからな、それで寂しくなんてなかったから、うん、本当だぞ？

あ、そういえばレオからも早く番《つが》いをとか言われていたっけ、なんて事をアンリネルゼさんの様子を窺いながら思い出した。

「そうですわよね。先程、クレアさんともそういう関係ではないと言っていましたし……」

否定していたのは、クレアさんですけどね。

「ア、アンリネルゼ！　な、何をタクミさんに聞いているの⁉」

確認を繰り返し、唐突な質問も加えるアンリネルゼさんに、横で座っているクレアさんが大きな声で問《と》い質《ただ》そうとした。

……が、アンリネルゼさんはそんなクレアさんの事はお構いなしで、俺へと言葉を投げかける。

「貴方、私の婿になる気はなくて？　私と一緒に、伯爵家を盛り立てて行くのですわ！」

「は？」

アンリネルゼさんが俺に対して婿になれとのたまった……もしかしなくても、さっきから考え込んでいたのはこの事なのか？

突然の事で、求婚されるのはもちろん初めての俺は、どう反応していいのかわからない。

いや、これが本当に求婚と言えるのかは疑問だが……。

「ア、アアァ、アンリネルゼ!?　急に何を言い出しているの!?」

取り乱している様子のクレアさん。

「何をそんなに驚いていますの、クレアさん？　女なら、良い男がいれば婿に取りたいと思うもの、そうでしょう？」

叫ぶクレアさんに、不思議そうに返すアンリネルゼさん……駄目だこの人、なんでクレアさんが取り乱しているのかわかっていない。

そりゃ、脈絡なくいきなり今日会ったばかりの男に対して、婿になれなんて言えばクレアさんも取り乱すだろうに……。

かく言う俺も、頭の中は十分に取り乱している。

表に出さないように、頑張って冷静さを装うために頭の中はフル回転中だ。

いやいや、冷静さなんてこの状況で装う必要はないのかもしれないけど、でもだっていきなりあんな事を言われたら、ねぇ？

縁のなかった話なだけであって、興味がない事もないし……でも、今日会ったばかりの女性であって、でもやっぱりクレアさんもだけど、アンリネルゼさんも美人である事は間違いないし！

とまぁ、こんな感じで絶賛脳内はグルグル回って、大変忙しい。

「シルバーフェンリルを従えている、この事だけで価値がありますわ。きっと、これからの伯爵家が隆盛《りゅうせい》するには必要なのですわ！」

「そそそ、そんな……タクミさんが伯爵家に……なんて……」

「いや、その……俺は……」

「まさか、とは思いますけれど……断る、なんて事は致しませんわよね？　次期伯爵家当主からのお誘いですわよ？」

「えーと……」

ぐいぐい来るなこの人は……すぐ向かいのクレアさんが、混乱している様子でいるのを見て、少しだけ、ほんの少しだけ冷静になれた気がする。

アンリネルゼさんは、確かに美人だし、話を聞く限りでは頭も悪くなさそうだ。

ただなんというか、残念な雰囲気が漂うような……いや、確かに街を歩けば、すれ違う男が全員振り返るような容姿ではあるんだけどな？

でも、今日が初対面だし……こんな事を突然決めるのはどうかと思うし。

やっぱり、俺もまだまだ混乱しているな。

「えっと、その……今決めないといけない、ですか？」

「確かに急な話なのは理解していますわ。そうですわね……明日。明日に返答を頂ければ、と思いますわ」

「明日⁉　いくら何でも急すぎるわよ、アンリネルゼ！」

クレアさんの言う通り、明日はさすがに急すぎて決められるかどうか……。

「何を仰っていますの、クレアさん？　こういうのはフィーリングと、自分の勘を頼りにするべきですわ。まぁもっとも、数多くのお見合いをして来ているクレアさんは、女の勘という物をお忘れになっているのかもしれませんけれど？」

そんな、フィーリングとか勘とか、はっきりと答えられないカップルみたいな事を言われてもと聞いていて思う。

あとクレアさんは、原因はともかく望んでお見合いをしていたわけじゃないのに……。

話を聞く限りでは、エッケンハルトさんが持ってきたお見合い話を、ほぼ会う事なく断っていたみたいだから勘を忘れるとは関係ない。

そもそも、女の勘ってそういう事に使うものだっけ？　なんて、関係のない事まで頭の中で考えてしまう混乱の極み。

「レオ様がいるという事だけで決めた貴女《あなた》が、フィーリングや勘だとか言わないで欲しいわ！」

「どうしてですの？　シルバーフェンリルと共にいる男性が、貴族としてどれだけ魅力的に見えるか……クレアさんにはわからないのかしら？　先程公爵家は利用する事はなく協力するだけ、とクレアさんは仰いましたわ。けれど、結婚をして一緒になり、共に伯爵家を盛り立てるのであれば、利用にはならないでしょう？」

「そんな……それは、確かにそうですけれども……でも、タクミさんはそれだけでは……」

アンリネルゼさんに言い募られて、旗色の悪いクレアさん。

まぁ、俺の魅力なんてそんなもんだよなぁ……なんて考えながら、一応『雑草栽培』があったりもするけどとか考えるが、これは男の魅力にはあまり繋《つな》がらないかな。

「でもやっぱりいけません！　タクミさんにアンリネルゼは相応《ふさわ》しくないわ！」

「それを決めるのは、クレアさんではありませんわ！」

侃々諤々《かんかんがくがく》の馬車内。

混乱する頭で、クレアさんとアンリネルゼさんの言い合いを見ながら、俺はどう答えるべきかを考えていた……。

伯爵家をレオやアンリネルゼさんと一緒に、盛り立て行く……のではなく、どう断ればいいのか、そもそも断って諦めてくれるのか、だ。

……クレアさんがお見合いの話を持ってこられていた時は、こんな気持ちだったのかな？

「レ、レオ様！　ちょ、ぬわぁぁぁぁ！」

「ワフ！　ワフ！」

外から時折聞こえる、エッケンハルトさんとレオの楽しそうな声を聞きながら、俺達を乗せた馬車は屋敷の門をくぐろうとしていた——。

書き下ろしSS　第二回セバスチャン講座魔法具編

「皆様、お集まりのようですね……はて、クレアお嬢様は予定にはなかったと思いますが……？」

客間に入って見渡した際に、いないはずの人物を発見し首を傾《かし》げます。

「私はおさらいのためにね、セバスチャン。知識としては知っているけれど、もう一度確認をするためよ」

二回目となる、タクミ様への知識の伝授……ですが、当初の予定とは違う人物が紛れ込んでいました。

この屋敷を取り仕切る公爵家のご令嬢、クレアお嬢様ですな。

一緒に、シェリーを抱いたティルラお嬢様も、椅子に座っておられます。

今回は第二回となる心躍る説明……もとい、この世界での知識の教授です。

前回に続き、別の世界から来られたタクミ様にこの世界の知識をお教えするための場です。

「左様でございますか」

クレアお嬢様の本当の目的は、タクミ様とご一緒される事でしょうが……執事長を務めている立場としては、ただ頷《うなず》いておきましょう。

知識の確認、悪い事ではございません。

私も、説明できる相手が増える事に喜びを感じこそすれ、不満などはないのですから。

「私は詳しく知らないので、よろしくお願いします！」

「はい、ティルラお嬢様。畏《かしこ》まりました。タクミ様と同様、魔法具についての説明をさせていただきましょう」

元気よく手を挙げて発言なされたのは、ティルラお嬢様。

ティルラお嬢様はまだ幼く、魔法具に関する知識含め未《いま》だ勉強中の身。

知識を得られる一助となるのであれば、この場を設けた意味もあるというもの。

「よろしくお願いします」

「ワフ」

「キャウ」

ティルラお嬢様に続いて、私に小さく頭を下げたのはタクミ様、続くようにレオ様とシェリーが鳴きます。

皆様、私の話を聞く体勢になられましたので、準備はできているようです。

「では、本日は魔法具についてですが……タクミ様は、魔法具と聞いてどういった物を想像されていますか？」

タクミ様が生まれ育った場所には、そもそも魔法が存在しなかったとの事。

それでしたら、その言葉やこれまでの経験から、どう認識しているのかをお聞きしておかないといけませんな。

「魔法具……まぁ、言葉通り魔法を使うための道具、ですかね？」

「えぇ、その通りです。魔法具とは、魔法を道具に宿らせて使うための物。その認識で構わないでしょう」

厳密に言えば、一部の魔法しか宿らせることができないのですが、この場では省略いたします。

詳しく、細かく説明をしていたら日が暮れるどころか、夜が明けてしまいかねませんからな。

私としては、それでも構わないのですが……私もタクミ様も、そしてクレアお嬢様も他にやる事がありますからな。

まだ、例のウガルドの店の件が片付いていませんから。

「魔法具は魔法を使うためですが、魔法を行使するには呪文と魔力が必要である事は、タクミ様も既にご理解されているかと」

「はい。実際に魔法を教えてもらって、使えるようになりましたから」

「私が教えようと考えていたのに……森でそう言ったのに」

「そういえばそうでしたな。まぁ、これもタイミングというものでしょう」

タクミ様の魔法に対する知識を確認していましたら、クレアお嬢様が膨れてしまわれました。

こういうところは、昔から変わらず可愛《かわい》らしいままですな。

以前、フェンリルの森を探索している際、魔法に興味を持たれたタクミ様にクレアお嬢様が教える、という話をしたのでしたな。

あれから、シェリーの事や旦那様の事、薬草の売買契約からウガルドの件があって後回しになっており、ランジ村へ行くタクミ様の身を守る一助になればと、私がお教えしました。

その事がクレアお嬢様はお気に召さない様子。

あの時は、クレアお嬢様にも時間の余裕がございませんでしたから、仕方ありません。

「ほっほっほ、それでしたら他の魔法や呪文などはクレアお嬢様に任せますよ」

「……絶対よ？」

「まぁ、タイミングが合えばですが……」

「ははは……」

まだまだ魔法に関しては、タクミ様にお教えしなければいけない事がたくさんあります。

そちらはクレアお嬢様に任せる事にしましょう。

「っと、話が逸《そ》れましたな。……魔力と呪文で発動する魔法ですが、魔法具の場合は魔力を与えるだけで、魔法が発動するのです」

「魔力はわかりますけど、呪文はいらないのですか？」

「呪文は、魔法具に先に刻まれているのです」

「魔法具に？　……でも、あの人形にはそんな呪文が刻まれてはいなかったような？」

さすがはタクミ様、魔法具の人形を発見しただけはあり、よく見ておられます。

「長々とした呪文が、全て刻まれているわけではないのです。魔法具用の文字……呪文記号ですかな。そのような物があり、それを魔力を使って刻み込む事で、魔法を宿らせる事ができるのです」

「記号……」

呪文記号は特殊な文字らしく、私にもその意味などはわかりません。

一説には、無詠唱魔法とも通ずると言われておりますが……その記号を作り出す技術は魔法具を製作している技師ですら、全てを理解しているとは言い難いそうです。

それが、宿らせる魔法の種類にも影響しているのですが、この辺りはまた別の機会に話した方がよろしいでしょう。

また、扱える人物も多くはいないので、魔法具そのものの価格も高騰しがちです。

珍しい魔法を宿した魔法具は、タクミ様の作られるロエすら霞む程大量の金貨が積まれる物になるので、人形を再利用するために取り戻そうとするバースラー伯爵の考えは、わからないでもありません。

もっとも、その手段は眉をひそめる、醜悪な方法でしたが……。

「ひとまず今は、魔法具には呪文の代わりに記号が刻まれている、と考えておいて下さい」

「わかりました」

「はい。そして、その魔法具に魔力を与える事で、魔法を発動させられます。魔法と魔法具の大きな違いは、持続時間ですな」

「持続時間……ギフトでも、それらしい話が出ましたね」

「えぇ。ギフトの場合はタクミ様の何かしらの力。魔法の場合は使った人物の魔力を使います。魔法具もそうなのですが、非常に魔力消費の効率が良いらしいのです」

この辺りは呪文記号の謎と同様に、わからない事が多いのですが……文献によれば、魔法を人間が扱えるように研究開発した人物が、効率の良い魔力運用を考えて作られた、と書かれていました。

魔法を研究開発した人物というのが、何者なのかの謎も多く、僅《わず》かな文献にその記述があるだけですので、正しいのかもわかりません。

ですが、その使用法や応用法は受け継がれ、現在では人間が使う魔法として、そして魔法具としても活用されています。

「ここに、一つの魔法具があります」

「えっと……部屋や廊下を照らしている明かり、ですね」

「はい。これはタクミ様にもお教えした、光を灯す魔法を宿しております」

懐にしまっておいた一つの魔法具を取り出し、皆様に見せます。

それは、屋敷の各所に設置して使われ、一般の民も使う機会の多い魔法具。

この魔法具の製造は簡単な魔法と呪文記号らしく、比較的安価で売られています……そうは言っても、金貨で取引される物ではありますが。

「見た目はただのキャンドルですが、これには火を点《つ》けるのではなく魔力を与えてやるのです」

「魔力を……キャンドルと違って芯がありませんね」

キャンドルは一般で広く使われている、火を点けることで明かりを灯す物。

しかし、魔法具には木綿などでできている芯が入っておりません。

「燃やすのではないのですから、必要ないのです。触れてみるとわかりますが……」

「あぁ、石で造られているんですね。これは、芯を入れても燃えそうにありません」

タクミ様の前まで持って行き、魔法具に触れて確認してもらいます。

照明用の魔法具に使われる物は様々ですが、私が見せた物は石が使われています……複数の魔法具を組み合わせた大きな照明では重いのであまり使われませんが。

「そうですな。この石の中に魔力を蓄える物が入れられており、そこに呪文記号が刻まれているのです。ふむ……クレアお嬢様、少々手本を見せて頂けますかな？」

「ええ、わかったわ」

魔法具をクレアお嬢様に渡し、魔力を注ぐ手本を見せてもらう事にします。

先程から、タクミ様に何か言いたくてうずうずされているようでしたから。

「私もやってみたかったです……」

「ほっほっほ、ティルラお嬢様には後程。まだティルラお嬢様は、魔法について学んでおられませんので」

興味津々のティルラお嬢様が少々残念がっているようですが、魔法を学んでいないため魔力を扱うのは難しいでしょう。

シェリーもティルラお嬢様と似たような様子でこちらを見ていましたが……フェンリルの子供が、魔力を扱えるのかどうか。

これは後々試してみましょう。

ただ、魔力を与えすぎると魔法具が壊れてしまいますから、レオ様とシェリーには最後にしてもらいましょうか。

「それじゃ、行くわね。こうして、少しだけ体内の魔力を手にした魔法具に流し込むように……」

「あ、ぼんやり光り始めましたね。いつも廊下などで見ている明かりです」

「わぁ……」

魔法具を持ったクレアお嬢様が立ち上がり、タクミ様達の前で魔力を使って実演して見せます。

魔力が与えられた魔法具は、宿らせた魔法を発動し、微弱な光を発しました。

あまりはっきりとした光ではない理由は、今が昼で外からの明るい陽の光が差し込んでいるからでしょう……明るい場所では、あまり明かりの魔法は目立たないのです。

「こうして、クレアお嬢様が魔力を与えた事で、呪文はなくとも魔法が発動して光ります。ほとんどの魔法具は、これと同じような仕組みで魔力を与えて魔法を発動させます」

「成る程……魔法を発動させるから魔法具なんですね。えっと、これはどのくらい保《も》つんですか？」

「そうですな、クレアお嬢様。どの程度の魔力を与えましたか？」

「普段、照明にする明かりを点ける時にするのと、同じくらいね」

タクミ様の疑問に答えるため、クレアお嬢様にどのくらいの魔力を込めたのかをお聞きします。

ふむ……タクミ様の前ですので、張り切って多めに込めるのではと思っていたのですが、私やティルラお嬢様の目があるからでしょうか。

「でしたら、日が沈んでまた日が昇るくらいですか。大体、十数時間といったところでしょう。持続時間は、与える魔力によって変わりますが、まだ暗いうちに明かりが消えないよう相応の魔力を与えるのが良いでしょう」

「成る程……」

私の説明に頷きながらタクミ様は「夜中に照明が消えていたら暗いからなぁ」と、呟《つぶや》いておいでした。

その際は見回りの使用人が見つけて魔力を補充し、絶やさないようにするのですがな。

「あ、そういえば。部屋の照明とかはどうなんでしょうか？　廊下では見当たりませんでしたけど、部屋にはスイッチがあって、それで点滅させていますよね？　でもこれは、直接触って明かりを灯していて……魔力を与えたら、それが尽きるまで光り続けるんじゃないですか？」

「ふむ、良い疑問です」

クレアお嬢様の持つ照明の魔法具を見つめて、タクミ様から質問がされました。

確かに、点滅させる必要のない廊下などとは違い、部屋では不要な時は消灯するための装置があります。

人にもよりますが、明るいと寝られないという方もいらっしゃいますからな。

「さすがにここには持って来られないので、口頭での説明となりますが……そこにも魔法具が使われております。スイッチを入れると、その魔法具から照明の魔法具に必要最低限の魔力が供給され、スイッチを切れば魔力の供給が途絶えるのです」

「あぁ、成る程……だから、照明を切る時に少しだけ時間差があるんですね。照明だからそう感じるんだろうけど、魔力の使い方が電気みたいだ……」

タクミ様の仰《おっしゃ》る、電気がなんなのかは存じませんが……スイッチによって魔力を供給させるような、魔法具も存在しております。

ただ、魔力の供給を切っても照明が魔力を使い切るのに少しだけ時間がかかるために、明りが消えるのにほんの少しの間があるのです。

ここは、タクミ様に細かく説明しなくても、理解されておられるようですな。

厳密には魔法を発動させているわけではないので、魔力銅線《まりょくどうせん》とも呼ばれておりますが。

銅は使われておらず、魔力を流す物なので魔力導線ではないのか？　と不思議に思った事はありますが、考案した方が名付けたらしく、その理由は定かになっておりません。

そしてその魔力銅線にも魔力を蓄える物が使われており、普段から使用人達の手によって絶やさないよう魔力が与えられております。

「このように、魔法具は魔力を供給する事で、宿らせている一つの魔法を発動させる物なのです」

魔法によっては、発動させるのに必要な魔力量や、持続時間が違いますが……その事は今説明する必要はなさそうです。

今回はあくまで基礎、魔法具とはなんなのかを教える機会ですから。

「では、タクミ様も試してみましょう。他にもいくつかご用意しておりますので」

「わかりました。えっと……こうして魔力を……」

「ワフワフ〜」

「タクミさんのも明かりが灯りました！」

説明が終わった後は、実践編。

というわけで、他にも持って来ていた照明をタクミ様に渡し、実際に魔力を与えて点灯させてもらいます。

さすがはタクミ様と言うべきでしょうか、私の説明とクレアお嬢様の手本を見ただけで、すぐに点灯させておりました。

魔力を別の何かに注ぐ、というのは人によっては難しい事もあるのですが……魔法や魔力を扱う感覚が、優れているのかもしれません。

「私も、私もやりたいです！」

「畏まりました。ティルラお嬢様には、私が魔力の与え方も含めてお教えいたしましょう。レオ様やシェリーにお教えするのは、クレアお嬢様にお任せします」

ティルラお嬢様は、基礎の基礎からお教えする必要がありますので、私が担当する事にします。とは言っても、魔法をお教えするわけではありませんので、ちょっとした魔力の与え方だけではありますが。

興味がありそうなレオ様やシェリーは、タクミ様と一緒にクレアお嬢様に任せると致しましょう……本人も、やりたがっているご様子ですし。

「えぇ、任せて。レオ様だと、照明が壊れてしまいそうだけど……」

「ワフ?」

「キャゥー!」

「問題ございません。このためにイザベルから仕入れてもらいました。持って来ているのは、古くなって交換した物です」

「なら大丈夫ね。わかったわ」

クレアお嬢様の心配はもっともですが、そのための備えもしてあります。

魔法具、特に照明などの頻繁に使用する物は、劣化もするため定期的に交換する必要があります。

そろそろ交換時期だった照明を持って来ているので、存分に……というのは言い過ぎですが、壊れてしまっても問題はありません。

数に限りがあるので、試してもらうのは後になりましたが。

「ワフ……ワウ？」

「本当に壊れるんだ……レオ、もう少し加減した方がいいみたいだな？」

「ワウゥ」

「キャゥ！」

「きゃっ。シェリーも、もう少し魔力を抑えた方が良さそうね？」

ティルラお嬢様にお教えする傍らで、レオ様やシェリーに照明の魔法具を点灯させようと試みる、タクミ様とクレアお嬢様。

どちらも、予想していた通り魔力を与えすぎて、自壊するように魔法具が崩れて壊れました。形の大半が崩れて壊れてしまうと、魔法具の中にあるはずの呪文記号は失われてしまうらしく、もう使い物になりません。

まぁ、そのために複数用意しているので、構いませんが。

それよりも、仲睦まじい様子でレオ様とシェリーに教える、タクミ様とクレアお嬢様のお二人の方が、私には重要ですな。

魔法具を両手で握りしめ、うんうんと唸《うな》っておられるティルラお嬢様に、感覚的な事をお教えしながら、目を細めて上がる口角を意識的に抑えつつ、和やかな雰囲気のまま魔法具に関する知識の伝授を終わらせました。

さて、次はどんな知識の説明を致しましょうか……。

あとがき

お久しぶりです、四巻です！　四巻は、全体のほとんどを書き直しています。あの人やこの人の登場タイミングが違ったり、タクミの行動や戦いなどもかなり違っていたりします。WEB版との大幅な違いも含めて楽しんで頂ければ幸いです。

では……引き続き、四巻でもイラストを担当して下さった『りりんら』先生。ゴージャス系の新キャラデザイン、レオやシェリーのユニークなイラスト、ありがとうございます！

続いて、コミカライズを担当されている『一花ハナ』先生。シェリーが登場し、可愛らしさ満点の漫画を楽しく拝見させて頂いております！

そしてそして、帯にイラストとコメントをお寄せ下さった『みずしな孝之』先生、ガブガブしているレオがコミカルでとても可愛いです、ありがとうございます!!

帯と言えば、『くう』君の写真をお寄せ下さった『つっつー』様、どこでも一緒にいてくれる可愛いパピヨン、笑顔に溢れた観光ができそうですね、ありがとうございました！

それでは、今度は五巻で皆様とお会いできる事を願いまして、今後ともよろしくお願い致します。

２０２３年４月　龍央

GC NOVELS

異《い》世《せ》界《かい》転《てん》移《い》したら
愛《あい》犬《けん》が最《さい》強《きょう》になりました 4
～シルバーフェンリルと俺《おれ》が異《い》世《せ》界《かい》暮《く》らしを始《はじ》めたら～

2023年5月6日　初版発行

著者　龍《りゅう》央《おう》
イラスト　りりんら

発行人　子安喜美子
編集　川口祐清／和田悠利／野田大樹
装丁　横尾清隆
印刷所　株式会社エデュプレス
発行　株式会社マイクロマガジン社
〒104-0041　東京都中央区新富1-3-7　ヨドコウビル
［販売部］TEL 03-3206-1641／FAX 03-3551-1208
［編集部］TEL 03-3551-9563／FAX 03-3551-9565
https://micromagazine.co.jp/

ISBN978-4-86716-421-1 C0093

本書は小説投稿サイト「小説家になろう」（https://syosetu.com/）に掲載されていたものを、加筆の上書籍化したものです。

ファンレター、作品のご感想を
お待ちしています！

〒104-0041 東京都中央区新富1-3-7 ヨドコウビル
株式会社マイクロマガジン社　GCノベルズ編集部
「龍央先生」係 「りりんら先生」係

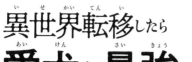